TIROLER TOTENGLOCKEN

Geboren 1989 in Füssen, aufgewachsen im Tiroler Außerfern, studierte Anna Tröber Rechtswissenschaften in Wien und Oslo mit Schwerpunkt Strafrecht. Sie war in einer renommierten Wiener Rechtsanwaltskanzlei und am Straflandesgericht Innsbruck tätig. Anna Tröber lebt abwechselnd in Wien und der Steiermark.

ANNA TRÖBER

TIROLER TOTENGLOCKEN

Kriminalroman

emons:

Bibliografische Information der Deutschen Nationalbibliothek
Die Deutsche Nationalbibliothek verzeichnet diese Publikation
in der Deutschen Nationalbibliografie; detaillierte bibliografische
Daten sind im Internet über http://dnb.d-nb.de abrufbar.

© Emons Verlag GmbH
Alle Rechte vorbehalten
Umschlagmotiv: shutterstock.com/Daniel Pahmeier
Umschlaggestaltung: Nina Schäfer, nach einem Konzept
von Leonardo Magrelli und Nina Schäfer
Umsetzung: Tobias Doetsch
Gestaltung Innenteil: DÜDE Satz und Grafik, Odenthal
Lektorat: Christiane Geldmacher, Textsyndikat Bremberg
Druck und Bindung: CPI – Clausen & Bosse, Leck
Printed in Germany 2022
ISBN 978-3-7408-1538-7
Originalausgabe

Unser Newsletter informiert Sie
regelmäßig über Neues von emons:
Kostenlos bestellen unter
www.emons-verlag.de

Für PM.
Weil ich es mit zehn Jahren versprochen habe.

1

Zum ersten Mal seit Tagen konnte sich die goldene Morgensonne wieder in vollem Glanz herzeigen. Bei ihrem Anblick wurde man beinahe schmerzlich daran erinnert, wie lange sie hinter den tief hängenden Nebelschwaden und den dicken Wolkenbänken gefangen gewesen war. Nun tasteten sich ihre Strahlen zaghaft den Weg zurück in die Freiheit. Der moosig kühle Geruch des aufatmenden Bodens erfüllte die Luft. Rundherum fingen die karstigen Felswände das warme Licht auf wie Leinwände die Farbe. Jungvieh graste gemächlich, begleitet von dem verhaltenen Bimmeln ihrer Schellen, an den dampfenden Hängen. Mit ihren Schweifen peitschten sie die früh erwachten Fliegen von ihren grauen Körpern und blinzelten in ergebener Zufriedenheit den beiden Wanderern zu, die den Anstieg auf die Almweide gewagt hatten.

Energisch steckte der Wanderer die Gehstöcke in den weichen Untergrund und kramte den Fotoapparat aus dem übervollen Rucksack. Aus einiger Entfernung vernahm er das Stöhnen der Gattin, die offensichtlich ihre Schwierigkeiten beim Erklimmen der Holzstufen hatte. Der Wanderer fotografierte munter drauflos: die Kühe, die Felswand und die sich mühende Ehefrau.

»Schatz, jetzt lächle doch mal!«, rief er seiner Frau zu.

Vollidiot, dachte sie sich, schnaubte und versuchte, den Klettermaxen einzuholen. Sie hatte Steine in den Schuhen und überhaupt keine Lust auf diese Bergtour, die sich für sie immer mehr als Tortur herausstellte. Das Ziel ihres Gatten war weder ein Gipfel noch Hüttengaudi, sondern der Gewinn von Gesprächsstoff für die nächste Vorstandssitzung. Der Herr Vorsitzende lockerte Besprechungen, bei denen gegen den Weiterbestand von Hunderten Arbeitsplätzen entschieden wurde, gerne mit Erzählungen aus seinen Bergurlauben auf. Nicht selten präsentierte er auch seine atemberaubenden

Bilder. Die Gattin hatte es sich eigentlich im hoteleigenen Wellnessbereich gemütlich machen wollen. Eine Schlammpackung, Massagen und natürlich ein entspannendes Dampfbad wären ihr lieber gewesen. Aber sie hatte sich wieder schönreden lassen, welch traumhaftes Erlebnis so eine Morgenwanderung doch war. Sie verfluchte sich leise und stapfte Schritt für Schritt an zerfledderten Kuhfladen vorbei, weiter den Weg entlang auf ihren Mann zu. Dieser knipste noch immer Bilder und schwärmte von der Schönheit des Lichts zu diesen frühen Morgenstunden. Besonders gefiel ihm die alte Kuhtränke in der Mitte des Hanges, wo zwei Jungtiere gelangweilt das grüne Wasser schlürften. Mittlerweile war sie nun auch bei ihm angekommen und seufzte erschöpft, als sie nach der Wasserflasche in der Außenhalterung an ihrem Rucksack langte.

»Müssen wir jetzt an denen vorbei?«, stieß sie angewidert hervor und deutete auf die Kühe. »Ich habe gehört, dass die auch Menschen angreifen.«

Der Mann reagierte nicht. Beim Betrachten der digitalen Bilder fiel ihm ein komischer dunkler Fleck beim Brunnen auf. Er zoomte ganz nah heran, doch es war zu verschwommen, um mehr zu erkennen. Verärgert darüber, dass er seine Lesebrille im Hotelzimmer liegen gelassen hatte, schweifte sein Blick abwechselnd von der Stelle am Brunnen zurück auf das Display der Kamera. Aber sosehr er seine Augen auch zusammenkniff, er erkannte aus der Entfernung einfach nicht mehr.

»Schatz, siehst du das? Das versaut mir das ganze schöne Bild!«, jammerte er. Der verschwommene schwarze Fleck inmitten von blühenden Alpenblumen machte ihm schwer zu schaffen. Wenn dieses Bild in A4 an der Wand in seinem Büro hängen sollte, dann würde ihn dieser Fleck das ganze Jahr über nerven, oder, schlimmer noch, die Kollegen könnten glauben, er beherrsche seine sündhaft teure Kamera nicht.

Was war das nur? Mit den Blüten und dem alten Holz des Brunnens würde es ein wunderbares Farbenspiel abgeben, doch sah es im Moment so aus, als läge dort ein großer schwarzer Müllsack. Das passte natürlich überhaupt nicht. Weder zu seinem Naturbedürfnis noch in sein Bild.

»Ich werde das in Ordnung bringen!«, kündigte er an.

»Aber bitte pass auf, dass diese Tiere dir nichts tun. Sei vorsichtig!«, mahnte sie.

Der Mann stapfte mit der Kamera in den Händen Richtung Brunnen. Sich langsam annähernd, versuchte er fieberhaft herauszufinden, was seine Fotografie verschandelte. Er schüttelte den Kopf. Tatsächlich hatte wohl jemand die Unverfrorenheit besessen, einen vollen Müllsack einfach abzuladen. Er, der ja gute Freunde bei der Bergwacht hatte, würde das natürlich sofort melden. Aber vorher wollte er dieses Bild machen. Er hängte sich die Kamera um den Hals und griff mit beiden Händen nach dem Ende des Sackes. Recht viel Müll, dachte er sich. Die Kamera streifte den Müllsack, wie sie ihm am Gurt um den Hals baumelte. Aber wohin jetzt damit? Er hatte vor, ihn vorerst einfach in den Latschen zu verstecken, damit sein Bild die gewünschte Ursprünglichkeit ausdrücken konnte. Dazu hob er ihn kurz an und schwang ihn eineinhalb Meter über die ätherisch duftenden Äste, dabei merkte er, kurz bevor er den Sack losgelassen hatte, wie das Plastik unter seinem Gewicht nachgegeben hatte und aufgerissen war. Egal. Hauptsache, der störende Müll war ein für alle Mal aus seinem Objektivbereich entfernt und das Licht noch jungfräulich morgendlich. Zufrieden marschierte er zurück an seine Ausgangsposition. Die Kühe beachteten ihn nicht weiter und rupften friedlich die Almkräuter aus dem Boden.

Seine Frau hatte sich für das Geschehen nicht sonderlich interessiert. Sie war damit beschäftigt, sich die Lippen wieder und wieder mit einem Lippenstift mit UV-Filter einzuschmieren.

Ihr Mann versuchte, seine Wanderstöcke als Stativ zu verwenden, und stellte erneut den Weißabgleich ein. Doch als er durch die Linse schaute, entdeckte er zu seinem Entsetzen eine braun-rötliche Färbung. Er drehte die Kamera um und polierte mit einem winzigen Tuch aus seiner Kameratasche die Schlieren gewissenhaft weg. Dabei fiel ihm auf, dass auch an seinen Händen dieser braun-rötliche Dreck haftete. Angeekelt rieb er ihn in seine Hose. Damit fertig, setzte er endlich an, sein Foto zu schießen. Er achtete darauf, den Horizont perfekt waagrecht zu halten, und justierte noch den genauen Bildausschnitt.

Der Frau, die die Landschaft nicht durch ein Display betrachtete, fiel zuerst auf, dass dort, wo ihr Gatte den Müllbeutel hingeworfen hatte, etwas aus den Latschen herausrollte. Er dürfte wohl einen Stein von der Größe eines Fußballes gelockert haben. Dieser ordentliche Brocken rollte nun langsam auf sie zu.

Noch mal schnell etwas an der Blendenverschlusszeit geändert, und perfekt war das Bild der Almweide mit Kühen, Felswänden, schneebedeckten Gipfeln und einem herabrollenden menschlichen Kopf.

2

Es waren ruhige Tage für den Polizeiposten der Sechshundert-Einwohner-Gemeinde, wenn die vielen Urlauber in die Gegend kamen. Die Einheimischen hatten genug damit zu tun, den Touristen ihren Aufenthalt so schön wie möglich zu gestalten, und da die letzten Tage hindurch das Wetter nicht besonders gut gewesen war, umso mehr. In letzter Zeit hatte es nicht mal Gelegenheit gegeben, den einen oder anderen Schein zu zupfen. Ja, die Gastwirte brauchten das Haus nicht zu verlassen. Die Strecke in den Keller zum Selbstgebrannten schaffte man ja noch zu Fuß.

Polizeiinspektor Rainhardt, genannt Hartl, war gerade dabei, für sich und den Kollegen Kaffee einzugießen, als ihn ein Telefonanruf unterbrach. Er hob den Hörer ab. »Ja, Rainhardt.«

Sein Kollege spielte mit Büroklammern zwischen seinen Fingern. So ein kleiner Sandkasten mit einem Miniaturrechen wäre eine Sache, dachte er sich. Dafür brauchte man aber einen größeren Schreibtisch. Vielleicht hätte er doch Buchhalter werden sollen. Ein Gedanke, den er täglich mehrmals hatte. Er bekam nicht viel mit von dem, was Hartl sprach.

Er redete nie viel am Telefon. »Hmh«, »jaja«, »na ja«, »okay« war so ziemlich alles, was er das ganze Telefonat hindurch sagte. Es war kein erfreulicher Anruf. Als er aufgelegt hatte, seufzte er und lehnte sich in seinem Stuhl zurück.

Sein Kollege Inspektor Felix Garer rückte sich die Brille zurecht und musterte Hartl.

»Ah, Scheiße, Garer, des war's mit meim Urlaub am Gardasee.«

Zur selben Zeit störte das Klingeln des Telefons auch die Ruhe der urlaubsbedingt stark dezimierten Ermittlungsgruppe von Oberst Richard Hayek in der rund hundert Kilometer entfernten Landeshauptstadt. Nur mit höchstem Unwillen vernahm der Oberst die Meldung eines möglichen Mordes. Höher als die Abneigung, über den Fernpass in das entlegene Tannheimer Tal zu fahren, das man eigentlich nur aus dem Verkehrsfunk und dem Wetterbericht kannte, blieb lediglich die Verwunderung darüber, dass man auf einer Alm nun abgeschlagene menschliche Schädel fand.

3

An der Talstation der Gondelbahn brach die Hölle los. Von der nächstgelegenen Schirmbar aus beobachteten neugierige Touristen, aber auch einheimische Schaulustige den Vorgang. Zig verschiedene Einsatzfahrzeuge der Polizei, der Feuerwehr und Rettung standen dort bereit. Beamte in weißen Plastikkitteln tummelten sich geschäftig herum, trugen Koffer in die Gondeln und telefonierten wild gestikulierend. Hartl und Garer versuchten, die Durchfahrt für die Einsatzfahrzeuge zu regeln. Nicht nur einen Urlauber hatten sie mit den Worten wegschicken müssen, dass dies ein Polizeigroßeinsatz sei und die Gondelbahn heute nur den Einsatzkräften zur Verfügung stehe. Die Vans mit den Stickern am Heck, die auf die Vornamen der minderjährigen Mitfahrer hinwiesen, zogen wieder ab. Für Kevin-Marcel und Leonie-Chantal dürfte das nicht die erste und letzte Enttäuschung in ihrem Leben gewesen sein. Dessen war sich Garer sicher.

»Sag amol, Garer, hosch du die Hund angruafen?«, lautete Hartls nächste Frage, der dienstbeflissen wie eh und je den Autos den Weg von der Talstation wegwies.

»Na, hon i it, i hon mir denkt, die werden die schon mitbringen.«

Hartl fuhr herum und fuchtelte aufgeregt mit der Kelle vor Garers Gesicht herum:

»Geh, du Trottel, jetzt telefonier denen nach. Des kann's ja wohl it sei, dass mir kuane Hund da hend, wenn jetzt glei der Ermittlungsleiter kommt. Herrgottzack!«, wies er ihn wutentbrannt zurecht. Hartl wollte sich nicht vor den Kollegen vom LKA blamiert wissen.

Garer tippte lustlos Zahlen in sein Telefon, als auch schon ein schwarzer Wagen vorfuhr.

Hartl schien es, als ob sich gerade in dieser Sekunde das Wetter verschlechtert hätte. Das Auto trug ein Wiener Kennzeichen und parkte nonchalant ein Rettungsfahrzeug zu. Auf so einen hatte Hartl den ganzen Tag gewartet. Er klopfte energisch gegen die Scheibe an der Fahrerseite. Anstelle des Fensters ging gleich die Tür auf.

»Sie da! Sie parken das Einsatzfahrzeug zu, fahren S' des sofort weg!«, intervenierte Hartl.

Ein Mann stieg aus, streckte sich und langte nach seinem Sakko zurück in den Wagen, das er sich leger anlegte und in dessen Brusttasche er seine Sonnenbrille steckte.

Hartl versuchte, mit verstärkter Gestik und lauterem Tonfall mehr Eindruck zu machen. »Sind Sie terrisch? *Wegfahren* sollen Sie!«, schrie er ihn an.

Der Mann aber grinste nur wenig beeindruckt und griff in seine Sakkotasche. Er wies sich als Oberst Hayek, stellvertretender Leiter des Ermittlungsdienstes, aus und war unüberhörbar Wiener: »Wann ma nur an Kopf findet, dann kennen S' ana sicher sein, dass S' des Krankenwagerl ned brauchen wearn.«

Der Beifahrer, ein junger Mann, ebenfalls in Zivil mit Sportjackett, kam hinzu. Noch nie hatte er den Oberst so einen übertriebenen Dialekt sprechen hören. Er gähnte in seinen Handrücken und schaute skeptisch in den Himmel. Er stellte sich bei Hartl und Garer wesentlich höflicher als sein Chef als Benedikt Vogelspiel vor. Vogelspiel war daran gewöhnt, hinter Hayek herzuräumen.

»Sagn S', Herr Inspektor, san die Hund schon oben? Es scheint ein Wetter aufzuziehen«, fragte er, ohne ihm ins Gesicht zu sehen, und bildete mit seiner Hand Windschutz für die Zigarette, die er sich anzurauchen gedachte.

4

Das Türklingeln schreckte Veva Wolf aus dem Schlaf. Zum Kuckuck, dachte sie. Sie rekelte sich kurz, schwang die Beine aus dem Bett und bemitleidete sich selbst ganz fürchterlich. Der Abend in der Cocktailbar des Seehotels hatte lange gedauert. Eigentlich hatte sie nur die Arbeitswoche bei einem Gläschen ausklingen lassen wollen, aber der attraktive Belgier, der wegen eines Canyoningtrips im Ort war, hatte sie ihre Meinung ändern lassen. Es war nicht bei einem Gläschen geblieben, und ihr Bett war nicht das erste, aus dem sie sich heute schon bemüht hatte.

Auf dem Weg aus dem Zimmer griff sie nach ihrem violetten Bademantel und legte ihn sich um die Schultern. Sie verzichtete darauf, sich über die Gegensprechanlage danach zu erkundigen, wer vor ihrer Tür stand, und betätigte gleich den Summer. Unbemerkt war ihr der graue Schäfer-Husky-Mischling gefolgt. Er streckte sich elegant und gab ein zufrieden glucksendes Geräusch von sich. Der Schwanz wedelte vorfreudig auf den Besuch. Sie vergewisserte sich, dass der Hund nicht durch die Tür schlüpfte, und machte nur einen Spaltbreit auf. Außerdem genierte sie sich für den alten Bademantel. Vor der Tür stand der Polizeibeamte Felix Garer. Sie entspannte sich. Garer war ein alter Schulfreund. Sie wusste noch, dass er eigentlich immer hatte Buchhalter werden wollen. Er hatte in der Volksschule immer Zahlscheine verteilt, die er seiner Mutter aus der Post gestohlen hatte.

»Griaß di, Felix, jetzt bin i aber gespannt. Was isch denn passiert?« Sie machte die Tür weiter auf.

»Ja, servus. Der Besuch isch ganz dienstlich. Oben am Skilift findet a Großeinsatz statt«, sagte er ohne Pause zwischen dem Grußwort und der Botschaft. »Die Suchhundestaffel steckt im Stau wegen der Blockabfertigung am Tunnel. Die werden nicht rechtzeitig da sein, und a Wetter zieht auf. Wir brauchen dringend an Hund. Es isch zwar kua Lawinenkegel, aber kann er auch so a Fährte aufnehmen?«

Wolf zog die Brauen hoch und ließ den Hund den Beamten begrüßen. Hechelnd und beinahe winselnd vor Freude schlang sich der Hund um die Beine von Garer und biederte sich für Streicheleinheiten an.

»Ja, klar können wir das versuchen. Fährtenarbeit steht eh am Trainingsplan«, hörte sie sich entgegen ihrem vorherrschenden Bedürfnis nach mehr Schlaf und kohlensäurehaltigen Getränken sagen.

»Kannsch du glei mitkommen?«

Sie fühlte sich überfahren. Körperlich wie mental. Der leichte Schlaf, bedingt durch das Übermaß an Alkohol, war nun in einen konstanten Schwindel und eine zermürbende Unlust übergegangen.

»I mach mi nur schnell fertig.«

Sie verschwand in den hinteren Bereich der Wohnung und erschien wenige Minuten später in wetterfester Kleidung. Die Falten in der schwarzen Hose ließen darauf schließen, dass sie länger ungebraucht im Kasten gelegen hatte. Mit dem charakteristischen »Zipp« machte sie die rote Jacke zu. Sie verließ das Haus mit offenen Schuhbändern und verfrachtete den aufgeregten Hund auf die Rückbank des Streifenwagens.

Der Hund hechelte aufgeregt und verschmierte mit seiner Schnauze sorglos die angehauchten Seitenscheiben. Wolf schnürte sich letztlich die Bergschuhe, während Garer losfuhr und erklärte, dass dies kein gewöhnlicher Einsatz werden würde. Er sprach vorsichtig, fast so als wollte er sie nicht verschrecken. Wolf freute sich nicht, zu hören, dass auch der Jäger mit seinen Hunden verständigt worden war. Ihre beiden Tiere waren schon einmal aneinandergeraten. Es war nicht unblutig ausgegangen. Seitdem verstanden sich die beiden nicht mehr. Es brachte schon eigenartige Wirkungen zwischen zwei Menschen mit sich, wenn ihre Hunde offen aufeinander losgingen. Selbst wenn man die Tierarztrechnungen korrekt abgewickelt hatte und von überschwänglichen Schuldzuweisungen absah, mochte zwischen den Hunden alles geklärt sein, aber unter ihren Besitzern machte sich ein hartnäckiges Misstrauen breit. Es war letztlich Wolfs Haftpflichtversicherung gewesen, die für das zerfetzte Ohr der Bracke hatte aufkommen müssen.

Sie klappte die Blende herunter, um endlich einen Blick in den Spiegel zu erhaschen. Die Flasche Wein des Vorabends hatte sich in ihrem Gesicht nicht allzu sehr abgezeichnet. Ihre Augenlider waren nicht übermäßig aufgequollen, und das restliche Make-up sah fast wie dezent geschminkt aus. Was für eine Erleichterung. Sie lehnte sich zurück in den Sitz.

»Nun, jetzt sag amol, wen suchen wir eigentlich?« Sie war bislang einfach noch nicht wach genug gewesen, um sich auf die ihr bevorstehende Aufgabe zu konzentrieren. Da fiel ihr Blick auf die vielen Einsatzwägen und das aufgescheuchte Sonderaufgebot, das mehr Tumult zu veranstalten vermochte als eine Liftkassaöffnung in der Skihauptsaison.

Garer hatte die ganze Zeit über mit näheren Details gegeizt, aber nicht übertrieben, als er von einem nicht gewöhnlichen Sucheinsatz sprach.

»Einen Toten suchen wir«, gab er nach längerem Zögern schließlich zur Antwort und legte seinen Arm um die Nackenstütze des Beifahrersitzes, um sich zum Rückwärtseinparken möglichst weit nach hinten drehen zu können.

»Woher wissen wir, dass er tot isch?«, fragte sie erstaunt. Sucheinsätze nach Vermissten in den Bergen waren keine Seltenheit. Dabei vermied man es aber stets, davon auszugehen, dass der Gesuchte nicht mehr am Leben sein könnte. Sie konnte die Augen von dem Polizeifahrzeug nicht abwenden, von dem sie wusste, dass damit Personen in grauen Särgen abtransportiert wurden.

5

Es grollte bereits, als Wolf und der Hund in die Gondel stiegen. Garer war im Tal geblieben. Hartl hatte ihn gebraucht. Sie saß allein in der Kabine und war gespannt darauf, was sie erwarten würde. Es roch nach verschmortem Plastik. Jemand hatte erst kürzlich darin geraucht, obwohl überall Verbotszeichen angebracht waren.

Garer hatte ihr immerhin sagen müssen, dass ein Tourist einen menschlichen Kopf in einem schwarzen Müllsack gefunden hatte. Es war ihm nur schwer über die Lippen gekommen, als ob er befürchtete, das Geschehene mit jeder Einzelheit noch realer werden zu lassen. Felix Garer war nicht für solche Einsätze geschaffen. Er war überhaupt nicht für den Polizeidienst geschaffen. Veva Wolf war das klar, und sie übte daher Nachsicht. Sie hatte selbst ein seltsames Gefühl im Magen. Ekel war es eher weniger. Sie hatte zwar noch nie einen abgetrennten menschlichen Kopf gesehen, aber mit Leichen konnte sie irgendwie. Das vermochte sie unverblümt von sich zu behaupten. Während sich die anderen Studenten in der Gerichtsmedizin bei Fachveranstaltungen für Juristen abgestoßen hatten abwenden müssen, war sie es gewesen, die die Spurensicherung am Körper der Leiche immer genauestens mitverfolgt hatte. Wenn sie einen Toten sah, dann spürte sie sich ganz dieser Kraft der einzigen Endgültigkeit ergeben. Es gab nichts, wovon es sich abzuwenden galt. Es war, wie es war. Der Tod war so sicher und unausweichlich. Viel mehr schüchterte sie das Leben ein. Leben schien viel schwieriger als sterben.

Den ersten toten Menschen hatte sie bereits im Alter von neun Jahren gesehen, als sie die Leiche eines Mannes nach dessen Selbstmord entdeckt hatte. Der Körper hatte damals eigentlich keine richtige Form mehr gehabt. Nicht einmal mehr Schuhe waren an den Füßen gewesen. Sie erinnerte sich an die

Stofffetzen, die einst bekleidete Stellen angedeutet hatten, und diese himmelschreiende Surrealität, die in der starren Leblosigkeit lag, die der Tod über menschliche Körper brachte. Vom Kopf hatte sie damals nur den Kiefer mit seinen Zahnreihen erkennen können. Alles andere war zur Unkenntlichkeit zerschmettert gewesen. Füße dort, wo Ohren hingehörten. Ein Arm wie ein Gürtel um den Bauch. Lange hatte sie den Toten damals betrachtet. Sie hatte sogar überlegt, ob sie ihn anfassen sollte, aber das wäre ihr damals schon respektlos erschienen. Seither war sie nie wieder an diesen Ort gegangen.

In ihrem Magen rumorte es. Der Hund blickte sie fragend an. Eine Welle des Schauderns durchfuhr sie. *Ich hasse Wein. Ich hasse Wein. Ich hasse Wein.* Das verinnerlichte sie sich wie ein Mantra, damit sie sich beim Aussteigen aus der Gondel nicht vor den herumstehenden Menschen übergeben musste. Garer hatte ihr gesagt, man werde sie oben abpassen. Doch es schien sie niemand zu erwarten. Der Hund wäre am liebsten losgestürmt und hätte sich im noch taufrischen Gras gewälzt.

Es begann langsam zu tröpfeln. Sie hatte es zwar unter ihrer witterungsbeständigen Kleidung nicht gespürt, doch die kleinen Wasserpfützen zogen schon radarartige Kreise. Um sie herum war dennoch einiges los. Menschen in weißen Kitteln eilten von A nach B. Sie machten sich wohl Sorgen um ihr Equipment. Einer davon ging nahe an ihr vorbei. Sie sprach ihn an.

»Entschuldigen Sie, ich suche Oberst Hayek.«

Keine Antwort, nur ein hastiges Nicken in Richtung Hang hinunter, während er kleine Plastiktüten in größere packte und beklebte.

Etwa hundert Meter unter der Bergstation befand sich eine Kuhtränke. Die Tiere waren zusammengetrieben und mit dünnen Elektrobändern in Schach gehalten. Das gefiel ihnen ganz und gar nicht. Sie muhten unaufhörlich. Neben den eingezäunten Tieren machte sie eine Person aus, die nun wirklich nicht in die Landschaft passte. Ein großer Mann in schwarzem Anzug stand und unterhielt sich angeregt mit einem der weißkitteligen Männer. Er trug längere Haare und hatte sich seit Tagen nicht rasiert. Die strenge Haltung und zurückhaltende Gestik wiesen darauf hin, dass man es mit einem leitenden Beamten zu tun hatte. Wolf steuerte auf ihn zu. Sie war verwundert darüber, sich weitestgehend ungehindert über einen möglichen Tatort bewegen zu dürfen, und wartete darauf, von irgendeiner Seite weggewiesen zu werden. Womöglich hatte man ihre Anwesenheit geradezu erwartet. Es war wohl auch das drohende Unwetter, das die Aufmerksamkeit von ihr ablenkte.

Der Hund ging brav bei Fuß. Er kannte hier jeden Grashalm. Jeden Lawinenhang und jedes Murmeltierloch. So wie sie. Ein weiteres Grollen von Westen her hielt sie zur Eile an. Sie war schnell unten bei dem Mann, von dem sie sich erwartete, ein Oberst des Landeskriminalamtes zu sein. Noch ehe sie seine Aufmerksamkeit erregt hatte, wurde sie durch das Keifen eines Rudels Hunde dazu veranlasst, ihren Kopf zu wenden. Sie verdrehte die Augen. Der junge Jagdpächter war mit dem gesamten Zwinger ausgerückt und machte sich ebenfalls an den Abstieg. Seine Hunde zerrten an den Leinen, steckten ihre Köpfe abwechselnd in irgendwelche Löcher. Sie schnupperten in alle Richtungen und waren in ihrer Triebhaftigkeit kaum zu bändigen. Wolfs Hund bemerkte ihr Schnauben. Die anderen Hunde ignorierte er.

»Herr Oberst?«, sprach sie den Mann im Anzug noch aus einigen Metern Entfernung an.

Er drehte den Kopf in ihre Richtung, ohne auch nur eine Regung auf seinem Gesicht erkennen zu lassen.

»Herr Inspektor Garer hat mich hergebracht, ich soll …« Sie sprach mit ihm in dialektfreien Sätzen.

Wieder eine ruppige Reaktion des Vorgesetzten befürchtend, schaltete sich Vogelspiel dazwischen. Er hatte bereits über Funk von ihrem Eintreffen gehört und begann, sie dem Oberst vorzustellen. »Das ist Frau Wolf. Sie oder, besser gesagt, der Hund ist Mitglied der hiesigen Lawinenhundesuchstaffel. Einer der vielversprechendsten Ersatzkandidaten unserer eigenen Hunde. Man ging im Tal davon aus, dass sie hilfreich sein könnte.«

Mit Zusammenpressen der Lippen konnte sich der Oberst zurückhalten, seinen Unmut darüber kundzutun, dass es an Stümperei kaum zu übertreffen war, dass die Polizeihunde nicht rechtzeitig angefordert worden seien und man sich jetzt mit großen grauen Kuscheltieren von irgendeinem Dorfverein abgeben müsse. Auf diese Weise scheine ihm die Spurensuche mitnichten vielversprechend. Er musterte Hund und Hundeführerin, ohne sie lange anzusehen. Neben dem mächtigen Hund wirkte die Person klein. Die rote Jacke mit dem weiß aufgeprägten Hund fand er wichtigtuerisch. Darüber hinaus hatte die Frau ein unschuldig anmutendes Gesicht, das sie unscheinbar und wenig kompetent wirken ließ. Der schulterlange glatte Pferdeschwanz tat sein Übriges dazu, um ihr eher kindliches Auftreten zu unterstreichen.

»Ja, ja, ja, glauben Sie also, Ihr Hund kann einer Spur nachgehen, und das ohne langes Erklären?«, fragte er hastig.

Das ausgedrückte Misstrauen galt eindeutig ihr und nicht dem Hund. Das hörten Vogelspiel wie auch Wolf eindeutig heraus. Unwillkürlich änderte sich Wolfs Haltung. Sie verschränkte die Arme vor dem Körper und suchte nach einer Antwort, die ihrer verkaterten, eher gereizten Verfassung gerecht werden sollte.

Wieder war es Vogelspiel, der vermittelnd eingriff. »Wir möchten natürlich wissen, aus welcher Richtung der Schädel hergebracht wurde und ob nicht sogar der Rest des Körpers hier irgendwo liegt. Das dürfte ja wohl ein anderes Vorgehen sein, als Menschen unter Schneedecken zu finden. Oder nicht?«

Wolf schätzte Vogelspiel sofort. Er verstand sich voll und ganz auf Loyalität gegenüber Hayek. Weder korrigierte er diesen in irgendeiner Form, noch zeigte er sich unterwürfig. Trotzdem wusste er die Situation zu retten, ehe die Peinlichkeit überhandnahm. Er schien etwa in ihrem Alter zu sein, vielleicht etwas jünger, und markierte mit Haltung und Gehabe die Bedeutung des Wortes »Adjutant«. Sie hatte etwas Mitgefühl für ihn übrig, da er mit seinem Chef offenbar nicht das große Los gezogen hatte.

Daher wandte sie sich nunmehr an ihn. »Wenn es eine Spur gibt, dann findet er sie«, versicherte Wolf, und ihre Stimme war an diesem Tag noch nicht so fest gewesen.

»Dabei sieht der Hund genauso aus wie dieser riesige Stoffhase, den Kollege Stinner letztens auf der Betreuungsfahrt gewonnen hat, finden Sie nicht, Vogelspiel?«, fragte er seinen Kollegen, die Untergriffigkeit war kaum zu überhören. Vogelspiel stimmte ihm zu. Die braungraue Färbung und das üppige Fell hielten einem Vergleich wirklich stand.

Mittlerweile war auch der Jäger mit seinen Kötern bei Hayek angekommen. Sie bellten immer wieder den Mischling an und zerrten unruhig an ihren Leinen. Der junge Jäger grüßte Wolf, Wolf grüßte verhalten zurück. Es ärgerte sie, dass der Oberst sich dem Jäger gegenüber höflicher zeigte. Er bedankte sich sogar bei ihm für sein Erscheinen.

»Was für eine Hundestaffel!«, stellte der Oberst fest, und sein Ton ließ nicht vermuten, dass er dies positiv meinte.

Dann wurden sie schnell eingewiesen. Geruchsproben wurden ausgehändigt und die Richtungen auf die Hundeführer aufgeteilt. Man verabsäumte nicht, ausgiebig darauf hinzuweisen, dass alles ein Hinweis sein könne und daher so wenig eigene Spuren wie möglich produziert werden sollten. Jeder Fußabdruck zu viel müsse vermieden werden, um keine Anhaltspunkte zu zerstören, geschweige denn welche zu schaffen, die keine seien. Zu allem Überfluss gebe es auch noch einigen Grund zur Eile. Wenn es erst mal zu schütten beginne, sei es für einen Hund kaum mehr möglich, einer Spur nachzugehen.

6

Die Beamten hatten bislang nur feststellen können, dass ein abgetrennter menschlicher Kopf neben der Kuhtränke in einem schwarzen Müllsack abgeladen worden war. Nach der ersten Sichtung und genauen Dokumentation mit Kärtchen rund um die Tränke war der Schädel an eine wettergeschützte Stelle in der Bergstation gebracht worden. Die Klärung der Identität des Toten stand noch aus. Vorrang hatte jedenfalls die Sicherung allfälliger Spuren vor dem Unwetter. Es gab noch keinerlei Anhaltspunkte, auf welchem Weg der Schädel zur Tränke gelangt war und wo der eigentliche Tatort lag. Eine entsprechend große Blutspur, die auf eine Stelle hindeutete, an der der Schädel abgetrennt worden wäre, war vergeblich gesucht worden.

Wolf hatte die Aufgabe bekommen, den Talkessel nach Nordwesten hin abzusuchen. Lediglich Hayek begleitete Wolf. Ein zu großes Gefolge hätte den Hund irritiert. Wolf hatte darauf bestanden, dass er zur Suche alle Ruhe brauchte. Damit hatte sie in erster Linie eigentlich Hayek loswerden wollen. Nach seinem offen zutage gelegten Misstrauen in ihre Fähigkeiten war sie durchaus verwundert darüber, dass er sich dennoch ihr und nicht dem Jäger angeschlossen hatte. Dieser Angeber hatte schließlich nur einen Hund auf eine Spur angesetzt. Die anderen drei hatte er der Obhut eines Beamten überlassen, wo sie im Platz verharrten und leidend ihrem Herrchen und dem Leithund nachblickten.

Der Mischling verstand schnell. Bereits nach den ersten Metern in die abgesuchte Richtung hatte Wolf sich einen Vorsprung vor Hayek herausgeholt, der unbestreitbar von ihrem wesentlich besseren Schuhwerk herrührte. Vor allem abwärts hatte sie guten Halt, wohingegen ihr Begleiter immer wieder ausrutschte. Ohne sich umzudrehen, konnte sie ihn stets einige Meter hinter sich am Dauerrauschen und -krachen seines

Funkgerätes ausmachen, welches nur vom unablässig näher rückenden Donner übertönt wurde. Wolf kannte das Wetter. Sie spürte die untrügerische kalte Böe, mit deren Abklingen sich die Himmelsschleusen öffnen würden.

Der Hund hatte definitiv eine Spur. Sie führte längs über den Hang, allerdings auf keinem Weg. Zwischendurch scherte die Hundenase nach links oder rechts aus, wurde hektisch, kam jedoch immer wieder auf diese Linie zurück. Sie mussten sich also auf dem schmalen Steig, den die schweren Hufe der Rinder über Jahrzehnte in die Vegetation getreten hatten, durch ein Labyrinth aus Latschen kämpfen. Das Stechen und Kratzen der Nadeln machte Wolf nichts aus. Sie setzte ihre Tritte mit Bedacht und lauschte dem Geräusch der an ihren Schienbeinen abgleitenden und zurückpeitschenden Äste. Der Boden war mit großen Steinen gespickt, und oberirdische Wurzeln erforderten alle Konzentration, um in der Eile nicht ins Stolpern zu geraten. Der eifrige Hund kannte keine Geduld. Hayek hatte hinter ihr allerhand Probleme, Schritt zu halten. Seine genagelten Schuhe mit dem kaum vorhandenen Profil trugen ihr Übriges dazu bei. Trotzdem machte er keine Anstalten, aufzugeben oder das Tempo zu verlangsamen. Dann wurde es ruhig um Wolfs Ohren. Der Wind war abgeflaut, und bevor der nächste Stoß sie erwischte, begannen sich die Wolken mit einem Schlag zu entleeren. Für Flüche nahmen sie sich nicht die Zeit und blieben konzentriert. Wolf gönnte dem überheblichen Beamten die kalte Dusche. Sie selbst war besser für die Witterung gekleidet, und das Wasser perlte an der beschichteten Funktionsjacke ab. Hayeks Anzug hingegen sog das Wasser auf wie ein Schwamm.

Der Regen prasselte schwer auf den weichen Moosboden. Kleine Löcher füllten sich sofort mit Wasser. Aus trockener Erde wurde in wenigen Sekunden zäher Schlamm. Der Regen verunsicherte den Hund, doch er behielt die Nase am Boden, wich aber von der zuvor verfolgten Linie scharf Richtung Norden ab. Wolf zögerte und zweifelte daran, dass ihr Hund noch auf der Fährte war. Der eingeschlagene Weg führte weder ins Tal noch zur Bergstation. Nach einigen Metern ging es wieder etwas bergauf. Der Mischling wurde hektisch. Er tat sich sichtlich schwer, scherte öfter nach beiden Seiten aus, warf immer wieder die Nase in die regendurchlöcherte Luft. Er blieb aber auf seiner Linie nordwärts. Wolf wusste, dass es in dieser Richtung über ein kleines Kar in eine Talsenke ging. Diese Senke war nach Westen durch steile Felswände begrenzt und mündete im Osten in sanft bewaldetes Gelände. An dieser Stelle befand sich ein unscheinbares Sumpfgebiet mit einem kleinen braunen See, welcher durch das abfließende Schmelzwasser der umliegenden Hänge gespeist wurde. Die Hirten waren stets darauf bedacht, den Zaun am Kar immer in Schuss zu halten. Das Vieh durfte dem Schlammloch nicht zu nahe kommen. Es barg große Gefahr für sie.

Der Hund hatte nun allerdings die Spur verloren. Er lief in kleinen Kreisen ohne Orientierung, schnupperte nach links, kam zurück auf die Linie, um dann wieder nach links oder nach rechts neuerlich nach Geruchsfetzen anzusetzen. Vergebens. Die Spur war weg. Wolf rief nach ihm, lobte ihn. Das Fell des Hundes war regennass, er schüttelte sich unter ihren Streicheleinheiten. Sie war ohnehin nun auch bis auf die Haut durchnässt. Keine noch so funktionale Kleidung hätte dies bei diesem Wolkenbruch verhindern können.

Hayek war etwas zurückgefallen, holte aber langsam keuchend auf. Das weiße Hemd fast durchsichtig, das Sakko schwer und formlos und die Schuhe und Hosenbeine voller Matsch. Einzelne lange Haarsträhnen klebten in seinem Gesicht.

»War es das hier nun?«, warf er ihr mehr vor, als dass er fragte. »Weiter geht es nicht?«

»Schmeißen wir mal nicht so schnell das Handtuch. Es gibt nur einen bestimmten Ort, wohin die Richtung führen kann«, entgegnete sie ihm und setzte ihren Marsch unvermittelt fort.

Der Mischling streifte neben ihr her. Hayek seufzte. Er sah nur verschwommen, weil ihm riesige Regentropfen in die Augen fielen. Er folgte ihr weiter den Hang hinauf, bis sie und der Hund über der Kuppe und aus seinem ohnehin eingeschränkten Gesichtsfeld verschwunden waren.

Er stapfte durch den saugenden Matsch. Das Unterfangen wurde durch den starken Regen um einiges beschwerlicher. Es kam, wie es kommen musste, Hayek stolperte über eine Wurzel und landete bäuchlings auf einem kantigen Stein, der sich schmerzhaft in seinen Brustkorb bohrte. Er stützte sich mit den Händen ab, schnappte nach Luft. Eine Weile konnte er sich nur auf das braune Regenwasser, das ihm von Nase und Haaren tropfte, konzentrieren, um nicht von dem Stechen in seinen Lungen übermannt zu werden. Als dieses nachgelassen hatte, bestätigte ihm ein mehr oder weniger schmerzfreies Husten, dass nichts gebrochen war, und er rappelte sich auf. Er holte Wolf langsam ein, die an einem Zaun stehen geblieben war.

»Haben Sie sich auch nichts getan?«, erkundigte sie sich mit Genugtuung in ihrer Stimme.

Er sah selbst an sich herunter und bemerkte beschämt, dass er von oben bis unten voller Schlamm war.

»Vorsicht, das ist Stacheldraht!«, warnte sie und stieg auf den unteren Draht, während sie den oberen so weit wie möglich anhob. Sie bedeutete dem Hund, dort durchzugehen, was dieser auch tat.

Hayek gab sich prahlerisch, zog sein Sakko aus und warf es über den Draht, sodass er gefahrlos, ohne hängen zu bleiben, drübersteigen sollte. Er bedeutete Wolf, dies ebenso zu machen. Um das Sakko war es nun also ein für alle Mal geschehen. Als Hayek nur in seinem ehemals weißen Hemd vor ihr stand, konnte sie sich ein Grinsen nicht verkneifen. Dennoch behielt er Haltung und schien jedenfalls nicht zu frieren. Mit solchen Unwettern ging es meist einher, dass die Temperaturen hier auf knapp zweitausend Höhenmetern drastisch absanken. Es war wohl auch ihre Aufregung, die sie nicht merken ließ, dass sie selbst bereits ziemlich fror.

Vor ihnen lag jetzt das Schlammloch, umrundet von kniehohem Matsch. Wolf schilderte Hayek in wenigen Worten, warum dieses unscheinbar anmutende landschaftliche Idyll eine gefährliche Falle für das Jungvieh darstellte. Beim Versuch, an das Wasser zu gelangen, sanken die Tiere hier immer wieder tief im Schlamm ein. In Panik ausbrechend, trieben sie dann ihre klobigen Beine nur immer tiefer in den weichen Boden und gingen bei den hoffnungslosen Versuchen, sich zu befreien, letztlich vor Erschöpfung zugrunde. Hayek schien verstanden zu haben, jedoch ohne dass es ihn zu interessieren schien. Sie nannte ihm den Namen der Gegend. Hayek versuchte, seine Position am Funk durchzugeben. »S-e-b-e-n-s-e-e«, musste er buchstabieren. Sie suchte währenddessen mit den Augen die Wasseroberfläche und den umliegenden Schlamm ab. Der Mischling hatte sich derweil unter eine Latsche gelegt, um Augen und Ohren aus dem Regen zu bekommen. Aus der Ferne war der Rest des Suchtrupps zu hören. Am lautesten waren dessen Flüche über das Wetter, das Landleben und die Bezahlung für diesen Job. Wolf konnte nur für ihn hoffen, dass er heute nicht auch noch über den Fernpass zurück in die Landeshauptstadt fahren musste.

7

Die ankommenden Beamten erheiterten sich an Hayeks Aussehen. Ein weißer Kittel wurde ihm gereicht. Er fragte sich zwar, was ihm dieser noch helfen sollte, schlüpfte aber dennoch hinein.

»Frau Wolf, haben Sie vielen Dank, aber wir haben aktuell keinen Bedarf mehr an Ihren Diensten. Ich darf Sie nunmehr darauf hinweisen, dass dies eine polizeiliche Ermittlung ist, und bitte Sie, wieder ins Tal zu fahren«, sagte er kurz und wandte sich von ihr ab.

Wolf war etwas enttäuscht. Ihre Mimik vermochte dies gut zu verbergen, da alle Muskeln in ihrem Gesicht darauf angesetzt waren, die Sturzbäche von den Augen abzulenken. Eigentlich wäre sie gerne noch geblieben und hätte sich das Treiben weiter mitangesehen, nicht zuletzt, da unter den gegebenen Umständen auch noch Taucher angefordert werden würden.

Mit einem Pfiff war der Hund an ihrer Seite. Hayek stand mittlerweile unter einem Regenschirm und besprach sich mit den anderen. Sie nickte ihm zum Abschied zu, er bemerkte es jedoch nicht. Der Regen knisterte auf dem Plastiküberwurf. Dann wurde sie von einem älteren Beamten zurück zur Bahn begleitet. Sie gingen schweigend.

Bei der Bergbahn wollte sie sich von ihrem Begleiter verabschieden, doch dieser machte Anstalten, ebenfalls ins Tal zu fahren. Sie stiegen in die Gondel ein. Der Hund wirkte dabei äußerst ungelenk. Aufgrund der Länge seines Körpers hatte er Mühe damit, die Vorderbeine in die fahrende Gondel zu setzen und die Hinterläufe vom festen Boden hinterherzubekommen. Diese Strapaze war er allerdings gewohnt. Sie sah sich nach dem Jäger um. Das Gebell seiner Hunde hatte sie schon länger nicht mehr vernommen. Sie fragte sich, ob er etwas Hilfreiches gefunden hatte. Nachdem aber gleich die ganze Tatortgruppe zum Sebensee angerückt war, dürfte wohl eher sie die entscheidende Fährte gefunden haben. Als sie sich zufrieden gegen die zerkratzte Scheibe der Gondel lehnte, fiel ihr wieder auf, wie übel ihr eigentlich war. Der Belgier hatte seinen Canyoningtrip wohl ausfallen lassen müssen.

Der Polizist saß ihr gegenüber. Er rieb seine Handflächen aneinander und pustete sich auf die kalten, starren Finger. Dabei seufzte er und meinte etwas in die Richtung, dass es nicht sein könne, dass er in seinem Alter kurz vor der Pensionierung noch derartige Einsätze zu verrichten habe. Wolf nickte verständnisvoll. Sie hatte nicht das Bedürfnis, sich mit ihm zu unterhalten, empfand sich aufgrund der Umstände aber dazu verpflichtet. Schweigen erschien ihr auf dem beengten Raum als unangenehm intim. Small Talk war nie ihre Stärke gewesen, also sprach sie das Offensichtliche an.

»Was, glaubsch, isch da passiert?«, fragte sie und gab sich ängstlich.

Er sah sie beinahe mitleidig an und machte den Eindruck, tröstlich reagieren zu wollen, schien aber auch nicht zu wissen, wie er dies anstellen sollte. Es war einfach zu absurd, um dafür Worte zu finden.

»I wünscht, i könnt dir da mehr sagen. I will's ja selber it glauben«, antwortete er ebenfalls mit dem im Dialekt vorherrschenden Du. »Die Welt isch ein schlechter Ort gworden.«

Und nachdem sie jahrelang geglaubt hatte, dass Phrasen wie diese leer und nichtssagend waren, meinte sie zum ersten Mal, voll zustimmen zu müssen. Was musste die Welt für ein schlechter Ort geworden sein, dass etwas hier in ihrer Heimat geschehen konnte. So was passierte hier nicht. *Auf der Alm, da gibt's ka Sünd.* Und schon gar keine abgehackten menschlichen Köpfe.

»An dieser Stelle möchte i nur noch mal dran erinnern, dass es wichtig sein kann, unten im Tal nicht viel darüber zu reden. Des macht die Leit nur deppert«, meinte er.

Sie verstand gut, was er damit sagen wollte. Ihre eigenen Gedanken rasten ja bereits wie wild.

»Niemand möchte, dass sich Panik ausbreitet. Am beschten gar it das Wort ›Mord‹ in den Mund nehmen«, riet er ihr ernstlich.

Mord. Daran hatte sie bis jetzt nicht einmal wirklich gedacht. Nur, dass jemand tot war. Geköpft. Aber nicht, dass es jemand *getan* hatte. Ihr Schaudern begann innerlich und drang durch ein Zittern ihres nass frierenden Körpers nach außen. Sie war schon einige Mal auf Menschen getroffen, die schreckliche Dinge getan hatten. Aber eben immer nur dann, wenn diese bereits überführt waren oder kurz davorstanden. In diesen Begegnungen beruhte das Entsetzen weniger auf der Abscheulichkeit ihrer Verbrechen, sondern vielmehr darauf, wie normal diese Personen schienen. Und manchmal, und das erschütterte sie am meisten, vermochten sie sogar Verständnis zu erzeugen. Es gestaltete sich aber eindeutig anders, wenn sich diese Menschen auf freiem Fuß befanden. Sie waren da draußen eine Gefahr, die selbst ihr Angst einflößte. Und der Ort war so klein. Hielt sich der Täter hier auf, dann wäre er die ganze Zeit in ihrer Nähe.

Unten an der Bergstation verabschiedete sie sich von dem Beamten, dessen Namen sie nicht unter dem Plastiküberwurf hatte lesen können und der sich auch nicht vorgestellt hatte. Während sie den Busfahrplan von der Talstation ins Tal kontrollierte, fiel ihr ein, dass die Busse sicher umgeleitet würden. Garer war nicht zu sehen. Sie musste wohl laufen. Durchnässt, wie sie war, stellte es nur einen geringen Trost dar, dass der Regen aufgehört hatte. Als sie also die Serpentinen ins Dorf mit langen, steifen Schritten hinunterging, kamen ihr zwei Einsatzbusse entgegen. In dem einen konnte sie Hunde hinter vergitterten offenen Fenstern ausmachen, deren Gebell im Vorbeifahren dem Huskymischling galt. Ansonsten waren nicht viele Leute auf der Straße. Die wenigen, die ihr begegneten – manche waren ihr bekannt, andere Urlauber –, sahen nicht aus wie Mörder, sondern eben ganz normal. Das beruhigte sie.

8

Als das Unwetter nachgelassen hatte, wurde mit dem Hubschrauber und einer Wärmebildkamera der Grund des Sebensees abgesucht. Man fand in der Tat neben den skelettierten Überresten einiger Kälber die Leiche eines enthaupteten Menschen. Die meisten Beamten aus der Region, die in ihrer Dienstzeit höchstens einmal einen verschobenen Nasenbeinbruch gesehen hatten, waren nun mit dem Fund überfordert. Die von außen hinzugezogenen Polizisten schienen besser damit umgehen zu können. Sie versuchten, ihren Ekel zumindest hinter morbidem Humor zu verstecken. Der Tote war wohl nicht mit dem Kopf bei der Sache gewesen. Aber das sei kein Grund, den Kopf zu verlieren.

Die Bergung der Leiche hatte sich als nicht einfach herausgestellt. Den Polizeitauchern war es fast unmöglich gewesen, mit ihrem Equipment durch den Matsch und den Gestank des kippenden Wassers zur Leiche vorzudringen. Wind und die Nähe zur Felswand hatten eine Hubschrauberbergung mittels Seilwinde unmöglich gemacht. Mit brachialer Gewalt musste, was die Taucher mit Gurten und Seilen befestigt hatten, ans Ufer gezerrt werden. Auf einer Plastikplane wurde der Fund ausgebreitet. Ein braunes unförmiges Etwas, das nur anhand der Extremitäten noch an einen Menschen erinnerte. Das menschliche Gehirn vermochte Worte zu lesen, die nur aus ihren Konsonanten bestanden, indem es sich die Vokale hinzudachte. Vergleichbare Arbeit musste das menschliche Gehirn auch zur Erkennbarkeit des enthaupteten Körpers leisten, indem es sich den Kopf dazudachte.

Hayek machte sich Notizen zu seinem ersten Eindruck: Männlich. Neunzig Kilogramm. Bekleidet. Trekkingschuhe. Mehr konnte er nicht erkennen. Obwohl nicht einmal Blut zu sehen war, würgte Vogelspiel unaufhörlich. Ihm war nicht klar, ob die Leiche den Gestank verursachte oder das faulige

Wasser und der allgegenwärtig säuerlich süße Kuhmist. Hayek gab ihm mit Blicken mehrfach zu verstehen, sich zusammenzureißen. Er hatte nichts übrig für schwache Mägen oder Unkonzentriertheit.

Der Leiter des gerichtsmedizinischen Institutes, Universitätsprofessor Dr. Beck, hatte es sich nicht nehmen lassen, persönlich am Sebensee zu erscheinen. Er war besser mit Hayek bekannt, als diesem lieb war. Im Gegensatz zu Hayek hatte Beck sich aber durch einige Voreinsätze einen Namen gemacht. Die grausigsten Kapitalverbrechen der letzten Jahre waren von Beck begutachtet worden. Die Gerichtsberichterstatter feierten ihn in ihren Artikeln. Aus diesem Grund hatte Hayek die Tageszeitung abbestellt. Seitdem las er nur mehr die Push-up-Nachrichten der Wiener U-Bahn-Zeitung. Er konnte Beck seine Expertise nicht absprechen, aber er hielt ihn überwiegend für einen eitlen Hund.

Als Beck nunmehr nach einer Erstbegutachtung des Schädels beim Sebensee eintraf, war es daher wenig verwunderlich, dass Hayek ihn nur beiläufig grüßte. Hayek gab Vogelspiel Anweisung, Becks ersten Eindruck zu protokollieren und ihm später zu berichten, und verschwand in seinem weißen Kittel in Richtung Bergstation.

Vogelspiel neidete ihm seinen Abgang. Er fror, und neben dieser entstellten Leiche machte sich in ihm ein unsägliches Unwohlsein breit.

Hayek zog beim Gehen sein Handy aus der Hosentasche und wählte mit klammen Fingern die örtliche Polizeiinspektion an. Gruppeninspektor Hartl meldete sich. Nach Klärung einiger organisatorischer Belange vor allem über den Aufbau einer Einsatzzentrale und die Prüfung, ob die Räumlichkeiten der Polizeiinspektion dafür ausreichend waren, erkundigte sich Hayek danach, wo er für die nächsten Nächte wohl eine Unterkunft bekommen könne. An tägliches Pendeln war angesichts der Entlegenheit dieses Fleckchens Erde nicht zu denken. Es stand daher außer Frage, dass sie wohl eine Zeit lang ihre Zelte aufschlagen müssten.

Hartl grinste hörbar durchs Telefon. »Wissen S' denn nicht, dass Hauptsaison isch? Da werden S' hier nix kriegen.« Hartl klang weniger engagiert als zufrieden.

Hayek, der ja schon ausreichend Bekanntschaft mit ihm gemacht hatte, fand sich in seinem Eindruck von Hartl als beschränktem Provinzpolizisten nur bestätigt und würde auch weiterhin so mit ihm verfahren.

»Jo, wissen S', für uns paar Beamte tuat's a Feldbett aufm Posten a! A Duschn und Kaffeemaschin werdn S' wohl haben?« Für Hartl ließ er genüsslich das Wienerische heraushängen, auch wenn es für gewöhnlich nicht seine Art war, im Dialekt zu sprechen. Hayek versah noch nicht lange Dienst in Tirol, aber lange genug, um die Abneigung der Tiroler gegen alles Wienerische genau zu kennen.

Hartl, sich an seinen Wiener Zimmerkommandanten beim Präsenzdienst unangenehm erinnernd, schluckte hörbar, murmelte aber, dass er noch eine Idee habe, die Herren Kollegen würden auf seinen Rückruf warten.

Na bitte, dachte sich Hayek. Hartl legte ohne weitere Grußworte auf.

Einigermaßen zufrieden begab sich auch Hayek auf Talfahrt mit der Bergbahn. Er nutzte die Gelegenheit, telefonisch zu berichten, dass er wohl noch einige Tage in diesem Nest zubringen werde. Weiterer Verständigungen bedurfte es nicht: Die Kamerateams waren ihm bereits bei Vorbeifahrt an der vorletzten Seilbahnstütze aufgefallen. So wie er aussah, wollte er jedoch keineswegs von irgendeiner Kamera aufgenommen werden und funkte den Kollegen an der Talstation zu, sie möchten dafür sorgen, dass die Kameras aus ermittlungstechnischen Gründen ausblieben und dass derzeit keine Stellungnahme von irgendjemandem zu erwarten sei.

Für die Medienarbeit gab es immerhin den schönen Steve, wie er liebevoll genannt wurde. Sein Kollege und Jugendfreund Stefan Stinner vermochte es, über Detonationen und Messerstechereien mit einer Beschwichtigung zu berichten, die deren Brisanz auf die einer Kindergartenstreitigkeit reduzierte, aber gleichzeitig alle ermittlungstechnisch vertretbare Information hergab.

Die Kollegen hatten ihren Auftrag erfüllt, die Medienvertreter machten die von Hayek erwünschten enttäuschten Gesichter, und die Objektive der Kameras blieben gegen Boden gerichtet, als er den Liftausstieg passierte. Er beobachtete kurz das Treiben und bemerkte einige Liftangestellte, die wenig erfreut darüber aussahen, den Liftbetrieb bis in die Nachtstunden gewährleisten zu müssen. Missmutig rauchten sie eine Zigarette nach der anderen. Versuche der Reporter, Interviews mit ihnen zu ergattern, waren vonseiten der Betriebsleitung sofort unterbunden worden. Damit waren es schon zwei enttäuschte Berufsgruppen.

Gerade als Hayek unauffällig an den Kamerateams vorbeigehen wollte, läutete sein Handy. Er antwortete: »Hayek«, und in derselben Sekunde fluchte er über seine Tollpatschigkeit.

Hartl, der am anderen Ende der Leitung war, bezog das »Kruzitürken« sofort auf sich. »Herr Oberst?«, fragte er doch überrascht über diesen Tonfall.

Hayek blickte sich unauffällig um und ging schnellen Schrittes zu seinem Fahrzeug, in der Hoffnung, die Aufmerksamkeit der Reporter nicht auf sich gezogen zu haben.

»I wollt Ihna nur sage, dass mir no a paar Zimmer aufdertrieben hend, in am Gasthof. Der isch aber schon seit a paar Jahr zua, aber a Dusche und Kaffeemaschine und sogar a Bar sollt's geben.« Er gab noch eine Wegbeschreibung durch. Hayek beeilte sich, sein Auto aufzuschließen, und dachte eine Sekunde darüber nach, wie er wohl das Innenleben des Fahrzeuges vor dem schlimmsten Dreck, der an ihm haftete, bewahren konnte. Er trat sich jedoch nur eilig die Schuhe ab, bedankte sich unbedeutend bei Hartl und wollte einsteigen, als sich eine hohe Stimme, begleitet von einem rot blinkenden Licht, fordernd an ihn richtete. »Herr Oberst Hayek! Bitte auf ein paar Worte? Was können Sie uns sagen? Es ist wohl von Mord auszugehen? Wer ist das Opfer? Haben Sie einen Verdacht?«

Er hatte beim Abheben des Handys seinen Namen zu laut gesagt – natürlich hatten die Reporter mittlerweile erfahren, dass er leitender Ermittler war. Diese Unvorsichtigkeit ließ ihn bei all seiner Erfahrung wütend auf sich selbst werden. Die kleine Außenreporterin für einen großen Rundfunksender starrte ihn mit aufgerissenen Augen an und sprudelte in einer Tour mehr Fragen aus, als Hayek sich für eine Beantwortung überhaupt hätte merken können. Er aber war zunächst erstarrt und überlegte angestrengt, wie er sich rauswinden konnte. Es müsste etwas möglichst Nichtssagendes sein, damit sein Interview nicht ausgestrahlt würde.

»Nun, Sie werden verstehen, dass wir uns am Anfang unserer Ermittlungen befinden. Ein Unfall kann noch nicht ausgeschlossen werden.« Der Standardsatz. Und unter gegebenen Umständen auch noch der dämlichste überhaupt.

»Ein Unfall?« Die Augen der Reporterin flackerten gemeinsam mit dem roten Licht der aufnehmenden Kamera. »Herr Oberst, man hat einen menschlichen Schädel in einem Plastiksack gefunden. Welche Annahme bleibt da für einen Unfall?«

Er musste sich jedes Mal aufs Neue wundern, wie schnell sich derartige Neuigkeiten verbreiteten. Manche Journalisten waren Bluthunde. Je blutiger die Spur, umso geifernder wurden sie.

»Wie Sie sehen, bin ich in Eile und habe gleich eine wichtige Besprechung mit dem gesamten Einsatzteam. Bitte verstehen Sie, dass ich Sie an dieser Stelle an unseren Polizeisprecher verweise, der Ihnen im Rahmen einer zeitnah angesetzten Pressekonferenz sicher mehr sagen kann!« Hayek ärgerte sich. Genau das hatte er vermeiden wollen. Er ließ sich ohne Rücksicht auf den Sitzbezug auf den Fahrersitz plumpsen und machte sich auf zu dem von Hartl beschriebenen Gasthof.

Eine uralte Wirtin öffnete, bei deren Anblick ihm sofort klar war, weswegen der Gasthof geschlossen war. Sie wies ihm ein Gästezimmer mit Originaleinrichtung aus den siebziger Jahren und ebenso altem Staub zu. Immerhin war das

Doppelbett frisch bezogen und sah einladend aus. Man roch den Weichspüler. Er ließ seine Tasche auf dem kleinen Tisch zu seiner Rechten fallen und schälte sich aus seiner krustigen Kleidung. Auf dem Weg zur Dusche hinterließ er eine Spur kleiner Dreckklumpen. Wegen des noch nicht getrockneten, frisch gewischten Fliesenbodens kam er beinahe das zweite Mal an diesem Tag zu Sturz. Er fing sich am Waschbecken auf und fluchte. Der unstete Wasserfluss durch den verkalkten Duschkopf wusch ihm die Erde von der Haut und versiegte als braune Suppe im Abfluss. Das warme Wasser stellte eine willkommene Abwechslung zu der eiskalten Regendusche dar. Er hielt seinen Kopf unter den abwechselnd starken Strahl des Wassers und ließ es sich auf seine Schädeldecke trommeln. Auf diese Weise bestrafte er sich für seinen schwachen Auftritt gegenüber der Reportermaus. Einen Moment dachte er auch an den einsamen Kopf auf der Alm.

9

Später am Tag erschien Hayek am örtlichen Posten. Da er regelmäßig zwischen Wien und Innsbruck pendelte, hatte er stets mehr Kleidung als Sprit im Auto. Das machte sich nunmehr bezahlt. Sein Anzug war hinüber. Garer, Hayeks Ansicht nach jemand, der besser in die Privatwirtschaft passte als in den Polizeiberuf, bot ihm einen Kaffee an. Die dünnen Finger und der blonde Mittelscheitel des Fünfunddreißigjährigen machten auf Hayek nicht den Eindruck, einen fähigen Kollegen vor sich zu haben. Aber für die paar Skiunfälle und Wirtshausschlägereien würde es wohl ausreichen. Die Beamten vor Ort verfügten letztlich über keinerlei Erfahrung mit vergleichbaren Gewaltverbrechen.

Hayek schlürfte seinen Kaffee schwarz und inspizierte die beengten Räumlichkeiten des Polizeipostens. Er machte neben dem Eingangsbereich und ein paar Schreibtischen lediglich einen Vernehmungsraum aus, der jedoch viel zu klein war, um auch nur die unverzichtbarsten Besprechungsteilnehmer unterzubringen. Als er sich gerade an Garer wenden wollte, der an seinem Schreibtisch saß und mit Büroklammern spielte, ging die Tür auf, und die Tatortmannschaft traf ein: die beiden Köpfe der Spurensicherung, der eitle Beck sowie einige andere durchnässte Gestalten und zuallerletzt der sichtlich angeschlagene Vogelspiel. Er grüßte und erntete einige neidvolle Blicke auf seine mittlerweile wieder frisch zurechtgemachte Erscheinung.

Vogelspiels erstes Ziel war die Kaffeemaschine. Er bereitete sich eine Tasse und löffelte mechanisch Zucker hinein. Dass die Tasse noch vom Vorgebrauch schmutzig war, schien ihm gänzlich egal.

Hayek ging im Kopf die wichtigsten Besprechungspunkte durch, beschloss aber, den Besprechungsbeginn noch nicht auszurufen. Noch weitere Kollegen traten ein. Das Geräusch harsch abgestellter Koffer erfüllte den Raum. Eine Schlange bildete sich vor der Kaffeemaschine. Ununterbrochen ging das Mahlwerk des Vollautomaten.

Am Gang hörte man die Gemeindeputzfrau laut schimpfen. Das ganze Stiegenhaus sei versaut, wer ihr diese Überstunden zahle und ob es heutzutage überall einer Kinderstube ermangle. Ihr Geschimpfe wurde jäh unterbrochen, ein respektvoller Gruß folgte, und zwei Herren traten ein. Geschniegelt in Trachten und mit großen Schritten suchten sie die Mitte des Raumes. Von allen Seiten ein Gruß, ein freundliches Nicken. Garer erhob sich, schüttelte beide Hände: der eine sein Onkel Ludwig Garer, Bürgermeister und Hotelier, der andere der Fremdenverkehrsobmann Severin Fuchsberger. Während dieser Begrüßungsszene kamen noch weitere Personen hinzu. Wie Hayek später herausfinden sollte, der Obmann der Bergwacht und Bergrettung, der Feuerwehrkommandant und die stellvertretende Obfrau des Familienkirchenvereines. Hayek enthielt sich des Auflaufes. Er nippte von seinem Kaffee, beobachtete die Szenerie an Garers Schreibtisch gelehnt und genoss den Gedanken, sie gleich hinauszuschmeißen. Immerhin wurde durch die Erschöpfung der Mannschaft sichergestellt, dass so schnell keine Amtsgeheimnisse und Ermittlungsergebnisse preisgegeben würden. Am ehesten war noch die Anwesenheit des Herrn Bürgermeisters erforderlich. Als dieser jedoch Anstalten machte, nach dem Leiter der Ermittlungen zu fragen, wies Hayek Garer an, die Überflüssigen hinauszukomplimentieren.

Garer zeigte sich offensichtlich hin- und hergerissen. Er zögerte. Hayek, der sich nicht auf langes Bitten und Wiederholen verstand, schenkte Garer einen geringschätzigen Blick und rief zur Ruhe. Er positionierte sich in der Mitte des ohnehin überlaufenen Raumes und verkündete rau und bestimmt, dass lediglich einigen Beamten, die er beim Namen nannte, dem Herrn Bürgermeister und dem Herrn Gerichtsmediziner zu bleiben erlaubt sei. Bei Letzterem richtete er einen kurzen Blick auf Beck, der sichtlich gekränkt seinen akademischen

Titel nicht vernommen hatte. Hayek machte sich daraus einen Spaß.

Nur langsam gestaltete sich der Abgang der Unerbetenen. Begleitet von einem Murmeln des Unmutes schloss als Letzter der Bergwachtobmann die Tür hinter sich. Sie alle hatten immerhin ein Recht darauf, zu wissen, was in ihrer Gemeinde vor sich ging.

Hayek wandte sich nun endlich an Garer, was die Platzsituation anbelangte. Dieser war allerdings schnell mit einer Lösung bei der Hand und schlug vor, die Besprechung in den Proberaum der Musikkapelle umzusiedeln, der sich nur zwei Häuser entfernt befand. Dort sei ausreichend Platz und zudem eine hervorragende Akustik. Hayek sah auf die Uhr. Es war Abend geworden. Er zeigte Zustimmung zu Garers Vorschlag und ordnete an, die Vorbereitungen dort zu treffen.

Garer machte sich auf den Weg. Die Gruppe jener, die für ihre Präsentation der Ergebnisse Vortragstechnik bedurfte, folgte ihm.

Hayek suchte nun zum ersten Mal das Gespräch mit Vogelspiel, dazu gingen sie in den Vernehmungsraum. Der leitende Beamte lehnte sich ans Fenster, während Vogelspiel auf dem Vernehmungssessel Platz nahm.

»Was haben wir also?« Hayek spitzte seine Ohren.

»Die Identität des Toten ist geklärt. Einer der Polizeibeamten aus dem Nachbarort erkannte den Schädel. Bei weiteren Nachprüfungen konnte sich bestätigen lassen, dass es sich um den hier ansässigen Großbauern Josef Zeilinger handelt, zweiundvierzig Jahre alt, alleinstehend. Ihm gehörte rund das halbe Vieh auf der Sebenalm. Er hat vor zwei Jahren den Hof vom Vater geerbt. Nächste und einzige Verwandte sind die Mutter und eine jüngere Schwester, die allerdings in einen anderen Teil des Landes eingeheiratet hat. Was die Hofführung anbelangt, züchtete und schlachtete er auch selbst. Übereinstimmend mit den meisten Erkundigungen wurde er als etwas einfältig beschrieben. Zuletzt dürfte er beim Bürgermeister immer wieder die Tür wegen einer verweigerten Genehmigung für einen Stallanbau eingerannt haben. Diese Pläne hätten wohl in seiner nächsten Nachbarschaft einiges an Unmut hervorgerufen. Die meisten in der Gegend vermieten ja an deutsche Gäste, und niemand will einen Sommer lang eine Baustelle vor dem Haus.«

»Was halten Sie davon?«, fragte Hayek unbeeindruckt.

»Bislang nicht viel, wenn ich ehrlich sein soll. Die Leute hier geben sich recht redselig. Ich habe aber den starken Eindruck, dass einfach viel zu gern geredet wird und jeder noch mehr über den anderen weiß. Das meiste Hilfreiche haben mir die hiesigen Kollegen erzählt.« Nach kurzen Blicken in seine Notizen fuhr Vogelspiel fort: »Der Tote war noch nicht als vermisst gemeldet. Die Mutter ist bereits unterrichtet, aber aufgrund der Umstände ist noch keine Befragung möglich gewesen. Die Frau dürfte hochbetagt sein. Wir wissen aber, dass er heute frühmorgens mit seinem Motorrad den Wirtschaftsweg, der fast die halbe Strecke auf die Alm führt, hochgefahren ist, um nach dem Vieh zu sehen. Die Maschine haben wir gefunden. Dort fanden sich noch keinerlei Anzeichen für eine bevorstehende Gewalttat. Er dürfte wohl unbehelligt wie üblich aufgestiegen sein. Das machte er für gewöhnlich einmal die Woche.«

»Gibt es nicht einen Hirten oben? Der, der gleich die Kühe eingezäunt hat am Fundort? Warum sollte er dort hinauffahren?«, warf Hayek ein und erinnerte sich an die groß gewachsene, hagere Gestalt in grüner Strickjacke und Kniebundhose, die wacklig auf den Beinen hinter den viereckigen Tieren hergelaufen war und sie mit einer Geißel und »Ehja, ehja«-Rufen in die Umzäunung getrieben hatte.

»Na ja, offensichtlich gibt es immer wieder Probleme mit dem.« Vogelspiel deutete eine Trinkbewegung mit Daumen und kleinem Finger an. »Vor allem, weil die Viecher immer wieder absaufen, in dem Loch, wo wir den Körper gefunden haben. Das passiert dort angeblich regelmäßig, letztes Jahr erst ist dem Zeilinger ein junger Zuchtstier –«

Hayek winkte ab: »Ja, ja, kommen durch den Zaun, wollen

saufen und bleiben in dem Loch stecken, bis sie drin eingehen.«

Vogelspiel, deutlich überrascht, dass der Chef schon so viel wusste, fuhr fort: »Der Hirt, bislang kenne ich nur den Spitznamen, ›Mantsche‹, ist deshalb nicht sehr beliebt. Kein anderer will aber den ganzen Sommer allein auf der Alm sein und den Job machen. Eher ein Einsiedler – so wurde er beschrieben. Hat Frau und Kind zwei Ortschaften weiter. Sind aber getrennt. Anscheinend hat er sogar gesessen. Ich wusste gar nicht, dass es da heutzutage noch Verurteilungen gibt, wegen Wilderei nämlich.« Vogelspiel untermauerte seine Verwunderung mit hochgezogenen Augenbrauen und Schultern.

Hayek dachte darüber nach, wie sehr sich das Leben des Opfers von dem seinen unterschied: Der eine sorgte sich um seine Kühe und stieg einmal die Woche auf eine Alm, während seine Sorge eher der Diebstahlsicherheit seines Autos in der Stadt galt. Möchte der eine unbedingt einen Stallanbau genehmigt haben, musste sich Hayek mit seiner Nachbarin darüber streiten, wie viele Zigaretten er auf seinem Balkon rauchen durfte.

Der Oberst riss sich aber aus diesen Gedanken und erkundigte sich nach der Gerichtsmedizin. »Konnte Beck uns schon Näheres zur Todesursache sagen?«

Vogelspiel nickte. »Zeilinger war jedenfalls schon tot, als er enthauptet wurde. Der Schädel weist eine Art Schussverletzung auf, die wohl unmittelbare Todesursache gewesen sein dürfte. Beck war sehr zurückhaltend. Er wollte wie immer ohne genauere Untersuchung keine Angaben machen.«

»Interessant«, konstatierte Hayek, belustigt darüber, dass dem cleveren Beck die Worte fehlten. »Eine Art Schussverletzung, was meint er damit?«

»Das wollte er eben nicht genauer sagen. Er weigerte sich aber genauso wie die Spurensicherung vor Ort, weitere Untersuchungen vorzunehmen. Sie haben allerhand aus dem Regen geholt und zur Untersuchung gebracht. Man befürchtete, in dem Unwetter wertvolle Spuren zu vernichten oder falsch zu interpretieren. Beide benötigen mehr Zeit. Ich bin aber überzeugt davon, dass Sie gleich beim großen Briefing Genaueres erfahren werden.«

Hayek nickte verständig. Was für ein Dreck dort oben gewesen war. Er blickte nachdenklich zu Boden. Unter Vogelspiels Stuhl bildeten sich zwei kleine braune Pfützen. Dieser steckte noch immer in den nassen Sachen und machte einen stark ermüdeten Eindruck.

»Ich denke, Sie sollten sich eine Dusche gönnen, mein lieber Vogelspiel. Dann stoßen Sie zur Besprechung hinzu«, schlug er ihm vor.

Vogelspiel aber winkte tapfer ab. Keine andere Geste hätte er von dem jungen Kollegen erwartet. Das gefiel ihm an ihm. Wenn er auch manchmal etwas unkonzentriert war und noch dann und wann die Nerven mit ihm durchgingen, konnte nichts sein Pflichtbewusstsein trüben. Hayek streckte sich dezent.

Vogelspiels Handy vibrierte. Eine Nachricht war angekommen. Er grinste kurz, als er die Nummer sah. Dann wusste auch Hayek, von wem die Nachricht stammte. Es war die Studentin aus der Gerichtsmedizin. Sie stand auf Vogelspiel. Manchmal bekam er Informationen vorab, die letztlich Hayeks Arbeit zugutekamen.

Vogelspiel las Hayek den Inhalt der Nachricht vor. Sie war sehr kurz, und beide wussten nicht genau, wie sie diese Information einordnen sollten. Zeilinger war demnach durch etwas getötet worden, das einem Schuss nahekam. Aber es gab keine Kugel. Beck hatte keine finden können.

10

Wolf sah sich vom Balkon aus den Sonnenuntergang an. Samstagabends zog es sie für gewöhnlich unter Menschen. Doch ein Besuch im Hirschen würde nur ein Thema haben. Sicher hatte sich herumgesprochen, dass sie oben gewesen war. Sie würde ausgefragt und gelöchert werden. Deshalb war auch ihr Handy aus.

Gerade als sie sich eine Zigarette anrauchen wollte, begannen die Kirchenglocken zu läuten. Die große Glocke zuerst, dann die kleineren. Es läutete »Schidum«. Das Läuten verhieß dem ganzen Dorf, dass es ein Einheimischer gewesen war. Sie fluchte leise. Sie hatte gehofft, dass es sich beim Toten um einen Urlauber gehandelt hätte. Dann wäre es kein Problem des Dorfes gewesen, sondern das eines gesichtslosen Fremden.

Sie wusste nur zu gut, was jetzt kommen würde: Allseits würde diese Art pietätloser Heuchelei ausbrechen. Posthum hatten Opfer von Gewalttaten plötzlich um ein Zehnfaches mehr enge Freunde als zu Lebzeiten. So war es auch nach dem Tod vom Kraninger Robert gewesen. Damals wollte auch keiner aus dem elitären Trauerkreis ausscheiden und weniger leidend oder schockiert als der andere erscheinen. Dabei würde sich, abgesehen vom tatsächlichen Familien- und Freundeskreis, für keinen von ihnen das Leben ändern. Und nach ein paar Monaten, wenn dann die Gerichtsverhandlung anstand, würden sie sich um die Platzkarten der öffentlichen Verhandlung reißen, um dann enttäuscht von der Justiz wieder nach Hause zu gehen, weil ein aufwendiger, tagelanger Strafprozess einfach nicht die erwartete »Show« mit wüsten Kreuzverhören und plastischen Tatortfotos lieferte. Nicht auszumalen aber, wenn es nicht einmal »lebenslang« gab: Der Verteidiger müsste sich seelenlos und habgierig schimpfen lassen, der Richter naiv, das Gesetz ungerecht und falsch, weil man ja schon für Film-

Raubkopien länger bekomme. Außerdem sei man bei »lebenslang« eh nach zwanzig Jahren wieder draußen. Sie dachte so lange darüber nach, bis ihre eigenen Gedanken sie so wütend machten, dass sie sich mit der Glut der Zigarette gleich die zweite ansteckte.

Am Handy waren einige Anrufe in Abwesenheit. Natürlich waren die ersten neugierigen Nachfragen nicht ausgeblieben. Sie wollte eben Garers Nummer wählen, als die alte Schleicher anrief. Sie nahm das Telefonat an.

»Griaß di, Madl! Du, i hon volles Haus, stell dir vor, noch acht Jahren wieder. Weisch, die Chkripo haben sie bei mir einquartiert.«

Wie lustig sie Kripo aussprach, dachte sich Wolf.

»Jetzt brauch i heit Abend aber wen für die Bar und das Frühstück morgen. Geh, du hosch mir doch damals scho immer ausgeholfen!«, meinte sie aufgeregt.

Damals, ja, das war vor fünfzehn Jahren gewesen. Studienzeiten. Wolf kam die Bitte aber gelegen. Sie selbst war ebenfalls nicht uninteressiert an dem Fall. Er weckte Erinnerungen an ihre Zeit bei der Staatsanwaltschaft.

Die alte, aber nicht zu unterschätzend geschäftstüchtige Wirtin hatte den ganzen Nachmittag Bier, Wein und natürlich Schnaps organisieren lassen. Der Bäcker war auch bereits informiert worden. Semmerlbestellung für die Herren Beamten.

Ihr vor nicht allzu langer Zeit verschiedener Gatte hatte ihr seinerzeit nahegelegt, die Wirtschaft zu schließen. Nicht zwangsläufig, weil sie zu alt geworden wäre, vielmehr deswegen, weil er seine Pension hatte genießen wollen, und das ging halt schwer mit dem Haus voller Fremder. Bereits durch das Telefon war zu hören gewesen, wie sich die geschäftige Frau über diese Gelegenheit freute. Ein bisschen Leben im Haus sollte ihr wohl vergönnt sein.

»Du, Agnes«, hatte sie im letzten Moment gefragt, ehe die Wirtin auflegen sollte, »wer isch'n gestorben?«

Die alte Frau, die normalerweise keinen Tratsch ausließ,

war viel zu aufgeregt gewesen, um überhaupt auf den Grund ihrer Wiedereröffnung zu sprechen zu kommen.

»Mei, stell dir vor, der Tschellinger, der Zeilinger Josef! Keinen Kopf hat er mehr auf … Kommsch dann um sieben?«

11

Hayek surrte der Kopf. Die Besprechung konnte erst mit
einiger Verspätung abgehalten werden. Die Rollos im Pavillon funktionierten nicht. Die gesamte Südseite des Baus war
von schaulustigen Einheimischen und Touristen einsehbar,
und man musste erst mit Leintüchern die Glasfront verhängen
und ein Platzverbot aussprechen, um anfangen zu können.
Aber auch dann war es noch nicht genug der Störung. Der
Dorfkapellmeister monierte, dass ein Platzkonzert anstehe,
man müsse üben. Hayek, der nicht verstand, warum in diesem
Dorf jeder glaubte, entweder Teil seiner Ermittlungen zu sein
oder das Recht zu haben, diese zu stören, war kurz davor, die
Fassung zu verlieren. Hartl, der zwischenzeitlich aufgetaucht
war, musste letztlich beschwichtigend einschreiten. Er machte
dem Kapellmeister klar, er möge mit seinen Musikanten heute
doch eine Marschierprobe veranstalten. Das könne man immer
gebrauchen, und er wolle seine Abwesenheit am Horn heute
entschuldigen, er sei ja offensichtlich dienstlich verhindert
und werde bei der nächsten Probe sicher wieder dabei sein.
Der Kapellmeister war daraufhin abgezogen. Man hatte die
Musikanten aber die ganze Besprechung hindurch gehört. Sie
waren wohl in ihren opulenten Trachten im Kreis um den
Pavillon marschiert. Immerhin zur malerischen Unterhaltung
der Schaulustigen.
  Hayek war von den Ergebnissen der Besprechung wenig
angetan. Im Grunde hatte er von Vogelspiel bereits sämtliche relevanten Informationen erhalten. Größtenteils bestand bei allen Beteiligten Einvernehmen, dass man am
Anfang stehe und nähere Ergebnisse der Autopsie und der
sonstigen Spurenauswertung erst abwarten müsse. Fußspuren seien aufgrund der vielen Wanderer keinem möglichen
Täter zuordenbar, der Regen habe sein Übriges getan. Auch
die Polizeihunde hätten keinerlei dienliche Hinweise gefun-

den. Einige Brotzeitverpackungen seien allerdings zur Untersuchung ins Labor gesendet worden. Viel erwarte man sich davon aber nicht. Es sei zu bezweifeln, dass der Täter neben der Leiche noch eine Wurstsemmel gegessen habe. Man erhoffe sich am meisten von der Autopsie und der Auswertung der Spuren am Müllsack.

Der Sprecher der Spurensicherung machte eine kurze Pause und richtete seinen Blick auf Beck, der sich angesprochen fühlte und sich vom Sitz erhob. Dabei stieß er den Notenständer zu seiner Linken um. Die Spurensicherung beendete ihren Vortrag deswegen nicht schneller. Beck, unsicher, ob er jetzt stehen bleiben oder sich wieder setzen sollte, begann, zustimmend zu nicken. Vogelspiel, der im Warmen seine Lebensgeister wieder zurückkehren spürte, entging Hayeks zufriedenes Grinsen nicht. Er verstand zwar nicht, was zwischen seinem Chef und dem Beck vorging, aber es hatte ihm zu gefallen, wenn seinem Chef etwas gefiel.

»Wie heißt er noch?«, flüsterte Hayek in Richtung Vogelspiel.

»Fritsch …«, beim Vornamen überlegte er kurz, »… Manfred. ›Manni‹. Fritsch«, flüsterte er zurück.

Hayek erhob sich. »Vielen Dank, Fritsch!« Er wandte sich an den noch immer stehenden Beck. »Was, Herr Doktor – Sie machen mich neugierig –, für eine brisante Information können Sie nicht für sich behalten?«

Ein amüsiertes Hüsteln ging durch den Raum. Aufgrund der hervorragenden Akustik umso beschämender für Beck. Dieser winkte unruhig dem Kollegen am Beamer, welcher das Bild des Schädels mehrfach lebensgroß auf die Leinwand projizierte. Man starrte gebannt darauf. Das Gesicht des Schädels war zwar abgewendet, aber auf bizarre Weise unwirklich lag der Kopf auf dem Brotzeittisch der Liftbediensteten. Im Hintergrund konnte man die letzten Strahlen der Nachmittagssonne über den diesigen Berggipfeln erkennen.

Vogelspiel versuchte, Gipfelkreuze auszumachen, und fokussierte sich darauf, um nicht ein nicht verzehrtes Mittag- und

Abendessen zu erbrechen. Als er dann aber glaubte, in einem Bergprofil im Westen einen Männerschädel zu erblicken, richtete er seinen Blick auf Beck. Dieser testete kurz den Laserpointer auf dem Boden und fing bei bestätigter Funktionstüchtigkeit an, ihn auf das Bild zu richten.

»Meine Damen und Herren, was Sie hier sehen, ist eine Schussverletzung, die sich vor Ort leider keiner Waffe zuordnen lässt, die ich kenne. Auffallend ist, dass sich bis jetzt kein Hinweis auf den Verbleib eines Projektils hat finden lassen. Dies alles bedarf selbstverständlich eingehender weiterer Untersuchungen.«

Er beschrieb in einigen Worten, was die Besonderheiten der Verletzung ausmachten, dass vom Winkel gesehen aus diese sicher als die Todesursache ausgemacht werden könne, da lebensnotwendige Areale im Hirn auf der Stelle zerstört worden seien. Natürlich alles anschaulich mit einer Power-Point-Präsentation.

Beck räusperte sich und holte tief Luft, um mit voller Stimme zu sprechen: »Zur Abtrennung des Schädels kann ich jedoch noch sagen, dass sie zwar stümperhaft, aber mit einiger Gewalt erfolgte. Das Werkzeug hierzu muss gewaltige Kraftübertragung ermöglichen, aber scharf genug sein. Eine Art Beil. Es deutet anhand der Hautfetzen einiges darauf hin, dass es sich um ein säuberlich geschliffenes handeln muss. Ich traue mich, ein Fleischerbeil zu vermuten.«

Es folgten einige oberflächliche Fragen an Beck. Die Spurensicherung interessierte sich vor allem für die Kleidung. Einige junge Beamte aus der Region versuchten, sich durch gefinkelte Fragen über Abwehrverletzungen zu profilieren, und erhofften sich davon, von Hayek ins nähere Ermittlerteam berufen zu werden. Das wäre immerhin eine einmalige berufliche Chance gewesen.

Aber Hayek hatte genug. Er wollte verhindern, dass zu viele Spekulationen zutage traten, weswegen er die Besprechung, ohne über ein allfälliges Motiv gesprochen zu haben, beendete. Zunächst galt es, die Hard Facts zusammenzufassen. In den nächsten Tagen würden die persönlichen Verhältnisse des Opfers ausgiebig beleuchtet werden.

Hayek hatte bereits den Raum verlassen, als eine Beamtin sich an Vogelspiel wandte. Sie hatte die ganze Zeit schweigend hinten im Raum gesessen und war unauffällig an Vogelspiel herangetreten.

»Entschuldigen Sie bitte«, sie schickte sich an, Standarddeutsch zu sprechen, was wie üblich gestellt klang, wenn man es nicht gewohnt war, »aber zur Waffe … Ich kenne solche Stempelabdrücke. Auf Kuhschädeln. So schlachtet man Rinder, mit einem Bolzenschussgerät.«

12

Hayek war nicht sofort zum Gasthof gegangen. Er wollte zunächst alle Informationen sacken lassen und schlenderte durch die Straßen des Örtchens. Auch wenn es mittlerweile Nacht geworden war, stellte dies eine gute Gelegenheit dar, um das kleine Dorf eingehend zu betrachten. Die Bauweise war rustikal. Die Häuser hatten hier auf über tausend Höhenmetern einiges auszuhalten. Schwere Holzbalkone hingen an den Südseiten, während die Wetterseiten gerne verschindelt wurden. Mancherorts war das Holz der Schindeln noch frisch und brachte warme Farbe an die Mauern. Bald aber schon würden auch diese verwittert und grau geworden sein. Bei richtigem Wind hörte man aus der Ferne das zaghafte Bimmeln von Kuhglocken. Hayek fiel dadurch zum ersten Mal auf, wie ruhig es war. Als er versuchte herauszufinden, woher das Bimmeln kam, fielen ihm zahlreiche Lichter auf den Bergkämmen auf. Sie kamen von den Berghütten, und von dort aus schien der Klang der Kuhglocken bis ins Tal herabzurieseln.

Alle paar Meter begegnete ihm die Haltestelle eines Wanderbusses. Überall wurden Ferienwohnungen und Gästezimmer angepriesen. An leuchtenden Schildern konnte man von Weitem die großen Wellnesshotels ausmachen. An keiner Ecke fehlte die Tiroler Fahne mit dem grimmigen Adler. Auf der halben Strecke zur Talstation der Gondelbahn erhob sich ein mittelalterlich anmutender Turm, der den Anschein erweckte, über dem Ort zu thronen. Damit überragte er sogar die kleine Kirche mit dem grünen Zwiebelturm.

Die Kennzeichen der meisten Autos deuteten klar auf ein überwiegend deutsches Besucherpublikum hin. Es wunderte ihn nicht, immerhin führte die deutsche A 7 fast direkt von Hamburg in das Tannheimer Tal. So leicht konnte man über österreichisches Bundesgebiet nicht hierhergelangen. Dazu musste man vom Inntal aus kommend über den kategorisch verstopften Fernpass fahren. Vermutlich bezeichnete man die Region nicht umsonst als Außerfern. Mit der Betonung auf »fern«.

Hayek ging weiter in Richtung Gondelbahn und vernahm das lauter werdende Knattern angebohrter Mopeds, deren Fahrer grüßten ihn im Vorbeifahren, mit zwei Fingern von der Lenkung aus. Neben dem breiten Turm auf der Anhöhe befand sich, ohne auffällige Neonfarben beleuchtet, ein altes Gasthaus. Dort stellten die Mopedfahrer ihre Maschinen ab. Die Fassade des Hauses war ordentlich, aber nicht pompös protzig, im Gegensatz zu den anderen Häusern und Hotels. Hier fanden sich Fahrzeuge mit einheimischen Kennzeichen. Und von diesen nicht zu wenige. Der Parkplatz war voll.

Es ging laut zu, dort im Goldenen Hirschen. Sesselrücken. Trauriger, aber vollkehliger Gesang drang aus den Gasträumlichkeiten. Geräusche heftig anstoßender Krüge. Hayek versuchte, unauffällig aus den Augenwinkeln einen Blick in das Gasthaus zu werfen. Durch ein großes Fenster konnte er einige Personen ausmachen. Den korpulenten Fremdenverkehrsobmann Fuchsberger erkannte Hayek sofort wieder. Aber dort saß auch kein Geringerer als der Herr Gruppeninspektor Rainhardt selbst, und das auch noch in Uniform. Jeder einen Krug Bier vor sich. Hayek war zufrieden, die Gesichter des Stammtisches einmal gesehen zu haben.

Die Wirkung eines Kapitalverbrechens am Land schlug nun einmal andere Wellen. Es war diese allseitige Betroffenheit, die daher rührte, dass die Menschen in so kleinen Orten seit ihrer Kindheit miteinander vertraut waren. Diese Verbundenheit mochte Segen und Fluch einer Gemeinde sein. Wer konnte schon wissen, welche Dynamik entstünde, wenn dieser Verbundenheit einer gewaltsam entrissen würde? Wenn Haushunde anfingen zu wildern, dann motivierte nicht ihr Hunger auf das Reh zur Bluttat, sondern das Rudel selbst. Hayek nahm sich vor, auf alle Anzeichen zu achten, die darauf hindeuten könnten, dass es zu Vergeltungsschlägen kommen könnte. Sie mussten bei ihren Ermittlungen jedenfalls schnelle Fortschritte machen. Im Gegensatz zu den vielen anderen Tatorten, an denen er bisher zu tun gehabt hatte, beschlich ihn hier das Gefühl, dass das ganze Dorf ein einziger Tatort war.

Dass es sich im gegenständlichen Fall auch noch um einen offenkundigen Hassmord handelte, verschärfte die Lage. Die Grausamkeit, den größten Rinderzüchter zu köpfen und den Rest in das Loch zu werfen, in dem dessen Rinder Jahr um Jahr ersoffen, spottete jeder Beschreibung. Dem Täter kam es offenbar gerade auf diese Symbolik an. Er wollte Furcht säen. Er richtete sich nicht nur gegen das Opfer, sondern gegen die gesamte Gemeinschaft. Hayek befürchtete, dass dies nicht die einzige offene Rechnung des Täters war. Wenn er es auf den Ort abgesehen hatte, dann war dies vielleicht erst der Anfang.

13

Hayek hatte genug vom Tag und von seinen Gedanken. Besonders Letzteres kam öfter vor. Ein Glas Wein sollte richten, was die Aufregung des Tages verhindern wollte. Schlaf. Wie richtig von Hartl angedeutet, befand sich auch eine Bar gleich im Eingangsbereich des Gasthofes. Er entschloss sich also, nicht die Stiegen in sein Zimmer zu nehmen, sondern in die Stube zu gehen, aus der noch leise Musik und müdes Gemurmel klang. Er schnitt sich beim Öffnen der Tür mit der Hand eine Schneise in den Rauch des Raumes. Das Gemurmel verstummte für einen Moment. Von einer anderen Seite erfolgte ein Gruß. Es waren drei entfernter bekannte Kollegen. Er überlegte kurz, ob er sich dazusetzen sollte, schlug dies aber letztlich aus. Er würde um eine Flasche und ein Glas bitten und sie zurückgezogen auf seinem Zimmer leeren. Die Schank fand er verlassen vor. Er blickte zu beiden Seiten und klopfte ungeduldig mit den Fingerknöcheln auf die Theke. Aus dem Nebenraum vernahm er das Geräusch eines zuklappenden Geschirrspülers und entspannte sich. Ein bekanntes Gesicht trat aus dem Hinterraum hervor. Es war Wolf. Sie hob die Augenbrauen, als sie ihn sah, und trocknete sich die Hände an der Schürze.

»Sieh an, der Herr Oberst!«, stellte sie kühl fest.

Hayek wusste nicht, warum, aber nickte verlegen. Ihr erstes Aufeinandertreffen war kein herzliches gewesen. Kaum verwunderlich, dass sie sich nicht freute, ihn zu sehen. Sie stellte sich ihm gegenüber und lehnte sich auf die Schank.

»Ich nehme an, was zum Schlafen?«, fragte sie und griff gezielt nach einer klaren Flasche ohne Etikett. Damit füllte sie ein Stamperl und schob es kratzig geräuschvoll über den Tresen.

Hayek betrachtete es zunächst ungläubig, zuckte aber mit den Schultern und leerte es mit der Wärme, die man für starke Alkoholika nun mal empfand.

»Sie kommen nicht von hier, oder? Sie reden ganz anders«, begann Hayek mit Small Talk.

»Nennen wir es doch eine Form der Mehrsprachigkeit. Das ist eine Notwendigkeit angesichts der Tatsache, dass sieben Millionen Österreicher kein Tirolerisch sprechen.«

Hayek rang sich ein müdes Lächeln ab. Die Tiroler. Und ihr zur Schau gestellter Landesstolz. *Bischt a Tiroler, bischt a Mensch. Bischt koaner, bischt a Oarschloch.* Das sagte man so.

»Nun, wie gefällt Ihnen unsere kleine Ortschaft?«, erkundigte sich Wolf. »Ich meine, war's ein netter Spaziergang?«

Hayek schwang sich auf einen Barhocker und deutete auf noch ein Gläschen, dabei stützte er den Ellbogen auf den Tresen, um sein Kinn auf seine Hand zu legen.

Sie antwortete mit einer abwertenden Geste. »Hier spricht sich auch alles auf schnellstem Wege herum.«

Hayek rang sich ein Schmunzeln ab. »Es gibt jedenfalls genug Einkehrmöglichkeiten«, gab er süffisant zu.

Sie wusste, dass er auf das Treiben im Goldenen Hirschen anspielte. »Nun, der Hirsch ist einer der letzten Flecken, wo der Einheimische noch ein solcher sein kann. Alles andere ist auf die Urlauber ausgelegt. Sie wissen schon, auf nobel, mondän. Laute Musik, Strobos, Eso-Hippie-Ökogetränke. Unsereiner schätzt ein kühles Bier und Tradition und vor allem Schnaps.«

Hayek sah auf, als sie ihm das Gläschen neuerlich füllte. »Da sitzt dann also am Stammtisch, was hier im Ort Rang und Namen hat?«

Sie lächelte und warf den Kopf zurück. »Es ist ja nicht so, als ob man sich den Platz dort nicht verdienen müsste. Dazu muss man schon ein gewisses Mitspracherecht und eine Art Prestige im Ort haben. Als Großbauern war natürlich für die Tschellingers immer ein Sitz frei. Keine Frage, dass dort jetzt Totenwache gehalten wird.«

»Mit wem hat er denn dort gesessen, der Zeilinger? Was man so sieht, fühlen sich auch der Fuchsberger und der Herr Postenchef dort sehr heimisch?«

»Werden wir jetzt dienstlich, Herr Oberst?«

»Rein informativ.«

Wolf goss sich selbst ein Stamperl ein und füllte seines auf. »Freunde hatte der Tschellinger sicher nicht viele. Aber war immer beim Kartenspielen dabei. Was soll er denn anderes tun? Ohne Frau. Ohne Kinder. Bei der Mutter sitzen? Gott bewahre. Ja, der Fuchsberger Sevi, der Obmann vom Fremdenverkehrsverband, der gehört ebenso wie der Hartl dazu. Ersterer hat mit dem Zeilinger letztes Jahr sogar das Preiswatten gewonnen. Dann sitzen da noch der ein oder andere Bauer regelmäßig am Tisch. Je nachdem, wer schon mit Heuen fertig ist. Heinzl. Unterberger. Ach ja, und seit seiner Scheidung, wenn er nicht gerade auf der Alm ist, der Mantschlechner Franz.«

»Mantschlechner? Der Hirt?«

»Ja. Aber wie gesagt, der sitzt eher im Winter im Hirschen. Saisonal beim Lift. Im Sommer auf der Alm. Zwischendurch war er sogar mal beim Müllplatz, wenn mich nicht alles täuscht. Der Mantschlechner ist ein Spinner. Der hat monatelang Füchse vor seinem Haus abgeknallt. Am Anfang hat man es ja noch gut gemeint mit ihm und ihn nur verwarnt, dass er's lassen soll, aber der wollt nicht aufhörn, bis man ihn hat anzeigen müssen. Anscheinend haben die Füchs ihm ständig einzelne Stiefel aus dem Stall verschleppt. Wenn S' mich fragen, wird der dort oben nur geduldet, weil die Rosi gutes Geschäft mit ihm macht. Ansonsten hält man nicht viel vom Mantsche. Aber die Annehmlichkeit mit dem Stammtisch gesteht man ihm zu, weil man ihm eh schon kaum etwas für seine Hütedienste zahlen will und den undankbaren Job auch sonst keiner macht. Und das, obwohl er im Häfn war.«

Sie verwendete extra für ihn Wiener Umgangssprache für »Gefängnis«. Hayek fühlte sich auf den Arm genommen. »Wie war das mit dem Mantschlechner und dem Zeilinger? Man hörte da etwas von einem Streit.«

»Na ja, das darf keinen wundern. Der Mantsche hat sich wieder einmal gemütlich einen hinter die Binde gegossen, während dem Zeilinger letztes Jahr sein junger Zuchtstier im Sebensee ersoffen ist. Da war natürlich dicke Luft. Der hat doch nie aufbringen können, was das Vieh für finanziellen Wert hat. Sie würden lachen, was so ein Kalb kostet. Irgendwie haben die das dann aber wieder aus der Welt geschafft, weil sie schon beim Almabtrieb einträchtig auf einer Bank bei ihren Weizen gesessen sind. So ist das aber bei uns. Da gibt's Zeter und Mordio, und im nächsten Moment fällt einem doch wieder ein, dass man den anderen ja noch braucht. Nach offenen Feindschaften werden S' daher vergeblich suchen. Das sag ich Ihnen gleich«, klärte sie ihn auf.

Hayek überspielte ihren gönnerhaften Ton, indem er nach einem Bier verlangte. »Keine offenen Feindschaften? Was war denn da mit dem Zubau am Hof vom Zeilinger?«

Sie machte sich daran, ein Bierglas auszuspülen, und zapfte gekonnt vom Hahn. »Das ist genau, was ich meine: Der Nachbarhof vom Tschellinger, das ist die Witwe vom Kraninger Robert, die Marianne. Die hat sich wohl so an dem Stallanbau gestört. Aber anstatt dass sie das direkt mit dem Tschellinger ausmacht, soll sie sich beim Bürgermeister deswegen ziemlich erbost haben. Ich traue mich, zu vermuten, dass der Tschellinger nicht einmal gewusst hat, dass allein wegen der Marianne die Genehmigung nicht erteilt worden ist.« Sie schien kurz darüber nachzudenken, stellte das Bier auf einen Bierdeckel und schob es auf Hayek zu, dabei gab sie sich lässig. »Hinter dem Rücken der Leute spielt hier die Musik. Jeder weiß alles, aber keiner sagt etwas. Vielleicht ist das auch der einzige Grund, warum der Mantschlechner noch am Stammtisch sitzt.«

»Gibt's hier Zigaretten?«, fragte Hayek. Eigentlich wollte er aufhören. Zum abertausendsten Mal. Aber die Luft in der Gaststube war ohnehin völlig verqualmt. Da erschien es ihm vernünftiger, sie durch einen Filter einzusaugen.

»Na. Aber nehmen S' von meinen«, bot sie an und zog ein Päckchen und ein rotes Feuerzeug aus der hinteren Hosentasche.

»Danke«, nuschelte er, die Zigarette schon zwischen den Lippen. Er zog den schweren gläsernen Aschenbecher an sich heran. »Wie ist denn so die Stimmung jetzt? Ich meine, es dürfte ja jeder wissen, dass da einem aus dem Dorf der Schädel abgeschlagen wurde.«

Wolf sah ihn entgeistert an. »Gleich so direkt.« Sie dachte kurz nach. »Ich weiß es gar nicht. Sie sind der Erste, mit dem ich drüber spreche. Man wird wohl schockiert sein, schätze ich. Dabei dürften Sie schon den besten Eindruck im Hirschen gewonnen haben.«

»Ich war gar nicht drin«, schüttelte Hayek den Kopf.

»Dann haben S' wohl was verpasst«, belehrte sie ihn.

»Ach, Sie gehören wohl auch zur Stammgilde?«

Ihr Gesicht verlor den amüsierten Zug, und die Antwort kam nicht wie die übrigen aus der Pistole geschossen. »Werden wir jetzt persönlich?«, wich sie aus.

»Rein informativ.«

»Ich sitze für gewöhnlich lieber an der Bar«, sagte sie schließlich und klopfte bekräftigend auf die Theke. »Dann tue ich den Herrschaften den Gefallen, leichter hinter meinem Rücken reden zu können.«

Sie gefiel ihm. Er trank begierig von seinem Glas, um das zu verbergen. Sesselrücken. Die Männer am hinteren Tisch machten sich ans Gehen.

»So. Letzte Runde!«

14

Noch im Bett spielte Hayek die eingespeicherten Memos ab. Er dankte sich selbst, dass er es bei den beiden Schnäpsen belassen hatte. Andernfalls wäre er wohl mit einem dicken Kopf aufgewacht.

Am nächsten Morgen kleidete er sich an und ging in den Frühstücksraum, wo ihn Vogelspiel mit Eifer im Gesicht schon erwartete. Noch bevor Hayek Platz nehmen konnte, teilte ihm Vogelspiel die Vermutung der jungen Kollegin hinsichtlich des Schlachtschussapparates mit. Hayek hörte gespannt zu und rief bei der Gerichtsmedizin an. Beck war noch nicht anzutreffen. Hayek hinterließ ihm eine Nachricht bei der Laborantin und legte das Blackberry weg.

Adrett in Schürze und mit hochgesteckten Haaren wurden sie von Wolf begrüßt und bekamen Kaffee serviert. Nach und nach traf auch die übrige Mannschaft ein. Allseits ein raunendes »Morgen« und das Klirren von Frühstücksgedeck erfüllten den Raum. Hayek hatte Vogelspiel tags zuvor angewiesen, Ausgaben aller regionalen und überregionalen Zeitungen zu besorgen. Beide studierten die Artikel über den Mord auf der Alm. Zusätzlich durchsuchte Hayek das Internet nach Presseberichten und staunte nicht schlecht, als er auch in namhaften deutschen Zeitungen eine ausführliche Berichterstattung fand. Er war zufrieden. Auf keinem der Fotos war er zu sehen, und nur kurz wurde er als leitender Ermittler genannt.

Als Wolf abservierte, fiel ihr Blick auf die zerwühlten Zeitungsseiten. »Tolle Werbung. Jetzt in der Hauptsaison. Das wird einigen hier ziemlich aufstoßen«, meinte sie und stapelte die Teller. »Ach ja, Gratulation für den gelungenen Auftritt im Frühstücksfernsehen.«

Hayek sah ihr etwas verdutzt nach und blickte Vogelspiel fragend an. Auch er wusste nicht, was sie meinte. Hayek rief Wolf herbei und bat sie, den Fernseher über der Bar einzuschalten. Sie tat wie geheißen, und da erschien er auf dem Bildschirm. Hayek starrte gebannt auf den kleinen Fernseher. Man sah, wie sich Hayek in seinem durchnässten Anzug den Weg von der Gondel zu seinem Auto bahnte und dabei telefonierte. Von Schlamm überzogen und mit steifen Gliedern.

Dann tauchte im Bild die Reportermaus auf. »Hier sprechen wir mit dem Leiter der Ermittlungen Herrn Oberst Hayek ...«

Es folgte der stumpfsinnige Dialog vom Vortag. Die Moderatoren des Frühstücksfernsehens amüsierten sich nicht schlecht darüber, dass beim schlammigen Auftreten des Obersts ein Unfall nicht ausgeschlossen werden könne. Vogelspiel konnte sich ein Grinsen gerade noch verkneifen, im Gegensatz zu den anderen Beamten, denen die Berichterstattung nicht unbemerkt geblieben war.

»Wir haben uns auch hier im Ort für Sie umgehört«, fuhr die Reportermaus fort, »allem Anschein nach war der Tote seit geraumer Zeit in Nachbarschaftsstreitigkeiten wegen eines Bauvorhabens mit anderen Landwirten verwickelt gewesen. Das könnte natürlich als Motiv für eine solche Gewalttat in Frage kommen.«

Wilde Spekulationen im Frühstücksfernsehen waren das Letzte, was Hayek gebrauchen konnte. Es gefährdete ihre gesamte Ermittlungsarbeit. Er war darauf angewiesen, dass die Dorfbewohner mit ihm arbeiteten und nicht dazu veranlasst wurden, untereinander haltlose Verdächtigungen anzustellen. Einige von ihnen mussten aufgrund des Berichts davon ausgehen, dass sie auch von der Polizei verdächtigt werden könnten. Dabei war zu befürchten, dass die Befragungen womöglich weniger ergiebig ausfielen.

Hayek hielt zur Eile an. Einsatzbesprechung in fünfzehn Minuten auf dem Posten. Er musste verhindern, dass noch weitere Spekulationen und Gerüchte zutage traten, und dazu brauchte er schnellstens eine Antwort auf die Frage, warum ein unscheinbar lebender Bauer einem derartigen Hassverbrechen zum Opfer fallen musste.

15

Hartl zeigte sich bester Laune an jenem Morgen. Ihm surrte zwar etwas der Kopf, weil er bis in die späte Nacht noch im Hirschen gesessen hatte, aber sein jüngster Sohn hatte sich frühmorgens wieder aus dem Bett gestohlen, um fernzusehen, und so war Hartl nicht umhingekommen, Hayeks peinlichen Auftritt zu bemerken. Gut gelaunt schlürfte er seinen Kaffee. Garer war in ein Gespräch mit der noch immer erzürnten Putzfrau vertieft. Hayek, Vogelspiel und die übrigen Beamten trafen ein. Auch die junge Polizistin Mantl, die einen guten Hinweis auf die Todesursache geliefert hatte, war schon da. Hayek war schlechter Laune. Er ging schnurstracks in den Briefingraum, wo die Besprechung unverzüglich zu beginnen hatte.

Die Teilnehmer hatten sich noch nicht einmal setzen können, da verlangte Hayek, sofort auf den neuesten Stand gebracht zu werden. Was war mit dem Mistsackerl, in das der Kopf verpackt gewesen war? Handelsüblich. Wurde von keiner der umliegenden Almhütten verwendet. Gab es Fingerabdrücke oder sonstige Spuren? Nein, nichts. Was hatte es mit diesem Stallanbau auf sich? Aha. Ein Termin beim Bürgermeister war immerhin für den kommenden Tag vereinbart. Die deutschen Touristen, die den Schädel gefunden hatten, waren für die nächsten Stunden zur Einvernahme einbestellt. Was war mit der Mutter des Opfers? Psychologische Betreuung. Befragung noch nicht möglich. Bis wann war mit dem Bericht der Gerichtsmedizin zu rechnen? Der eitle Gauner müsse sich beeilen, ließ Hayek durchklingen. Wenn Beck noch rühmlich festgestellt habe, dass die Leiche nicht auf dem Sebensee aufgeschwommen war, dann wollte Hayek wissen, warum nicht. Warum hatte man eigentlich sonst keine Ergebnisse vorliegen? Was war mit den Brotzeitpapierln? Vogelspiel kam mit dem Notieren der Anweisungen kaum mehr hinterher. Hayek war ungeduldig und frustriert. Diese Seite an ihm war für seine Mitarbeiter ermüdend. Er hatte leicht reden, er wollte Brotzeitpapierl? Aber dass mehrere Techniker damit stundenlang eingespannt waren, kümmerte ihn nicht. Dabei wusste jeder, dass es eine Sackgasse war. Was hätten sie darauf schon finden können?

Die gute Laune durch das Frühstücksfernsehen war den Herrschaften nun doch noch vergangen. Man hatte alle Not, ruhig mit Hayek zu reden. Ihm war nicht einfach klarzumachen, dass kaum vierundzwanzig Stunden vergangen waren und es einfach nicht möglich sei, derzeit schon eindeutige Ergebnisse zu erhalten. Hayek war das egal. Er fuhr Garer an, die deutschen Touristen zur sofortigen Einvernahme abzuholen. Dass man hier im Urlaubsort nicht so mit Touristen umgehen könne, wollte Hayek gar nicht erst hören. Die Einvernahme würde er höchstpersönlich vornehmen. Hartl schauderte. Die armen Leute.

16

Er war lange vor Sonnenaufgang aufgestanden. Wollte man noch irgendwo sein ruhiges Fleckchen haben, dann musste man um diese Jahreszeit früh dran sein. Seine Frau hatte noch geschlafen. Sie wusste stets, wo er war, wenn sie morgens in einem leeren Bett erwachte. Er verstaute Angel und Koffer im Wagen und fuhr hinaus zum See. Dort lag noch die Dunkelheit über der Landschaft, und man konnte den Nebel riechen. Es war fast, als klingelte der Tau, wenn er mit seinen schwarzen Gummistiefeln durch das halbhohe Gras streifte. Das Wild, das für ihn nicht wahrnehmbar in einiger Entfernung äste, ließ sich auch nicht aufschrecken, obwohl er sich mit seiner beigefarbenen Anglerbekleidung vom Schwarz der Umgebung merklich abhob. Aber sein frühmorgendliches Erscheinen war das Wild gewohnt.

Die Sterne spiegelten sich noch für einige wenige Minuten auf dem Wasser, als er das Boot bereit machte. Mit gekonnten Griffen löste er es und legte die Paddel zurecht. Kein Geräusch zu viel, um die Fische nicht zu verschrecken. Kein Griff unnötig. Er atmete den kalt dampfenden algigen Geruch des Sees ein und vergegenwärtigte sich dessen Schönheit im Geiste, sobald der erste Sonnenstrahl aufgehen sollte. Als kleiner Junge hatte er diese Tageszeit vor dem Sonnenaufgang geliebt. Dann, wenn die Nacht am dunkelsten war. Behände ließ er das Boot ins Wasser gleiten, bedacht darauf, das leiseste Plätschern der Wellen an dem lackierten Holz möglichst zu vermeiden. Er stieg hinein, wartete, während sich das Boot ins Gleichgewicht schwang, um dann in gleichmäßigen Zügen auf den See hinauszurudern.

Es zog ihn hinunter. Schwer zerrte es an seinen Beinen. Sein Brustkorb wurde enger und enger. Nicht nur die Angst, sondern auch die Massen an Wasser schnürten ihn zusammen. Der Druck wurde unerträglich. Alles verschwommen, das einzig für ihn Erkennbare oben das Licht. Alle Hoffnung über ihm. Unter ihm nur der Tod. Er kämpfte mit aller Kraft und wand sich gegen die Dunkelheit, in die er bald für immer eindringen sollte. Aber immer weiter kam er ab, von allem, was er zum Leben benötigte. Immer größer wurden die Angst und der Schmerz in seinen Armen, seinen Beinen und in seiner Brust. Kein Entrinnen gab es. Es zog ihn immer weiter in die Tiefe. Er spürte, wie sich ein Feuer in seinen Extremitäten zu entzünden begann. Zur Körpermitte breitete es sich aus. Es brannte und raubte ihm alle Kraft. Die Morgensonne. Dort oben war sie. Er sah sie aufgehen. Da! Etwas gleißte silbern über ihm in ihrem Licht! Was war es? Ein Hoffnungsschimmer? Ja, das musste es sein. Er würde hier nicht sterben. Es ging sich aus. Natürlich ging es sich aus. So einfach starb man nicht. Gleich hätte er es geschafft. Er öffnete weit den Mund und schnappte ihn. Seinen Anker.

17

Hayek wusste nicht, wann er aufgehört hatte zu schäumen und wann es nur mehr ein Aufrechterhalten der Fassade war. Er wusste, wenn er einknicken würde, würde sich die Einschüchterung bei seinen Mitarbeitern in Spott wandeln und es hinter vorgehaltenen Händen dann so richtig losgehen. Also fuchtelte er noch an der Kaffeemaschine herum und spickte jede zweite Geste mit einem Schimpfwort, ohne dabei jemandem in die Augen zu sehen. Einigermaßen zufrieden trank er dann seinen Kaffee. Er hatte es sich auf dem Posten in dem kleinen Vernehmungszimmer gemütlich gemacht. Auf seinem Notebook spielte er noch einmal die PowerPoint-Präsentation von Beck ab. Mittlerweile hatte er Kenntnis darüber, welche Vermutung die junge Polizistin angestellt hatte. Ein Bolzenschussapparat.

Er googelte und fand eine Animation. Von der Bauart her erinnerte es ihn an eine schwarze metallene Taschenlampe mit gerippter Mitte für den Halt in der Hand. Am Ende befand sich ein dünner Abzugshebel, und das andere Ende war schließlich jenes, aus dem der für das Tier ewige Schlaf kommen sollte. An dieser Stelle ließen sich die Schussgeräte auch unterscheiden, ob der Bolzen die Schädeldecke durchschlug oder ein abgeflachtes Bolzenende dies verhinderte. Dort war das Metallrohr verbreitert. Beim Opfer hatte diese Verbreiterung für eine Beck unbekannte Stempelverletzung gesorgt. Hayek schmunzelte, hatte er doch zuvor von den Beamten vernommen, dass »jeder Viechdoktor des sofort erkannt hätt«. Dass solche Witzeleien ganz generell auf das Konto seines Teams gingen, nahm er in Kauf dafür, dass Beck sein Fett abbekam. Hayek war zunächst davon ausgegangen, dass derartige Schlachtschussapparate verwendet wurden, um das Vieh zu töten, wurde aber eines Besseren belehrt, da es nur der Betäubung dienen sollte. Geladen wurde das Gerät mit Gaspatronen, bei deren

Explosion der Bolzen aus dem Lauf gejagt wurde und dann wieder zurückfuhr. Somit zeichnete sich diese Methode durch ihre Sicherheit aus, da es nicht wie bei Kugelschussapparaten zu Irrläufern oder Abprallern kommen konnte.

Hayek war seltsam beeindruckt. Eine ideale Mordwaffe. Auch wenn es nur zur Betäubung von Tieren gedacht war, so gab es die Schussapparate in unterschiedlichen Größen je nach Masse des Schlachttieres. Wenn damit ein Stier mit fast einer Tonne in die Knie zu zwingen war, dann erschien es ihm fast wie ein Wunder, dass von dem Schädel noch etwas übrig geblieben war. Er folgte noch einigen Links von Herstellern, wurde dann aber durch einen zur Tür hereinstürzenden Vogelspiel jäh aus seinen Gedanken gerissen.

18

Es war ein Notruf von ein paar Jugendlichen eingegangen. Sie hatten die Nacht am See verbracht und dies der Ferientradition entsprechend zelebriert. In den Morgenstunden hatten sie dann das unbesetzte Fischerboot ausgemacht. Zwei von ihnen waren hinausgeschwommen. Sie kannten ja immerhin das Boot und den Besitzer. Zunächst hatten sie gedacht, der Weiler Xandi sei beim Fischen eingeschlafen, und wollten ihm einen Schreck einjagen. Nachdem die fünfzehnjährige Tochter vom Weiler ja auch unter ihnen gewesen war, hatten sie vielleicht noch den größeren Schreck bekommen. Die Juli war dann auch sofort abgehauen und durchs Kinderzimmerfenster wieder in ihr Bett gekrochen, aus dem sie sich Stunden zuvor noch hinausgestohlen hatte. Aber es sollte sich herausstellen, wer sich zuletzt erschreckte, erschrak am meisten.

Mit Sirenengeheul ging es für die Polizisten in östlicher Richtung zum Haldensee. Der polizeiliche Konvoi jagte über die schmale Zufahrtsstraße zum Strandbad an das Westufer. Größere Fahrzeuge mussten aber immer wieder beinahe bis zum Stillstand abbremsen, weil Wanderer in karierten Hemden nicht rechtzeitig aus dem Weg gingen. Sie werkelten in aller Ruhe mit ihren Wanderstöcken und beeilten sich nicht damit, den Hund von der langen an die kurze Leine zu nehmen, um die Fahrzeuge passieren zu lassen. In ihren Gesichtern leuchtete die Schockiertheit darüber, einen Wanderweg zu befahren. Noch schockierter sollten sie aber sein, als sie mit ansehen mussten, wie ihr eigentliches Wanderziel – der Haldensee – bereits mit gelben Bändern abgesperrt wurde. Dabei wollten sie doch beim Fischer-Wirt eine so köstliche Forelle essen.

Hartl führte Hayek und Vogelspiel an den Steg. Dort war gerade der hiesige Sprengelarzt dabei, aus einem kleinen Ruderboot auf den Steg zu treten. Die Hemdärmel bis zur

Schulter nass. Er hatte wohl versucht, das klebrige Gefühl zu mindern, indem er sie hinaufgekrempelt hatte. Hartl machte die Herren kurz bekannt.

Der Arzt schüttelte nüchtern den Kopf. »Exitus.« Er deutete mit dem Kopf auf das Wasser, wo ein leeres Boot einsam im Wasser trieb. Hayek hatte dieses Wort noch nie so bedeutungsleer ausgesprochen gehört. Seine ganze Körperhaltung und die Unfähigkeit, Blickkontakt zu halten, ließen die Angewidertheit des Mediziners erkennen. »Da muss ich auf die Kollegen Doktoren von der Rechtsmedizin verweisen.«

Hayek wollte ihm danken und reichte ihm die Hand.

Dieser jedoch winkte energisch ab. »Verzeihen Sie, ich habe mich gerade übergeben.« Er wischte sich mechanisch zwanghaft immer wieder die Hände an der Hose ab.

Der Arzt wandte sich auf wackligen Beinen ab und verließ den Badestrand, an dessen Eingang erneut einige Beamte damit beschäftigt waren, ankommende Badegäste wieder nach Hause zu schicken. Im Strandcafé wurde sich um die beiden Burschen gekümmert. Die militärisch kurz geschorenen Haare betonten die verheult hervorstehenden Augen.

Hayek, Vogelspiel und Hartl waren nach den Jungen und den Ersthelfern gleich die Nächsten, die den Leichnam aus nächster Nähe sehen sollten. Wären sie nicht in der Mitte eines Sees gewesen, Hartl hätte bei diesem Anblick sofort Reißaus genommen. Das Bild, das sich ihm bot, war zu grotesk, um real zu sein. Die Abscheulichkeit spottete jeder Beschreibung. Ein Mann, den Hartl sein ganzes Leben lang kannte, lag in dem Boot. Die Arme am Rücken. Die Füße mit den schweren Stiefeln mit Kabelbindern verzurrt. Es war nicht so viel Blut, wie es ihm zunächst noch erschienen war. All das Rot auf seinem Oberkörper. Nein, es war Fleisch. Der Rumpf vom Hals bis zum Gürtel aufgeschnitten. Der Mensch klaffte entzwei. Sie mussten zurückrudern.

19

Hayek konnte Hartl sein Verschwinden nicht übelnehmen. Es passierte etwas in diesem idyllischen Örtchen, was sich jeder Vorstellung entzog. War das erste Verbrechen bereits schockierend, welche Beschreibung sollte es für diesen Mord nun geben? Vogelspiel schien auf Autopilot. In sich gekehrt, aber aufrecht notierte er seine Eindrücke in den kleinen Notizblock. Er hielt nichts vom Diktieren oder von Smartphones, ganz im Gegensatz zu Hayek, dessen Speicherkarte bereits voll mit Bildern des jüngsten Opfers war. Er diktierte die Auffindesituation. Die Autodiktatfunktion transkribierte seine Worte:

»... *ausgenommen wie ein Fisch ... die inneren Organe vollständig aus dem Rumpf entfernt ... neben dem Kopf des Opfers ein Eimer ... angefüllt mit ebendiesen ... Verunstaltung im Gesicht des Opfers ... die linke Wange durchbohrt von einem riesigen Angelhaken ...*«

Beck war noch nicht aufgetaucht. Hayek beschloss, das Boot unberührt zu lassen, bis der Gerichtsmediziner sich ebenfalls einen Eindruck verschafft hatte. Stattdessen schickte er sich an, die beiden Jungen einzuvernehmen, die noch immer im Strandcafé vom psychologischen Dienst betreut wurden. Nicht ohne geringen Widerstand der Betreuer schaffte er es, den älteren der beiden an einen Tisch zu bringen. Er bestellte Kaffee. Der Junge verneinte das Angebot.

»Also ihr habt Party gemacht? Dort hinten am Volleyballplatz? Das ist richtig?«, fragte Hayek mit von ihm ungewohnter Einfühlsamkeit.

»Ja. Aber des hab ich ja alles schon –«, schluchzte er.

Hayek unterbrach ihn. »Ja, es ist aber besonders wichtig, dass ich dich das Gleiche noch einmal frage. Verstehst du?«

Der Junge verstand nicht, aber kam Hayeks Bitte nach.

»Wir haben uns geschtern Abend scho hier getroffen. A bissle was getrunken. Musik gehört. Herumgeblödelt halt.

Zu acht werden wir gewesen sein. Später in der Nacht sind auch die Juli und a Freundin von ihr gekommen …« Er sprach sie »Tschuli« aus. Die Stimme versagte. Er schluchzte und kämpfte sichtlich darum, die Fassung zu bewahren.

»›Juli‹? Damit meinst du die Julia Weiler, oder? Die Tochter vom Alexander Weiler?« Er vermied es, »Opfer« zu sagen, um ihn zu schonen, aber er hatte immerhin einen strengeren Ton angeschlagen.

Der Junge war eingeschüchtert, aber wieder auf Linie. »Der Markus hat dann des Boot entdeckt. Der macht immer durch. Trinkt die Reschtln bis in der Früh und schaut, dass es Feuer it ausgeht. Wir haben … waren … die Juli … Wir haben da noch geschlafen. Der Markus hat mich dann … geweckt und hatte die Idee, dahin zu schwimmen. Das haben wir auch getan. Der sitzt auch noch dahinten, der Markus. Die Juli wollt schnellstens nach Hause. Die hat das sicher nicht dürfen – die ganze Nacht wegbleiben. Sie wollt halt kuan Ärger kriegen. Sie hat mich dann gefragt, ob i s' schnell heimfahren könnt, aber i wollt noch nicht Auto fahren. Hab ja was getrunken … I hätt s' einfach heimfahren sollen.« Voll sichtbarer Reue wendete sich der Junge ab und drohte, wieder wegzubrechen.

Hayek hielt ihn mit einer weiteren einfachen Frage auf Kurs. »Aber stattdessen seid ihr, also du und der Markus, zu dem Anglerboot hinausgeschwommen?«

Der Junge legte das Gesicht in die Hände. »Wir haben gedacht, der isch noch mal eingeschlafen. Da wollten wir ein bisschen am Angelhaken zupfen, dass er meint, er hätte einen Hecht gefangen. Wir sind dann langsam und so halb tauchend hingeschwommen. Angelhaken war da keiner. Dann haben wir ein bisschen am Boot geschaukelt, und als dann auch nix passiert isch, haben wir mal reingeschaut, haben uns so hochgezogen, und da war halt … der Gestank … und der Kübel … der Kübel … der war voll mit … I glaub, i hab dann geschrien.«

Hayek erwartete den Zusammenbruch des Jungen, aber er hielt sich. Auch der Schock konnte Menschen aufrecht halten.

Das machte er sich ermittlungstechnisch gerne zunutze. Wenn erst einmal die schiere Emotion überhandnahm, dann erhielt man keine Informationen mehr.

»War da das Boot noch an derselben Stelle wie jetzt?«, fragte Hayek und deutete auf das hundert Meter vom Ufer entfernt treibende Boot.

Der Junge nickte, ohne hinzusehen. »Wenn es allzu weit weg gewesen wäre, hätte i mi it hinschwimmen getraut. I schwimm it so gut.«

»Also ihr schwimmt da hinaus. Seid ganz leise, weil ihr selbst keine Geräusche verursachen wollt. Ist dir jemand aufgefallen? Habt ihr etwas gehört, was darauf hingewiesen hätte, dass noch jemand da war?«

»Da war alles ganz normal. Alles war ganz ruhig. Das Wasser war so glatt wie sonscht nie. Aber auch wenn da einer gewesen wäre, wer denkt sich denn scho was dabei, wenn da einer spaziert.«

»Ist da einer spaziert?«, fragte Hayek spürbar erregt.

»Ach, i weiß it. Kann scho sein.«

Hayek vertraute auf die womöglich versteckte Erinnerung und forschte weiter nach.

»Wo hätte da einer sein können? Antworte einfach ganz schnell, ohne lange zu überlegen.«

Der Junge reagierte in der Sekunde und zeigte am Ufer entlang. »Dahinten, auf Höhe der Boje – an Land.«

Hayek folgte mit konzentrierten Augen seinem Zeigefinger.

»Aber da scheint gar kein Weg zu sein? Ist er gegangen oder gestanden, oder hat er geangelt?«

»Herrgott, i weiß es it. Nicht mal, ob da … wenn, dann isch er spaziert …«

Hayek wandte sich an Vogelspiel. »Ich will da sofort die Spurensicherung sehen.« Er drehte sich wieder dem Jungen zu. »Das war sehr gut. So was hilft uns. Und jetzt weiter? War da vielleicht noch mehr? Ein Autogeräusch? Eine Fahrradschaltung vielleicht sogar? Schritte?«

Der Junge schnaubte mehr verzweifelt als verächtlich. Wie

ein Schüler, der offensichtlich den Stoff nicht beherrscht und trotzdem weiter und weiter geprüft wird.

»Das isch doch wirklich total weit weck! I weiß doch nix. Ehrlich. I weiß es it!« Jetzt war es vorbei. Er knickte ein. »Kann … kann … i jetzt gehen?«, schluchzte der Junge.

Hayek entließ ihn und wollte noch die Version von diesem Markus haben.

Markus war zwar an Jahren jünger, aber an Gehabe und Erscheinung um Jahrzehnte älter als der erste Junge. Er wirkte fast schon vollkommen abgeklärt. Als er Hayek gegenüber Platz nahm, meinte Hayek, fast so etwas wie Bewunderung in seinem Blick zu bemerken. Sein Rang und sein Beruf machten nicht selten besonderen Eindruck auf junge Männer.

Er erkundigte sich nach seinen Wahrnehmungen im entsprechenden Zeitraum.

»Schauen S', wir haben dort hinten gelegen. Dort isch glei der Zulauf. Da plätschert der Bach in den See. Es isch dort oft so laut, dass wir Leute nicht kommen hören. Deswegen hat sich die Juli auch glei so gefürchtet, wie wir das Boot gesehen haben. Ihr Vater hätt auf einmal dastehen können, ohne dass wir ihn gehört hätten. Sie wollte dann noch, dass sie der Mario heimfährt, aber der hat sich mindestens genauso gefürchtet, dass der alte Weiler hinter ihm auftaucht. Drum war er vermutlich auch überhaupt dafür zu haben, zum Boot rauszuschwimmen. Hauptsache, weit weg von der Juli.«

Hayek nickte. »Und beim Boot?«

Das Schmunzeln im Gesicht des Befragten verflüchtigte sich: »Wir haben geglaubt, der wäre eingeschlafen. I hab sogar gehofft, dass er vielleicht noch ein Bier im Boot hat, das hätt i ihm dann – nur zum Spaß natürlich – gschtibitzt. Zuerst hat sich der Mario dann hochgezogen. I hab dann nicht lang reinschauen können. Der Mario hat geschrien und hat das Boot losgelassen. Er hat nicht aufgehört zu schreien. Der wär mir fascht abgesoffen. Er ist untergangen und hat Blubbel ins Wasser geschrien. Und warm war das Wasser dann auch, Sie wissen, was i mein? I hab ihn aus dem Wasser gezerrt. Erst an

Land hab ich dann gecheckt, was i eigentlich gesehen hab. Von da an weiß i dann it mehr, was der Mario gemacht hat. Vermutlich weitergeschrien. Ich hab dann die Polizei angerufen.«

Hayek lehnte sich zurück und verschränkte die Finger auf der Gürtelschnalle. Er war im Grunde am Ende mit seiner Befragung. Die Antworten seines Gegenübers waren klar und nicht emotional. Solche Zeugen wusste er zu schätzen. Er kramte daher noch nach anderen Fragen.

»War da noch jemand? Weitere Angler, Spaziergänger? Es muss nichts Auffälliges gewesen sein. Auch ganz normale Dinge helfen uns weiter.«

»Nein«, sagte Markus so bestimmt, dass sich Hayek das Nachbohren sparte.

»Gibt es sonst noch irgendetwas, was du uns in diesem Zusammenhang erzählen möchtest?«, fragte Hayek pauschal. Das war eine seiner Lieblingsfragen. Irgendwas kam danach immer. Die andere Frage war dann nur, ob es brauchbar war.

»Na, eigentlich nichts. I bin seit ein paar Monaten beim Bundesheer und nicht viel zu Hause. Deshalb hab i das persönlich nicht mitkriegt, aber meine Mutter hat letztens erzählt, dass a Hund vom Jäger wohl einen Hechtköder erwischt hat und dann fascht eingangen wäre. I glaube, dass man da den Weiler beschuldigt hat, er kann das Zeug nicht herumliegen lassen. Aber das isch halt Kränzchen-Geschwätz.«

Hayek dankte und verabschiedete sich. Er war schon einige Schritte gegangen, als er Markus noch sagen hörte:

»Geh zum Bundesheer, haben s' gsagt. Beim Zivildienst kann's sein, dass d' an grausigen Toten transportieren muasch.«

20

Beck war fertig und packte seine Gerätschaften zusammen. Neben ihm standen Hayek und Vogelspiel. Manni Fritsch von der Spurensicherung gesellte sich hinzu. Er kündigte an, die Taucher zur Suche am Seegrund noch abzuwarten. Hayek war Fritsch für seine akribische Arbeit dankbar. Dieser war um die fünfzig, rauchte Kette und hatte kein einziges graues Haar auf seinem vollen schwarzen Haupt.

»Da haben wir wohl einen Serientäter«, stieß er hervor, jedes Wort begleitet von einem eigenen Hauch Teer und Nikotin. Es bedurfte keiner Nachfrage. Hayek sah Fritsch an, dass sein Team keine offensichtlichen Spuren hatte finden können. Aber keine Spur war auch eine Spur und somit ein klares Indiz, dass es sich um denselben Täter handelte.

»Wie beim ersten Mal keine Tatwaffe am Tatort«, ergänzte Fritsch.

»Ich vermute einen Aufbrechhaken. Dafür braucht man viel Kraft«, warf Beck ein.

»So einer war aber nicht am Boot«, stellte Fritsch fest.

Hayek nickte und schnorrte sich ungeniert eine Zigarette von Fritsch. Hayek bot zudem auch noch Vogelspiel eine an. Zur Verwunderung aller nahm dieser auch an.

»Der Junge glaubt an nichts mehr«, meinte Fritsch in gewohnt zur Schau gestellter Unbeschwertheit.

Ein flüchtiges Grinsen machte die Runde, abgelöst von einem Seufzer.

»Keine Frage. Der Typ ist verdammt organisiert. Verdammt stark und wahrscheinlich auch noch verdammt schlau. Vermutlich ist es Weilers eigenes Messer gewesen«, stellte Hayek fest, »nicht auszuschließen, dass er die Waffen als Souvenir behält.«

Von den Anwesenden, allen voran Beck und Fritsch, kam zustimmendes Nicken. Allen war klar, dass sich die Ermittlungsarbeit mit dem zweiten Mord vervielfacht hatte. Konnte man zunächst noch einen Verdächtigenkreis um die Person Zeilinger ziehen, erweiterte sich das Bild nun um einen weiteren Kreis. Auf die Schnittmenge käme es nun an.

»Er war gleich alt«, sagte Vogelspiel, als er von seinem Notizblock kurz aufsah. Die Zigarette im Mundwinkel verlieh ihm eine ungewohnte Lässigkeit. Das oder die resignierten hängenden Schultern standen ihm erstaunlich gut. »Gleich alt wie Zeilinger. Beide geboren 1977.«

»Gleicher Jahrgang. Gemeinsam aufzuwachsen bietet vielerlei Gemeinsamkeiten. Das wird viel Arbeit machen«, stellte Hayek missmutig fest.

Er hing in der Luft und wusste nicht, wo er anfangen sollte. Diese Form der Hilflosigkeit machte ihn rasend. Nachdem er einen Moment in Gedanken versunken war, stürzte er mehr oder weniger grußlos davon. Er musste etwas tun. Fritsch und Beck war dieses Verhalten bereits bekannt. Sie meinten zu Vogelspiel, der nicht wusste, ob er ihm nachfolgen sollte oder nicht, er möge das nicht allzu ernst nehmen, der Richie spüre halt manchmal seine Ameisen im Hintern. Es war das erste Mal, dass Vogelspiel hörte, dass abschätzig über Hayek gesprochen wurde.

Der Oberst hatte diesmal einen unbeobachteten Moment genutzt, um sich an den Reportern auf dem Parkplatz vorbeizustehlen. Er griff in seine Hosentasche, aber er fand nicht vor, was er dort erwartete. Vogelspiel hatte den Wagenschlüssel. Ausnahmsweise hatte er ihn das Auto lenken lassen, weil Hayek bei der Anfahrt noch erste Informationen über einen potenziellen zweiten Mord in die Landeshauptstadt gemeldet hatte. Er konnte nicht zurückgehen, weil er damit riskieren würde, von den Journalisten entdeckt zu werden. Also schlich er einfach weiter. Einige hundert Meter weiter fand er eine von zahlreichen Touristen belagerte Bushaltestelle. Er mischte sich unter sie und lauschte dem unschuldigen Urlaubergeplänkel über das herrliche Wetter und die köstlichen Speckknödel, die es zu Mittag auf der Hütte gegeben hatte. Einem Busfahrer, der grimmig einen Gästepass sehen wollte, zeigte er seinen Dienstausweis und wurde achselzuckend an Bord genommen. Hayeks Eindruck hatte ihn nicht getäuscht. Er hatte geahnt, dass die Leiche im Sebensee wohl nicht die letzte bei dieser Ermittlung sein würde. War es das jetzt?

21

Hayek wusch sich das Gesicht im Waschraum des Postens. Strich sich einzelne Strähnen aus dem Gesicht zurück hinter die Ohren und sah auch heute noch keine Veranlassung, sich zu rasieren. Als sich seine Wut weitestgehend verflüchtigt hatte, war er bereit, das Wachzimmer wieder zu betreten. Er öffnete die Tür und sah als Erstes, wie Garer versuchte, mit einem insistierenden Herrn fertigzuwerden.

»Ich verlange, jetzt meine Aussage zu Protokoll zu geben. Meine Urlaubstage sind kostbar, und ich habe nicht vor, den ganzen Nachmittag bei dem prächtigen Wetter hier zu vergeuden!«, schnaubte der Mann mit eindeutig norddeutschem Akzent. In den Händen hielt er einen Hut mit Gamsbart und war für eine Wandertour gekleidet: Bergschuhe, Kniestrümpfe und das rot karierte Hemd zur beigefarbenen Regenjacke fehlten auch nicht.

Als Garer Hayek eintreten sah, konnte man eindeutig Erleichterung in seinem Gesicht erkennen.

»Wie ich sehe, ist der Leiter der Ermittlungen, Herr Oberst Hayek, gerade eingetroffen!«

Der Mann drehte sich um und stürzte auf Hayek zu. »Herr Oberst, gut, dass Sie endlich da sind! Dann können wir das nun endlich hinter uns bringen!«, rief er zuversichtlich.

Hayek rümpfte die Nase und blickte abwechselnd auf Garer und dessen hochgezogene Schultern und das rote, aufgedunsene Gesicht des Touristen vor ihm.

»Wer sind Sie, bitte?«, fragte er trocken und wartete ab, die von ihm beabsichtigte Reaktion im Gesicht dieses offenkundigen Wichtigtuers zu erkennen.

»Na, wer ich bin! Der wichtigste Zeuge hier im Mordfall! Sie haben mich doch selbst hierherbestellt, und jetzt warte ich seit einer Stunde darauf, dass sich jemand der Sache annimmt«, rief er entrüstet über Hayeks ausbleibende Dankbarkeit.

»Sie beruhigen sich jetzt und weisen sich mal aus!«, verlangte Hayek.

Der Mann wurde immer roter. Er grummelte vor sich hin und kramte nach seiner Brieftasche. Ein deutscher Personalausweis wurde Hayek gereicht.

»So, Herr Zaberzinsky. Das hier ist eine Mordermittlung und nicht die Warteschlange für die Liftkassa. Das ist Ihnen schon klar?«, bremste Hayek ihn ruppig ein. »Aber kommen Sie jetzt erst mal mit.«

Garer konnte nun wieder durchatmen und eine entspanntere Haltung einnehmen, indem er seine Arme über die Lehnen des Drehstuhles hinunterfließen ließ. Garer konnte eins mit diesem Stuhl werden.

Hayek und Zaberzinsky gingen in das kleine Zimmer. Dann fischte Hayek das ausgedruckte Protokoll von Karl-Heinz Zaberzinsky aus einem Stapel Papier. Er kontrollierte, wie er es von der Pike auf gewohnt war, die persönlichen Angaben.

»Herr Zaberzinsky, Sie waren also mit Ihrer Gattin wandern, wollten eine Landschaftsfotografie anfertigen und störten sich aber an einem Fleck auf dem Bild, der, wie sich herausstellte, ein in einem Plastikbeutel verpackter Schädel war. So viel habe ich Ihrer protokollierten Aussage bereits entnommen. Auch Ihre Fotografie ist bereits aktenkundig. Vielen Dank dafür.«

»Das ist ja selbstverständlich! Es war ein schwerer Beutel. Ich hatte die Finger und das Objektiv meiner Kamera voller Blutschlieren. Ekelhaft war das, wie Sie sich vorstellen können.« Zaberzinsky schauderte.

Hayek musste sich nach allem, was er diesen Vormittag schon zu sehen bekommen hatte, zusammenreißen, um Zaberzinsky keine Heulsuse zu nennen.

»War Ihnen beim Aufstieg sonst noch etwas aufgefallen, dieses Motorrad beispielsweise?« Hayek klappte sein Notebook auf und zeigte Zaberzinsky ein Bild von Zeilingers Motorrad.

Zaberzinsky schüttelte den Kopf. »Wir haben den Fußweg und nicht den Wirtschaftsweg genommen. Ob da ein Motorrad war, kann ich nicht sagen. Ich breche zu meinen Wanderungen immer sehr früh auf. Dann trifft man nicht auf so viele andere Wanderer. Wenn jemand unterwegs gewesen wäre, wäre er mir aufgefallen. Deswegen stehe ich ja so früh auf – um die Natur ganz für mich allein zu haben.«

»Wie lange haben Sie für den Aufstieg benötigt?«, fragte Hayek, ohne dass es eine Bedeutung gehabt hätte.

»Wir sind um fünf Uhr dreißig an der Talstation aufgebrochen. Bis zur Tränke haben wir wohl eineinhalb Stunden gebraucht.«

Hayek wusste, dass das nicht stimmen konnte. So viele Höhenmeter hatte dieser schwammige Kerl nicht in so kurzer Zeit geschafft. Aber bergsteigerisches Können hin oder her, nichts von dem, was er zu sagen hatte, war neu oder hilfreich. Dennoch glaubte er zu sehen, dass dem Mann etwas auf der Seele brannte.

»Warum erzählen Sie mir jetzt nicht einfach, was Sie mir wirklich erzählen wollen?«, fragte Hayek schließlich.

Zaberzinsky hatte wohl auch nur auf diese Frage gewartet. Ohne Umschweife begann er also zu erzählen, was er sich vorher zurechtgelegt haben musste. »Sie müssen wissen, wir kommen schon seit Jahren her und verbringen hier immer einige Wochen im Sommer. Viele Einheimische kennen uns, und auch wir kennen viele persönlich. Auch den Toten, den Herrn Zeilinger, kannten wir. Der gehörte aber nicht gerade zu unseren erfreulichen Bekanntschaften. Vor ein paar Jahren – als unsere Tochter das letzte Mal mit uns hergefahren ist – hat er ihr nämlich richtiggehend nachgestellt, um nicht zu sagen aufgelauert. Sybille war damals erst siebzehn. Wollte sie ins Strandbad, traf sie diesen Zeilinger an der Kasse. Gönnte sie sich mit der Tochter einer befreundeten Familie ein Glas an der Hotelbar, war dieser Kerl schon da und wollte weitere Getränke spendieren. Sybille war damals sehr unwohl gewesen. Wir haben dann mit unserer Gastwirtin gesprochen. Die meinte, man müsse verstehen, dass der Zeilinger halt ein Junggeselle geblieben sei und sich nur eine Frau wünsche. Er sei harmlos. Ein bisschen ›Herzerl‹ in den Augen habe er halt für die Sybille.«

»Aber Sie sahen das nicht so?«, horchte Hayek auf.

»Nein. Ganz und gar nicht. Das im Strandbad hätte ja noch ein Zufall sein können, aber im Hotel hat er sie meines Erachtens richtig abgepasst. Wenn ich mich nicht täusche, hat er sie auch einmal nach Hause gefahren, als ihr Fahrrad einen Platten hatte. Komisch, dass er da gleich zur Stelle war. Mir war jedenfalls wohler, als die Sybille damals früher abgereist ist. Seitdem fährt sie im Sommer ohnehin lieber mit ihren Freunden nach Mallorca, Ibiza oder wie diese Inseln alle heißen, als mit ihren Alten hierher.« Zaberzinsky klang etwas wehmütig, aber glaubwürdig. Das machte ihn Hayek fast schon sympathisch.

»Warum haben Sie das dem Herrn Kollegen nicht erzählt?«, wunderte sich Hayek.

»Wissen Sie, ich komme seit so vielen Jahren hierher und versuche seit meinem ersten Aufenthalt im Jahr 1975 hier, mit den Menschen Freundschaft zu schließen. Ich habe die Erfahrung gemacht, wenn die Leute hier etwas nicht mögen, dann ist es, dass ein ›Fremder‹ schlecht über sie redet. Ich möchte es mir hier nicht mit den Einheimischen verscherzen. Das ist so eine eingeschworene Gemeinschaft. Sie sind ja offensichtlich nicht von hier. Darum sage ich Ihnen das.«

Hayek staunte nicht schlecht, als dieser Zaberzinsky doch eine interessante Sicht über die Einwohner an den Tag legte.

»Mit Klatsch und Tratsch wird hier nicht gegeizt. Aber nicht einmal auf die Frage nach dem eigenen Wohlbefinden werden Sie eine ehrliche Antwort bekommen. Immer geht es ihnen gut, das Geschäft läuft hervorragend, und die Kinder sind selbstverständlich tüchtig. Keiner würde etwas von seinen Sorgen erzählen, dass man eben Depressionen, Schulden oder drogenabhängige Kinder hat, um ja nicht in der Gerüchteküche eingekocht zu werden. *Das* ist nämlich ihre wohl größte Befürchtung.«

Die Unterhaltung mit Wolf am Vorabend war exakt diesem Schema gefolgt.

»Anfangs dachte ich, dass die Menschen hier einfach so glücklich sind. Die frische Luft, die Natur. Das ist alles nur Show. Glück ist hier käuflich. Und nicht selten ausverkauft. Im Grunde sind sie allesamt arme Teufel. Stellen Sie sich vor, Sie können sich nichts von der Seele reden, aber trotzdem erfährt oder munkelt jeder von ihren Problemen.«

»Warum kommen Sie dann noch her?«, wollte Hayek verblüfft wissen.

»Nun, die Gegend ist wirklich sehr schön«, gestand er zu und merkte, dass das kein ausreichender Grund war.

Hayek verabschiedete Zaberzinsky um einiges freundlicher, als er ihn willkommen geheißen hatte. Dieser ließ sich bereitwillig das Versprechen abnehmen, sich wieder bei Hayek zu melden, sollte ihm noch etwas einfallen. Für diesen Zweck tauschten sie Visitenkarten aus, und Hayek war nicht entgangen, dass Zaberzinsky Vorstandsvorsitzender eines namhaften deutschen Lebensmittelkonzerns war.

Als Zaberzinsky den Posten verließ, läuteten die Kirchenglocken. Erst die große, dann die kleinen.

22

Hartl hatte die Familie von Weiler verständigt. Auch die Spurensicherung war bereits dabei, Weilers Homeoffice unter die Lupe zu nehmen. Der Umfeldcheck konnte schnelle Erkenntnisse liefern.

Hartl saß an seinem Schreibtisch und kritzelte mehr, als dass er sich Notizen machte. Er war voller Mitleid für Annelies und Julia Weiler. Dabei war die Julia nicht weit entfernt gewesen, während ihr Vater um sein Leben gekämpft haben musste.

Die übrigen Beamten wollten Hartl nicht ins Gesicht schauen, aus Angst, man könnte die gespiegelte Verzweiflung der Familie darin sehen. Für denjenigen, der es doch tat, sah er aber nur müde und erschöpft aus. Außerdem trauerte Hartl selbst. Der Zeilinger war gut mit ihm bekannt gewesen. Weilers Tochter ging mit Hartls Ältestem zur Schule. Oft hatten sie bei Erstkommunion- oder Firmungsvorbereitung miteinander zu tun gehabt. Der Xandi war ein feiner Kerl. Er hatte das ganz sicher nicht verdient. Für jeden Verein hatte er die Homepage gestaltet, und wenn es um die Entlohnung dafür gegangen war, hatte er sich nie mehr als ein Bier versprechen lassen, das er ohnehin nie eingefordert hatte. Als Hartls Sohn mit seinem BMX-Rad gegen Xandis abgestelltes Auto gekracht war, hatte er dem Burschen sogar ein Computerspiel geschenkt, weil er sich dabei das Bein gebrochen hatte. Der Xandi hatte stets freundlich gegrüßt und nie ein schlechtes Wort über jemanden fallen lassen.

Wäre es nach Hartl gegangen, hätte man sich spätestens jetzt an die Bevölkerung wenden müssen. Man hätte sie warnen müssen, dass ein Serienmörder sein Unwesen im Ort trieb. Ein Ausgangsverbot musste her. Der Wiener schien das nicht ernst genug zu nehmen. Bislang hatte er nichts in dieser Hinsicht veranlassen wollen. Zwei Ermordete in zwei Tagen. Wie schrecklich war nur der Gedanke daran, dass es morgen erneut geschehen könnte. Und wer wäre es dann?

Noch bevor Hartl sich tiefer in die Abgründe seiner Befürchtungen eindenken konnte, wurde er durch sein klingelndes Handy herausgerissen. Seine Frau Gabi. Besorgt erzählte sie, dass die große deutsche Tageszeitung mehrfach nach ihm verlangt habe. Damit aber nicht genug, ein langjähriger Stammgast habe bereits seine Buchung für die letzte Augustwoche storniert. Das würde auch nicht der einzige bleiben. Die Polizei müsse etwas tun! Bis der letzte Hauszubau abbezahlt sei, könne man es sich nicht leisten, auf das Spätsommergeschäft zu verzichten. Hartl aber wollte sich nicht mit den Buchungszahlen für August auseinandersetzen und versuchte, sie abzuwimmeln.

»Du spielsch jetz den großen Polizisten, aber wenn uns der September wegfällt, wie sollen wir dann die neue Wellnesswelt abstottern? Es werden kuane Fremden mehr kommen, wenn sich das von den Toten weiterverbreitet!«, warf sie ihm vor. *Den Toten.* Von Weiler wusste sie also auch schon. »Ihr müsst da was machen! Sagts halt, des wären Unfälle gewesen. Ermittelts weiter, aber um Gottes willen veranstaltets nicht noch mehr Tamtam!«

Blödes Weib, dachte Hartl und war kurz davor, einfach aufzulegen. Zwei Gedanken zuvor hatte er noch den Ausnahmezustand ausrufen wollen, und sie sprach von »Tamtam«. Er wusste aber, dass seine Frau nicht die Einzige war, die so dachte. Keiner würde hier im Ort Nächtigungseinbrüche aufgrund schlechter Publicity hinnehmen wollen. Ohne den Fremdenverkehr wäre die Ortschaft ein verarmtes Bergbauerndorf geblieben. Die Fremden ließen ihr Geld großzügig liegen, wenn es ihnen nicht schon von den Kleinsten aus der Tasche gezogen wurde, die auf Wanderwegen Gratisfolder aus dem Tourismusbüro an die Urlauber verkauften.

Als Hartl ein Jugendlicher war, hatte es Stimmen gegeben, die sich für den Bau einer Gipsfabrik ausgesprochen hatten. Die Region hätte damals eine Industrie bekommen sollen.

Aber der Fremdenverkehr hatte sich letztlich durchgesetzt. Sessellifte statt Rauchschloten. Hartl war sich nicht mehr sicher, ob das nun die richtige Entscheidung gewesen war.

Hartls Gattin fühlte sich in ihrer Sorge nicht erst genommen. »Wenigschtens kümmert sich der Sevi um die Interessen der kleinen Leit!«, rief sie und warf den Hörer auf den Apparat.

Ein klarer Schlag unter die Gürtellinie. Der Fuchsberger Sevi war ja die Jugendliebe von der Gabi gewesen. Seine ganze Ehe hindurch hatte er sich immer wieder Vergleiche mit dem Fremdenverkehrsobmann gefallen lassen müssen. Hartl ließ sich aber nicht provozieren. Die Alte sollte froh sein, dass ihr Mann noch lebte. Er dachte mitleidig an die zarte Annelies Weiler. Aber konnte er wirklich sicher sein, dass er nicht der Nächste wäre?

23

An diesem Nachmittag war die Einvernahme des Bürgermeisters vorgesehen gewesen. Hayek sah sich jedoch gänzlich außerstande, sich von Papierkram freizuschaufeln. Daher war es an Vogelspiel, mit dem Bürgermeister über die anscheinend verweigerte Baugenehmigung für einen Stallanbau am Zeilingerhof zu sprechen. Beschäftigung würde ihm guttun, meinte auch Hayek. Er bekam keinen Kollegen zugeteilt. Es wäre ohnehin nur Garer in Frage gekommen, und da dieser ja der Neffe des Bürgermeisters war, erwartete sich Hayek keinen Mehrwert davon.

Das Gemeindeamt befand sich nur zwei Häuser weiter vom Posten entfernt. Die Hausfassade war mit Engeln und Efeuranken bemalt. Rechts vom Eingang stand das obligatorische schwarze Brett mit diversen Aushängen und den Amtszeiten. Der Eingang ins Büro des Bürgermeisters lag im zweiten Stock, dazu musste man aber erst durch das muffige Zimmer einer mürrischen Gemeindesekretärin, welches genauso finster war wie ihr Blick. Vogelspiel war richtig erleichtert, als Ludwig Garer dann endlich aus seinem Büro kam, um ihn hereinzubitten. Er war ein hagerer Mann mittleren Alters mit schütterem Haar. Das lachsfarbene Polohemd schien er nicht zu tragen, vielmehr sah es so aus, als hätte er es sich zum Trocknen umgehängt. Viel zu weit hing es an ihm herunter und schien den Körper nur an den Schultern zu berühren.

»Verzeihen Sie doch bitte die schlechte Laune des Fräulein Gstattner, sie hat das Rauchen aufgeben müssen, wie jetzt das strikte Rauchverbot in den Amtsräumen gekommen ist«, erklärte er, und Vogelspiel war dankbar, dass er keinen Dialekt sprach.

»Die letzte Verschärfung ist doch jetzt schon mehrere Jahre her?«, fragte Vogelspiel der Konversation halber.

Der Bürgermeister verzog den Mund so sehr, dass Vogelspiel meinte, er mime einen traurigen Clown. »Und so lange leiden wir schon alle mit ihr.«

Vogelspiel rang sich aus Höflichkeit ein Lächeln ab. Sie setzten sich auf eine Ledergarnitur des mit Fotos vollgestopften Raumes. Als sich Ludwig Garer kurz abwandte, um zwei Gläser mit Wasser zu befüllen, betrachtete Vogelspiel die Bilder genauer. An einem davon blieb Vogelspiel hängen. Ludwig Garer war darauf mit einem kleineren Mann, der eine adrette Masche umgebunden hatte, abgebildet. Beide lächelten freundschaftlich, aber seriös in die Kamera.

»Das war ein Parteitag, wie wir seitdem keinen mehr gehabt haben«, sagte Garer, mit dem elitär nasalen Tonfall eines überschätzten Künstlers auf einer Vernissage, und klirrte mit den Gläsern auf dem Tablett, »aber was erzähl ich, Sie sind wegen ganz anderer Dinge hier. Schrecklich ist das mit dem Zeilinger. Ist es auch wahr, das mit dem Weiler?«

Vogelspiel nickte und stürzte sich auch schon gleich in die Sache. »Es soll einen rechten Disput wegen eines von Josef Zeilinger anvisierten Bauvorhabens gegeben haben. Bitte, können Sie dazu etwas sagen?«

Garer lehnte sich zurück und bildete ein Zelt mit seinen Fingern. Eine klischeehafte Interviewpose, wie man sie von Politikern aus den Tagesblättern kannte: »Das ist richtig. Nur glaube ich nicht, dass Ihnen das etwas nützen wird. Ungefähr achtzig Prozent meines Arbeitsanfalles bestehen darin, bei Streitigkeiten unter Nachbarn zu vermitteln. Natürlich ist das keine meiner offiziellen Agenden. Volksnähe ist das. Futter für die Wiederwahl, wenn Sie so wollen.«

Für einen Politiker sprach er ungewohnt offen, fand Vogelspiel.

»Der Zeilinger Josef beabsichtigte, eine Art Traktorrampe zu bauen. Das ganze Vorhaben war aber nicht wirklich durchdacht und hatte weder Hand noch Fuß. So wie er das geplant hatte, wäre sich das auf seinem Grundstück nicht ausgegangen, und seine Nachbarin, die Kraninger Marianne, wollte nicht mit sich reden lassen. Keinen Meter wollte sie ihm da überlassen. Damit war das Projekt auch schon gestorben.«

»Das war schon alles?«, fragte Vogelspiel.

»Was soll ich sagen. Für mich war das nichts Besonderes. Beim Fräulein Gstattner draußen knallt die Tür mindestens einmal die Woche, weil sich irgendwer ungerecht behandelt fühlt. Dann kommen s' rein und klagen mir ihr Leid, und ich höre mir alles an. Ich bin mittlerweile ein ausgezeichneter Zuhörer geworden und überzeugt davon, dass an mir sicher ein guter Psychologe verloren gegangen ist«, grunzte er und fuhr nach einer kurzen Pause fort: »Von mir erfahren die Leute aber auch nie, wer sich über wen aufregt oder erbost. Das hält Unstimmigkeiten klein und lässt sie nicht ausarten. Wir haben auch genug andere Probleme, die dringender einer Lösung bedürfen. Flüchtlinge sollen wir jetzt aufnehmen. Da frag ich mich, wie soll man sich das vorstellen? Ein Containerdorf neben einem Luxushotel?«

Der Bürgermeister fixierte Vogelspiel mit einem erwartungsvollen Blick, sodass dieser mit zuckenden Schultern Verständnis zeigen musste. Man merkte Garer die Zurückhaltung an, die er sich selbst aufzwang. Das war wohl ein akutes Reizthema.

»Allein letzte Woche waren zwei Hoteliers da, die mir wüste Beschimpfungen an den Kopf geworfen haben, sollte ich das nicht abwenden können.« Er erkannte, dass er gerade ein gutes Beispiel dafür geliefert hatte, was er Vogelspiel zuvor versucht hatte zu vermitteln. »Genau, was ich meine. Rennen mir die Tür ein und sind unverfroren genug, mir zu drohen, aber wenn's dann heißt, Wahlbeisitzer zusammenzukriegen, da findet keiner Zeit, um aufs Gemeindeamt zu kommen, verstehen S'? Jetzt geht im Herbst ja der ganze Spaß von vorne los, und wegen des vergangenen Wahlkartendebakels fürchten sich die Leute genug davor, sich die Finger an diesen Umschlägen zu verbrennen. Dadurch ist es noch viel schwieriger geworden.«

Garer schien heute selbst ein offenes Ohr zu gebrauchen,

aber Vogelspiel war entschlossen, sich auf Sachdienliches zu konzentrieren.

»Hat der Weiler auch was in der Art offen gehabt?«, kam Vogelspiel zum Thema zurück.

Beiden kam der Wechsel gerade recht. Garer entspannte sich wieder.

»Nein. Das würde mich wundern, wenn Sie über den auch nur irgendwo ein schlechtes Wort hören würden. Einen angenehmeren Menschen hat's wohl noch nicht gegeben. Über den hab ich auch nichts Gegenteiliges zu berichten«, antwortete er gefasst traurig. »Aber wenn Sie mich fragen, wer wirklich mit dem Zeilinger im Clinch gelegen hat, dann würde ich mir den Mantschlechner Franz vorknöpfen. Zwischen den beiden hat's ordentlich gescheppert.«

»Ach so?«, fragte Vogelspiel gestellt ungläubig, um ihn am Reden zu halten.

»Das war, kurz nachdem der junge Stier vom Tschellinger, verzeihen Sie, vom Zeilinger im Sebensee verendet ist. Sie wissen ja vermutlich schon, dass der Mantschlechner das zu verantworten hatte. So ein Viech ist durchaus von Wert, und der Mantschlechner hat doch keinen Cent, mit dem er dem Zeilinger das hätte ersetzen können. Jedenfalls sind da letzten Sommer im Hirschen sogar die Fäuste geflogen. Wundersamerweise war das dann aber im Herbst schon aus der Welt geschafft, dabei bin ich mir sicher, dass der Mantschlechner bis heute nicht gezahlt hat. Da war was nicht sauber«, sagte Garer und schien selbst etwas erschrocken darüber zu sein.

Vogelspiel bedankte sich. Für den Moment brauchte er nicht mehr zu wissen. Der Bürgermeister stand auf, um ihm die Tür zu öffnen. Vogelspiel war, als müsste er zunächst durch einen finsteren Tunnel tauchen, um wieder ans Tageslicht zu gelangen.

»Herr Bürgermeischter, die Gschwendtner Birgit hat jetzt scho zum zweiten Mal wegen dem Lärm vo letzter Nacht angrufen«, jammerte das Fräulein Gstattner.

Vogelspiel drehte sich noch einmal zu Garer um und gab

ihm die Hand. »Sie haben wirklich was zu tun, wenn Sie jetzt auch noch Beschwerden wegen Lärm nachgehen.«

Der Politiker lachte herzhaft. »Die Dame beschwert sich über mich. Ich hatte gestern Livemusik in meinem Hotel bis zwei Uhr nachts.«

24

Alle Polizeibeamten hatten sich um den kleinen Fernseher in der oberen Ecke des kleinen Wachzimmers versammelt. Wurde er ansonsten nur für die sportlichen Highlights des Jahres wie Weltcup-Skirennen oder Champions League verwendet, sah man diesmal gebannt auf den Herrn Severin Fuchsberger, Fremdenverkehrsobmann, der bundesweit eine Erklärung in Bezug auf die ungewöhnlichen Todesfälle in dem kleinen Bergdorf abgab. Der untersetzte Mann hatte in Trachtenjanker und mit gezwirbeltem Schnurrbart zahlreiche Reporter um sich geschart und stand in der Lobby seines Hotels Rede und Halbwahrheit.

Serienmörder? Das sei ja lächerlich. Ein abgetrennter Kopf? Für ihn sah das so aus, als habe jemand unerlaubt die Lastenseilbahn auf den Berg benutzt und es sei so zu einem tragischen Unfall gekommen. Ob das nun heißen solle, ein Almwirt habe das womöglich vertuschen wollen? Das sei dann doch wieder Aufgabe der Polizei, das zu klären. Besonders tragisch sei auch, dass nur einen Tag darauf neuerlich ein schrecklicher Unfall passiert sei, bei dem sich ein Fischer beim Ausnehmen eines Fisches so unglücklich geschnitten habe, dass er noch am Boot verblutet sei.

»Der Kerl ist gut!«, gestand Fritsch zu.

Hartl zweifelte ebenfalls einen Moment lang daran, dass es sich um zwei Gewaltverbrechen handelte. Die Erklärung Fuchsbergers wollte er ohnehin wesentlich lieber glauben als alles andere. Von den Einheimischen würde ihm keiner trotz besseren Wissens widersprechen. Der Fuchsberger vertrat immerhin die Beherbergungsbetriebe, an deren Umsatz sie alle Interesse hatten. Das sollte die Deutschen über der Grenze beruhigen und von übereilten Stornierungen abhalten.

Vogelspiel beobachtete Hayeks Reaktion. Dieser stand reglos mit verschränkten Armen und breitbeinig vor dem kleinen

Bildschirm. Er dachte sichtlich angestrengt nach und war hin- und hergerissen, mit der Faust in die Hand oder die Hand auf die Stirn zu schlagen. Solange sich die Journalisten aber mit diesem Trachtenkasperl, der in keinster Weise in die polizei- lichen Ermittlungen involviert war, zufriedengaben, konnte das nur von Vorteil sein. Immerhin war es Fuchsbergers gu- tes Recht, seine persönliche Meinung zu den Vorkommnissen zu äußern. Die Polizei musste sich den Inhalt einer solchen nicht zurechnen lassen. Andererseits ließ er eine gezielte Des- information der Bevölkerung zu. Hayek befand sich in einem Dilemma, aber er hatte gegenüber den Medien zweifelsohne etwas Zeit gewonnen. Er wies Vogelspiel an, mit Stefan Stin- ner Kontakt aufzunehmen. Man brauchte den Polizeisprecher schnellstmöglich vor Ort.

25

Die untergehende Sonne hatte sich zunächst noch rot auf die Felswände der westlichen Gipfel geworfen und im Wasserglas auf Hayeks Tisch widergespiegelt. Als nun die Sonne ganz untergegangen war, schien es mit einem Schlag düster. Die Nächte hier am Land waren für Hayek ungewohnt dunkel. Die geringe Lichtverschmutzung verwandelte die Dunkelheit in beinahe völlige Finsternis. Hayek rieb sich die Augen hinter seinen Brillengläsern. Er legte die Brille ab und lehnte sich angestrengt von den ersten Berichten der Spurensicherung und der Gerichtsmedizin zurück. Er war erschöpft, aber nicht müde. Vogelspiel und die meisten anderen waren vor einiger Zeit zurück zum Gasthof. Nur Hayek und die Kollegen von der Nachtschicht waren noch am Posten.

Hayeks Handy läutete. Es war eine Nummer, die er nicht kannte. Ihm war eigentlich gar nicht danach, abzuheben. Es konnte um diese Uhrzeit wohl kaum mehr dienstlich sein. Er wollte, dass das Klingeln aufhörte, und drückte eine Taste, die er für Stummschaltung hielt. Dabei irrte er und nahm das Gespräch an. Das bemerkte er aber erst, als er das zweimalige dumpfe »Hallo?« vernahm.

»Ja, Hayek!«, raunte er.

»Guten Abend, Herr Oberst. Wolf hier. Sie haben mir ja Ihre Karte …«, sie flüsterte in den Hörer, »… ich bin hier im Hirschen … kann nicht lange reden … Sie sollten bei den Gemeindewohnungen bei der Volksschule vorbeischauen … die haben es auf den Philipp abgesehen … lieber gleich als später …«

Damit war das Gespräch auch schon zu Ende. Hayek fragte sich, was er davon halten sollte. Er trat aus seinem Zimmer heraus und fragte den ersten Beamten, wer der Philipp aus den Gemeindewohnungen sei. Amtsbekannter Kiffer, war die Antwort des einen Beamten. Hinter der aufgefalteten Titelseite einer Zeitung tauchte das Gesicht von Jungbeamtin Mantl auf, und sie ergänzte, dass er seit Neuestem aber auch der Kopf einer ziemlich fanatischen Veganerbewegung sei. Warum er fragte, wollte sie wissen.

26

Als Hayek mit den beiden anderen Polizisten bei dem Wohnhaus eintraf, dessen einziger dauerhafter Bewohner Stumper war, brannte kein Licht im Haus. Dafür erhellte eine plötzlich aufgehende Stichflamme die zur Straße gewandte Fassade. Ein Geruchsschwall von Marihuana und Benzin schwängerte die Luft. Der Kollege funkte nach Verstärkung und alarmierte die Feuerwehr. Hayek und Mantl eilten durch die unversperrte Haustür in das Gebäude. Die Beamtin kannte sich im Haus aus, also ließ er ihr den Vortritt. Sie sprintete zielstrebig die Stiegen hinauf. Die Wohnung befand sich im zweiten Stock. Die vergilbte Tapete hatte sich schon vor Jahren von den Wänden abgelöst und hing wie welke Blumen von beiden Seiten in den Gang. Hayek und Mantl hatten ihre Dienstwaffen gezogen. Sie bemerkten auch gleich, dass die Wohnungstür nur angelehnt war. Ein Nicken, und Mantl schob die Tür mit der Zehenspitze weiter auf.

»Philipp! Hier ist die Polizei, wir kommen hinein! Philipp Stumper?«, rief sie laut.

Das Feuer auf dem Balkon knisterte bedrohlich laut. Der Rauch zog bereits in bänderbreiten Schwaden tiefer in die Räume. Durch das zersprungene Glas der Balkontür hatte das Feuer schnell auf die Vorhänge im Wohnzimmer übergegriffen. Wie ein abhebender Schwarm Vögel lösten sich die trockenen Vorhänge in kleine fackelnde Flicken auf und segelten nach allen Seiten. Der dicke Rauch legte sich in Hayeks Rachen, als würde er Sand einatmen. Er begann zu husten, und die Augen brannten ihm. »Herr Stumper? Hallo?«, rief auch er.

Sie gingen weiter in die Wohnung, die verlassen schien. Zur Linken der Beamten breitete sich das Feuer im Wohnzimmer aus. Gläser zersprangen. Das Knistern war jetzt in Krachen übergegangen.

»Philipp! Ich bin's, die Mantl Kathrin, bisch du da?«, schrie sie und drang weiter in die Wohnung vor.

Hayek riss die Tür zu seiner Rechten auf, das Schlafzimmer. Es war leer, das Fenster aber war sperrangelweit offen.

»Wir müssen hier raus! Es ist niemand in der Wohnung!«, rief er Mantl mit letztem Rest Stimme zu.

Hatte er nicht eben noch einen Schatten vor dem Fenster gesehen? Was, wenn Stumper hinausgesprungen war? Aber das war der zweite Stock! Mit zwei Schritten war er beim Fenster. Es ging gut sechs Meter gerade hinunter, aber nach links versetzt nur zwei Meter bis zu einem Garagenvordach. Er hatte nicht geirrt, dort erkannte er zwei Gestalten in der Dunkelheit. Sie waren dabei, vom Dach zu klettern.

»Halt, stehen bleiben! Polizei!«, befahl er. Dann schrie er nach Mantl: »Raus hier, Frau Kollegin. Sofort! Da hauen welche ab!« Er steckte die Waffe ins Holster und schwang sich aus dem Fenster.

Mantl konnte aus einem anderen Fenster der Wohnung erkennen, wie Hayek auf dem Vordach landete und offensichtlich die Verfolgung zweier Flüchtiger aufnahm. Sie stürmte über die Treppen aus der Wohnung und hustete sich beim Streifenwagen den Ruß aus dem Leib.

Wie Hayek die frische kühle Luft in seine Lungen strömen fühlte, hörte er noch einmal das Krachen der gefräßigen Flammen und spürte sich eine Sekunde schwerelos in der Luft. Sein linkes Sprunggelenk erinnerte ihn mit dumpf klammem Schmerz bei der Landung daran, wie hoch zwei Meter waren und wie unbarmherzig sein Körpergewicht und die Schwerkraft kollaborierten. Er raffte sich auf, so gut es ging, versuchte, denselben Weg von dem Garagendach hinunterzunehmen, wie die Gestalten es ihm vorgemacht hatten. Die Dachpappe knirschte unter seinen Schuhen. Die beiden Flüchtigen hatten sich nacheinander vor ihm an der Regenrinne hinuntergehangelt und rannten ostwärts aus dem Dorf. Hayek setzte ihnen nach. Die Halterung der Regenrinne schnitt ihm mit scharfen Kanten an beiden Händen ins Fleisch. Den Schmerz sollte er erst später fühlen. Die beiden trennten sich nicht, wie es womöglich geschickt gewesen wäre, und er konnte im schwindenden Licht der Straßenbeleuchtung recht gut erkennen, wohin sie liefen. Sie waren fit und zu weit voraus, um sie noch einzuholen. Hayek wollte aber noch nicht aufgeben. Er hielt sich im Schatten und schlich ihnen behände hinterher, da er überzeugt davon war, dass sie etwas zum Verschnaufen suchen würden, wenn sie nur glaubten, nicht mehr verfolgt zu werden. Im nächsten Moment waren sie durch eine Unterführung der Umfahrungsstraße ins Dunkel verschwunden. Im Fernlicht der Fahrzeuge konnte Hayek erkennen, dass sie sich den Hang hinauf zur Burg kämpften. Er mied die Lichter der vorbeifahrenden Autos und verfolgte sie über einen steilen Waldweg bis zur Burg. Dort entglitt ihm allerdings die Spur. Waren sie weiter zum Skilift oder wieder hinunter ins Dorf? Er entschied sich für den Weg ins Dorf und schlich auf eine weitere Unterführung zu. Er hielt immer wieder inne, um konzentriert in die Stille zu lauschen. Das eine oder andere Mal glaubte er, einen nicht weit entfernten Schritt gehört zu haben, und behielt seine Linie bei. Er gab sich alle Mühe, sich selbst nicht mit einem Geräusch zu verraten. Im Schutz der Unterführung blieb er wieder stehen und horchte angestrengt. Er bewegte sich weiter. Sein Atem ging schwer. Er musste das Husten zurückhalten, dabei kratzte sein Rachen, als würde er von einer Ameisenkolonie bearbeitet. Sein Herz pochte. Gleich wäre er bei der Kirche angelangt. Zwischen ihrem hinteren Ende und der passierenden Umfahrungsstraße erstreckte sich ein Graben. Nun konnte er tatsächlich etwas hören: keuchende Stimmen. Sie kamen aus dem Graben zu seiner Linken. Na bitte, dachte er.

»Scheiße, Mann, des isch der Wiener Cop. Der hat uns fix gesehen!«, flüsterte der eine. Seine Stimme überschlug sich im Flüsterton.

»Jetzt reiß di zam! Sei ruhig, der isch da noch irgendwo!«, mahnte der andere.

»Wenn i's dir aber sag, des isch kein Trottel. Der hat den

Mario angschaut und hat gwusst, dass der's mit der Juli treibt. Des hat der Markus erzählt!«

»Halt jetzt dei Maul, Kruzitürken! I will wissen, woher die Bullen auf einmal gekommen sind.«

Hayek hörte am Schmatzen des moosigen Untergrundes, wie sich von einem Bein auf das andere gelehnt wurde, und genoss den Moment, in dem nur er genau wusste, was als Nächstes geschehen würde.

»Guten Abend, die Herren. Sie sind festgenommen, wegen des Verdachtes auf Brandstiftung!«, rief er gemächlich unter die Brücke.

Wie erwartet, schreckten die beiden auf und wollten sich neuerlich davonmachen. Hayek aber rechnete damit und stürzte sich auf einen der beiden Flüchtenden. Er erwischte den Verdächtigen und konnte ihn zu Boden reißen. Der andere nahm die Beine in die Hand und verschwand, ohne sich auch nur einmal umzusehen. Nicht schon wieder Grasflecken, hoffte der Oberst und fixierte den Festgenommenen am Boden, bis die Handschellen angelegt waren. Der Bursch wehrte sich nicht unbeachtlich und schrie seinem Kompagnon nach. Hayek versicherte ihm, er werde seinen Freund bald wiedersehen.

Hayek führte den Verdächtigen gegen dessen regen Widerstand ab. Als er wieder vor dem Wohnhaus neben der Schule ankam, stand bereits das halbe Gebäude in Flammen. Die Sirene schallte durch das Dorf. Die freiwillige Feuerwehr musste erst zusammengetrommelt werden.

27

Philipp Stumper war nicht auffindbar. Unter der amtsbekannten Nummer war er nicht zu erreichen. Auch seine Mutter und die Schwester wussten nicht, wo er sich aufhielt. Die Egalität, die sie Sohn und Bruder gegenüber an den Tag legten, war dabei auffallend. Nicht einmal die Tatsache, dass zwei Menschen in den letzten Tagen ihr Leben verloren hatten, gab den beiden Anlass zur Sorge. Stumpers Mutter hatte den Beamten, die darauf abgestellt waren, ihn zu finden, die Tür vor der Nase zugeschlagen. Die beiden waren froh darüber, die verlebte ältere Frau hatte ihnen immerhin kaum bekleidet geöffnet.

Bei dem von Hayek verhafteten Burschen handelte es sich um Florian Hugner, zwanzig Jahre, Tischlergeselle mit weißer Weste. Oberflächlichen Erkundigungen zufolge ein ruhiger Kerl, sympathisch, tüchtig und ein ausgezeichneter Fußballer. Jetzt saß er mit stumpfem Blick und auf seine Hände starrend in der Ausnüchterungszelle. Hayek hingegen saß angefressen in seinem Zimmer und verband sich seine an der Regenrinne blutig geschundenen Finger. Bandagiert wie ein Boxer, kam er sich dämlich vor und nahm den Verband wieder ab. Nur an den Stellen, wo es wirklich nötig war, klebte er ein Pflaster auf. Noch dazu hatte er sich jetzt schon die zweite Hose ruiniert. Mantl klopfte kurz an und legte Stumpers Akte auf den Schreibtisch. Ihr war anzusehen, dass sie überfordert war. Sie wirkte abwesend. Es musste schwer für sie sein, zu fassen, was sich in dem kleinen Dorf gerade abspielte. Menschen wurden abgeschlachtet wie Tiere, und jetzt saß auch noch der Flotschgo, der Klassen- und Spielkamerad ihres Bruders, der im Hause Mantl ein und aus gegangen war wie das dritte Kind, wegen des Verdachtes auf Brandstiftung und versuchten Mordes hinter Gittern.

»Wissen wir schon, wer der andere war?«, erkundigte sich

Hayek barsch und versuchte, sie aus ihrem geistigen Schlaf zu wecken.

Sie nickte. »Krammer, Marco, zwanzig Jahre. Der hat sich aber noch nicht nach Hause getraut. Wir suchen noch.« Sie sagte das mit einer Ruhe in ihrem Ton, wie sie nur von innerer Resignation herrühren konnte. »Der Hugner will einen Anwalt.«

Hayek nahm das reaktionslos zur Kenntnis. Der Dreck auf seiner Hose machte ihm ernsthaft zu schaffen. Zudem hatte ihn die kleine Verfolgungsjagd recht angestrengt, und der Tag dauerte jetzt einfach schon zu lange.

»Na, wenn das so ist«, meinte Hayek, stand auf, klopfte sich auf die Oberschenkel und griff nach seinem Autoschlüssel. »Dann sollte der besser morgen um acht Uhr hier sein, wenn ich mir das Früchtchen vorknöpfe. Ich möchte außerdem sofort verständigt werden, wenn wir den Krammer oder den Stumper haben.«

28

Wolf hatte sich von der Toilette zurück an den Stammtisch des Hirschen begeben, wo sich an dem Tisch hinter ihr kurz zuvor noch der junge Hugner und der Krammer Marco Mut angetrunken hatten, um's dem Stumper richtig zu zeigen. Da brachte jemand Menschen um wie Viecher? Dann musste es dieser grashalmfressende Kiffer gewesen sein. Dieses Geplärre von dem, dass Schlachttiere die Welt leer fressen würden, war genauso verrückt, wie so ein Gstauder auf dem Kopf zu haben. Mit Letzterem spielten sie auf die Dreadlocks an, die der Stumper trug. Wolf hatte von Anfang an gehört, wie sie sich gegenseitig aufgeschaukelt hatten. Sie gab sich einstweilen uninteressiert und mehr fokussiert auf ihr Kartenblatt als auf die Unterhaltung der beiden, die allem Anschein nach auch nur sie mitbekam. Die anderen Spielteilnehmer, der Seniorchef vom Hirschen, der Heinzl und der Sohn vom Unterbergerbauer, spickten das Spiel mit Anekdoten über die frisch Verstorbenen. Man erzählte, wie ausgezeichnet der Zeilinger offenbar bluffen konnte oder wie angefressen der Weiler war, als an die Juli letztens in der Schirmbar Alkohol ausgeschenkt wurde. Außerdem fragten sie sich, warum denn der neue Nachrichtenstar, der Fuchsberger nämlich, heute Abend gekommen war. Das blieb nicht unbegleitet von einem spöttischen Lachen. Nichts blieb je unbegleitet davon an diesem Tisch.

Hinter Wolfs Rücken ebbte das Gespräch aber nicht ab. Es wurde angesprochen, wie der Stumper im vergangenen Jahr den Almabtrieb ruiniert hatte, indem er selbst nackt und mit einer uralten vollkommen ausgemergelten Kuh, die mit roter Lebensmittelfarbe überschüttet gewesen war, den Einmarsch des stattlich geschmückten Jungviehs gestört hatte. Die Touristen waren vollkommen angewidert gewesen. Der Zeilinger hatte auch geschäumt – hatte er doch seine Tiere besonders schön hergerichtet, und dann wurde der ganze Auftritt zerstört von diesem Giftler. Für Hugner und Krammer war ganz klar, dass der Stumper was mit dem Ganzen zu tun haben müsse. Und am Fischerfest habe er die Forellen wieder im Haldensee freigelassen. Dann habe man den Gästen Wiener Würstl servieren müssen. Da sei er dann tatsächlich mit dem Weiler aneinandergeraten. Das müsse man auch mal schaffen, dass der Weiler Xandi einen Schleim auf einen hatte.

Krammer und Hugner blieben einander mit ihrer Hetze nichts schuldig, und als die beiden dann aber vor der Sperrstunde aufbrachen und nicht vergaßen, ihre Rechnung zu bezahlen, wusste Wolf, dass die heute Abend nicht bei leeren Worten bleiben würden. Sie hatte nicht vor, den Notruf zu wählen, aber da sie immerhin die Handynummer dieses Wieners hatte, konnte man sie auf diesem Wege nicht der Denunziation bei Hartl anprangern. Sie hoffte nur, dass der Oberst keine große Sache daraus machen würde und ihr Name nirgends aufscheinen sollte.

Als dann die Sirene am späten Abend noch losging, hoffte sie, dass der Oberst ihrem Hinweis wirklich nachgegangen war. Die Mitglieder der freiwilligen Feuerwehr des Ortes durften bei der Wirtin anschreiben und stürmten aus dem Gasthaus. Wolf konnte das Spiel trotz ihrer Trumpfsau nicht mehr gewinnen, weil sie als Einzige an ihrem Tisch noch übrig geblieben war. Durch das nächstgelegene Fenster erkannte sie den Feuerschein über dem Ort und machte sich daran, ihre Rechnung zu bezahlen.

»Wo brennt's denn?«, erkundigte sich die Hirschenwirtin bei Wolf.

»Bei der Schul, glaub i«, antwortete Wolf und vernahm plötzlich ein schrilles Piepsen, das ganz aus der Nähe kommen musste. »Isch des der Geschirrspüler?«

Die Wirtin schüttelte ratlos den Kopf, aber auch sie schien das Geräusch zu stören. Sie ging zu dem Platz, an dem Krammer und Hugner zuvor gesessen hatten, und suchte die Bänke ab. »Was ischn des?«, fragte sie und hielt ein schwarzes Gerät, halb so groß wie ein Handy, hoch. Dadurch wurde das Gepiepse nicht leiser.

»I glaub, des isch der Feuerwehrpiepser vom Krammer Marco«, stellte Wolf fest. »I bin mir aber ziemlich sicher, dass der scho weiß, wo's brennt.«

29

Als sich Wolf auf den kurzen Heimweg machte, kreuzte ein Auto mit Wiener Kennzeichen ihren Weg. Das Fenster wurde hinuntergekurbelt, und Hayek bot ihr an, sie zu fahren. Da die Strecke kurz war, handelte es sich bei Hayeks Angebot weniger um eine Gefälligkeit als wieder um etwas »rein Informatives«. Wolf erkundigte sich zuerst nach Stumper. Hayek raunte nur, dass nach ihm gesucht werde. Es sei aber nicht davon auszugehen, dass die Burschen mit seinem Verschwinden zu tun hätten. Sie stieg ein und empfand den Autositz als komfortabler als die Holzbank, auf der sie den ganzen Abend gesessen hatte.

»Dann ist Stumper klüger, als ich dachte, wenn er jetzt untertaucht«, meinte Wolf. Sie versuchte, ihrer Äußerung Beiläufigkeit zu verleihen, indem sie intensiv das Cockpit des Audi musterte.

Hayek sah sie entgeistert an und schüttelte das Licht der Straßenbeleuchtung von seiner linken Gesichtshälfte ab, indem er sich mehr und mehr der Beifahrerseite zuwandte.

»Und wenn er nun keinen schlechten Verdächtigen abgäbe?«, fragte er streng. »Immerhin hat er sich wohl mit beiden Opfern angelegt, was man so hört.«

»Dann müssen S' mich jetzt in Schutzhaft nehmen, weil er mir auch mal eine Jacke mit Echtpelzbesatz ruiniert hat.« Wolf schnaubte verächtlich. »Würden Sie den Philipp kennen, wüssten Sie, dass der mit der Sache nichts zu tun haben kann. Dem fehlt's ja schon an der Kondition, auf eine Alm zu kommen. Außerdem hätte der mit selbst gedrehten Zigaretten wohl eine Krumenspur gelegt, auf die Hänsel und Gretel neidisch wären. Nicht mal Fleisch essen können, aber Menschen ausschlachten?« Den Vorwurf in ihrer Stimme konnte Wolf nicht verbergen, obwohl es ihr fernlag, für Stumper einzutreten. Es war eine wirklich schöne Jacke gewesen, auf die er ihr damals das Ketchup beim Krampusumzug gespuckt hatte. »Darf man hier drin rauchen?«, fragte sie, nachdem Hayek roch, als wäre er länger an einem Lagerfeuer gesessen.

»Nur wenn Sie mir auch eine geben«, antwortete er und ließ zu beiden Seiten die Fenster herunter.

»Das wird jetzt auch nichts mehr helfen«, meinte sie und reichte ihm das geöffnete Päckchen.

»Wie meinen Sie das jetzt?«, fragte er.

»Sie riechen ganz schön angekokelt«, scherzte sie, und ihr Lächeln war echt und warm.

Hayek sagte nichts darauf und nahm eine Zigarette aus der offerierten Schachtel. Danach zog sie mit den Zähnen eine für sich heraus. Der Innenraum des Wagens erhellte sich zweimal im kurzen Flackern des Feuerzeuges. Sie fuhren los. Wolf bedeutete ihm, wann er geradeaus zu fahren oder abzubiegen hatte.

»Was ist mit Ihren Händen passiert?«, fragte sie mit der gleichen Erheiterung, als ihr die Pflaster und roten Schürfstellen im Licht des Feuerzeuges aufgefallen waren.

»Nichts«, antwortete er.

Es war jetzt aber auch schon das zweite Mal, dass sie ihn in einer dreckigen Hose sah. Mit zerschundenen Händen musste sie ihn jetzt mehr oder weniger für einen Tollpatsch halten und hatte allen Grund für Spott. Nicht zu vergessen, sie kannte auch sein danebengegangenes Fernsehinterview.

»Darf man dem Glauben schenken, dass die alte Stumper und seine Schwester nichts von seinem Aufenthalt wissen?«, sagte er schnell, um von sich abzulenken.

»Das kann durchaus sein. Ein auffallend einträchtiges Familienleben haben die nie an den Tag gelegt. Der Vater ist vor Jahren weg oder war nie da – das weiß ich nicht so genau. Aber man hatte nicht selten den Eindruck, dass die alte Stumper sich mehr um das Mädchen bemühte als um den Buben.«

»Wo könnte er sonst sein? Was ist mit seiner ›Tierschutzorganisation‹?«

»Seine ›Organisation‹. So hat das noch nie jemand bezeichnet«, Wolf amüsierte sich kurz, »na ja, ich habe nicht wirklich Einblick, aber es würde mich sehr wundern, wenn bei irgendwas, das der Philipp aufgezogen hätte, irgendeine Struktur dahinterstünde. Er mag wohl ein paar genauso fanatische Freunde haben, aber das als Organisation zu bezeichnen wäre wohl zu hoch gegriffen. Ich mag sie das ein oder andere Mal an Bushaltestellen gesehen haben – offenbar hat keiner von denen ein Auto –, das war's aber auch schon. Man kann von ihrem Aussehen recht leicht vermuten, dass die alle irgendwie zusammengehören. Sie wissen schon, diese Filzfrisuren.« Während sie Hayek das schilderte, machte sie eine ausladende Geste um ihren eigenen Kopf.

»Warum haben Sie nicht den Polizeinotruf gewählt, um Hugner und Krammer zu melden?«, interessierte sich Hayek.

Für ihre Antwort wählte sie eine lockere, leicht humoristische Tonlage und wollte sich nicht verbindlich geben. »Petzen mag keiner. Wenn ich Ihre Neugier dann für heute befriedigt habe – ich möchte jetzt wirklich ins Bett.«

Hayek ließ sich seine Enttäuschung nicht anmerken. Er hätte durchaus noch einige Fragen gehabt. Aber für heute wollte sie es dabei belassen, schlug die Autotür zu und winkte zum Abschied. Hayek nickte und versuchte, damit einen Dank anzudeuten. Es misslang.

30

Hayek fragte Hugner, ob er den Tatvorwurf, nämlich Brandstiftung und versuchten Mord, verstanden und ob er das Vorgehen mit seinem Anwalt geklärt habe. Dieser saß zurückge-
lehnt mit verschränkten Armen auf der Seite von Hugner und
wollte wohl nicken, aber sein Kopf hob sich kaum aus dem
Doppelkinn, sodass einfach nur sein Kopf wippte. Die Berat-
schlagung mit dem Klienten hatte ergeben, dass dieser nicht
die Aussage verweigern werde. Der eingesessene Anwalt, der
sich seinen Namen und ein recht sattes Vermögen mit großen
Liegenschaftsprozessen gemacht hatte, zeigte auch nicht wirklich Interesse daran, sich diesen Ruf mit Strafverteidigungen zu
ruinieren. Ganz im Gegenteil, wenn er Beschuldigte vertrat,
versuchte er, möglichst kein Aufsehen zu erregen. Zahlte der
Mandant still und heimlich seine Geldstrafe, war für ihn der
Fall gewonnen. Ein Freispruch wäre Werbung gewesen, die
er nicht in der kleinsten Regionalzeitung haben wollte. Aus
diesem Grund war er stets darauf erpicht, nicht mehr, als es
die Rechtsanwaltskammer mit Verfahrenshilfen von ihm verlangte, mit dem Verbrecherabschaum in Verbindung gebracht
zu werden. Es war immer wieder ein Drahtseilakt, denn Vertei-
digungen abzulehnen oder nachgesagt zu bekommen, er ver-
liere absichtlich, wären seinem Ruf ebenso wenig zuträglich.

Hayek hatte dem Anwalt diese Einstellung sofort angesehen und war erleichtert, keinen unversöhnlichen Paragrafen-
reiter vor sich zu haben. Er hatte die Hände auf dem Tisch
gefaltet und fixierte Hugner, der gestern noch ein Mitglied
dieser beschaulichen Welt gewesen war und heute wegen des
Verdachtes eines Kapitalverbrechens für immer aus diesem
Garten Eden verstoßen zu werden drohte. Nie wieder würde
vom Flotschgo geredet werden, der im Sturm bei der Bezirks-
mannschaft spielte und mit siebzehn den Lehrlingswettbe-
werb gewonnen hatte, sondern nur mehr vom Hugner, der

den Stumper hatte umbringen wollen und das Gemeindehaus niedergebrannt hatte. Ein wahnsinniger Schwerverbrecher. »Mörder – die sind krank im Kopf!« So hatte Hugners Mutter ihm als Kind erklärt, warum Menschen andere Menschen töten. War er jetzt auch krank im Kopf? Er sank bei diesem Gedanken in sich zusammen. Er wünschte, von dieser Welt zu verschwinden, sich ins Nichts aufzulösen, sodass seine Kleider haltlos auf dem Stuhl zusammenfielen und er einfach nicht mehr da wäre. »Eine Mama wird ihr Kind immer lieb haben – aber vielleicht nicht mehr, wenn es wen umbringt …«

Die Einvernahme von Hugner nahm eine Ewigkeit in Anspruch. Der junge Mann war verzweifelt, wenn auch weitestgehend geständig. Aber manche Einzelheiten musste man ihm aus der Nase ziehen. Vieles war dennoch widersprüchlich. Er nahm das Verhör nicht ernst und wollte nur, dass es schnell vorbei wäre. Dazu hätte er sich auch mehr selbst belastet, als es den Tatsachen entsprochen hätte. Hayek bemerkte dies, stellte die Fragen immer wieder so, dass der Beschuldigte wirklich über seine Antwort nachdenken musste, und presste kein berichtstaugliches Vorzeigegeständnis aus ihm heraus.

Dass beide mutmaßlichen Brandstifter offensichtlich schwer alkoholisiert gewesen waren, machte die Sache nicht einfacher. Für Hayek stand jedenfalls schnell fest, dass Hugner mit den beiden Morden nichts zu tun gehabt hatte. Dafür hatte er nicht die Nerven, außerdem verfügte er über ein Alibi für beide Tatzeitpunkte. Er war über das Wochenende im Fußballtrainingslager gewesen. Hayek verspürte Mitleid für den jungen Mann. Tröstlich war, dass mit zwanzig Jahren aber noch das Jugendstrafrecht griff.

Hugners Schilderung nach war es Krammers Idee gewesen, es dem Stumper so richtig zu zeigen. »Nach zehn Jahren wäre der eh wieder draußen, dass der überhaupt frei herumlaufen darf«, habe Krammer gesagt. Von ihm seien auch die beiden Benzinkanister gewesen. Sie hätten damit nur diese Marihuana-Stauden anzünden wollen. Hugner räumte weder ein, dass sie geplant hätten, Stumper gegenüber tätlich zu werden, noch leugnete er es. Hayek unterließ es durch gezielte Fragestellung, eine Antwort darauf zu erhalten. Im Endeffekt stellte diese Tat nur einen Nebenschauplatz zu seiner eigentlichen Arbeit dar, und er konnte diesen Akt weiterreichen. Hayek hatte während der Befragung mehrfach den Eindruck, dass der Anwalt mit offenen Augen geschlafen hatte.

»Dann war es das dann jetzt?«, fragte der und gab vor, das Vernehmungsprotokoll zu lesen, ehe er es dem Mandanten zum Unterschreiben zuschob.

Hayek konnte es nicht wirklich glauben und wandte sich außer Protokoll noch mal an Hugner. »Und ihr habt echt geglaubt, der Stumper habe die beiden umgebracht?«

»Also gestern Abend war i davon überzeugter als heit. Das geb i scho zu. Aber wer macht denn so was, wenn nicht der Stumper? Der war einfach nie normal. In der Schul hat der sich grüne Käfer in die Nase kriechen lassen. Sagen Sie mir doch bitte, wer sonst so was macht.«

Hayek rümpfte die Nase. Zu gerne hätte er eine Antwort auf Hugners Frage gehabt. »Für heute reicht es mir zu wissen, wer Wohnhäuser niederbrennt.«

Hugner wandte sich ab. Der Anwalt machte sich ans Gehen. Hayek blieb allein im Raum zurück und ließ sich die Frage immer wieder im Kopf herumgehen. Wer machte denn so etwas? Wer hatte etwas von den Morden an Zeilinger und Weiler? Sie hatten keine Spur. Hugners Frage hatte ihn mehr beschämt, als er es wahrhaben wollte. Sie hatten nichts.

31

Vogelspiel war zeitig zur Mutter des ersten Opfers aufgebrochen. Er war von Garer zu einem großen Hof gefahren worden, dessen sicherlich einst historischer Wert mit großflächig verschindelten Außenwänden unter aufgepfropften Zubauten erstickt war. Die Modernisierung mit Solaranlagen, Melkmaschinerie und Großsilos machte auch vor Bergbauernromantik nicht halt.

Er folgte Garer durch einen liebevoll angelegten Gemüsegarten. Die Blätter schienen schon recht kraftlos herunterzuhängen. Man hatte darauf vergessen zu gießen.

Den zwei Beamten wurde von einer zierlichen Frau mit großen rot geweinten Augen geöffnet. Sie bat die beiden herein und führte sie in die Bauernstube, wo die alte Frau Zeilinger auf der Ofenbank neben einem angefangenen Strickstück saß, dessen Ergebnis noch nicht zu erahnen war. Es roch nach abgestandenem Sommer. Eine unerklärliche Mischung aus feuchtem Heu, altem Holz. Die alte Frau knetete mechanisch ihre Hände und beachtete die Eintretenden nicht weiter, obwohl sie den einen kannte.

»Der Garer Felix, griaß di. Der Pepi isch tot.«

Garer sah betreten zu der Frau, die ihnen geöffnet hatte.

»Mama, das wissen die. Die kommen, weil S' wissen wollen, wer dem Pepi das angetan hat«, klärte sie mit einfachen Worten auf.

Vogelspiel hatte dies schon ein paarmal gesehen. Etwas schaltete in den Menschen dann auf Autopilot. Es war, als wären Gesten und Worte fehlerhaft einprogrammiert. Sie dauerten zu lange, als es natürlich aussehen würde, oder ergaben keinen Sinn. Die alte Frau hatte gesagt, dass ihr Sohn tot sei, weil sie die Veranlassung gesehen hatte, etwas zu sagen, aber die Fehlprogrammierung beließ es nicht einfach bei dem Gruß.

Vogelspiel stellte sich vor und zog sich einen Stuhl heran, der an einem großen Tisch in der Ecke des Raumes stand. Er versuchte, Blickkontakt mit der alten Frau herzustellen, um Rückschlüsse auf ihre geistige Verfassung ziehen zu können. Die Tochter stand reglos in der Tür, auch als Vogelspiel anfing, vorsichtig seine Fragen zu stellen. Zu seiner Überraschung erhielt er klare Antworten, auch wenn sie weiterhin an ihm vorbei zum Fenster hinausstarrte. Ihre Stimme war wie üblicherweise für alte Leute recht schwach, ihr Dialekt dafür umso stärker. Einige Male blickte Vogelspiel Garer flehend an, woraufhin dieser noch einmal zusammenfasste, was die alte Frau gesagt hatte. Die Frage nach Streitigkeiten oder Problemen mit irgendwem verneinte die alte Tschellinger, wie sie Garer nannte, mit aller Vehemenz.

»Was war denn das für ein Streit mit dem Bürgermeister?«, fragte Vogelspiel eindringlich.

»Mei, a Traktorrampe wollt er baun, dass er 's Heu direkt aui führen kann, aber der Bürgermeischter wollt des nicht. Aber i weiß vo dem alles nix. I bin scho alt. I vaschteh mi auf so was it. Kua Traktorrampe hot er mehr kriagt«, säuselte sie.

»Hat sich da wer in der Nachbarschaft dagegen ausgesprochen? Die Frau Kraninger zum Beispiel?«

In ihren Augen blitzte die Wehmut auf, sie sah Vogelspiel zum ersten Mal ins Gesicht: »'s Mariandl? Na, des isch a Feine. Dia hot der Pepi gean ket. Des wär a Schwiegertochter gwesn. Beim Pepi hätt s' es guat ket. It so wia mit dem Robert. Der war schiach zu ihr. I war fascht vierzig Jahr verheiratet und weiß, dass ma was mitmacht, aber … na … der war a Teifl.« Sie schüttelte den Kopf. »De Muatter vo dem Kraninger isch a glickliche Tote. De hot vor ihrem Sohn gehen kenna«, ergänzte sie und versteinerte zusehends in ihrer Haltung.

Vogelspiel beschloss, es dabei zu belassen. Er hatte sich nicht viel erwartet und hatte die Angaben zum Aufenthalt und Tagesablauf des Opfers bestätigt erhalten. Er bedankte sich, ließ noch einmal den Blick durch die alte Stube mit dem einnehmenden Kachelofen schweifen und machte sich ans

Gehen. Garer, der während der Befragung schweigsam am Fensterbrett gelehnt hatte, sprach ehrlich und inständig noch sein Beileid aus, ehe er sich an Zeilingers Schwester wandte und sie danach fragte, ob ihr Bruder selbst auch schlachtete.

»Nein, der Vater hat des no gmacht, aber der Pepi it«, antwortete diese. »I glaub, der Pepi hat zu viel Mitleid mit die Viecher ket. Wie ihm des Kälble eingangen isch oben am Berg, mei, da war der beinand. Gweint wie a kleins Kind, aber it, weil's so viel Geld koscht hot.«

»Hend dir no so an Schussapparat?«, wollte Garer wissen.

Sie zuckte mit den Schultern. »Hemmr sicher mal ket. Wenn, dann muass der bei die Jagdgwehr sein. Brauchsch du den?«

»Ja, wir würden den mitnehmen wollen.«

»Aber warum denn des?«, fragte sie verblüfft.

»Geh, bitte, gib uns den einfach mit«, wich Garer aus. Er wollte nicht derjenige sein, der es ihr sagte.

Zeilingers Schwester wandte sich mit vorwurfsvoll fragendem Gesichtsausdruck von Garer ab und verließ den Wohnteil des Hofes in Richtung Stall. Sie kehrte mit einer Box zurück. Garer öffnete sie. Die Box war leer.

32

Garer setzte sich hinter das Steuer und startete den Wagen, als auch Vogelspiel seine Tür hinter sich zugeschlagen hatte. Vogelspiel blickte aus dem losfahrenden Auto noch einmal auf den Bauernhof zurück und fragte sich, wo noch Platz für eine weitere Traktorrampe gewesen wäre. Er erkundigte sich bei Garer, welches der herumstehenden Häuser jenes von Marianne Kraninger sei. Garer antwortete ihm, er solle nach dem verfallensten Ausschau halten. In der Tat, Vogelspiel erkannte schnell, was Garer angedeutet hatte. Dachziegel fehlten, am Haus unter dem Dach entlang lag allerlei Gerümpel, und der Wind hatte schon vor einiger Zeit die Holzsteige umgerissen. Die Scheite waren bereits grau und lagen verstreut.

»Was meinte die alte Frau damit, dass Robert Kraninger ein ›Teifl‹ gewesen sei?«, fragte Vogelspiel, offenbar von der Bruchbude inspiriert.

»Na ja, der hat s' regelmäßig zamgschlagen – aber sie hat ihn nie anzeigt. Für uns hat sie immer Ausreden parat ket, wenn man sie dann wieder mal mit am verheilenden Veilchen gesehen hat. Die langärmligen Pullis im Hochsommer haben auch für sich gesprochen, aber es hat nie greicht, dass wir was hätten unternehmen können.«

Vogelspiel bedeutete Verständnis mit einem Nicken. Inzwischen betrachtete er die kleinen roten Gondeln am Berg, die sich unbeirrt hinaufhangelten. Der Hof lag doch einiges abseits des Ortskernes, und man fuhr gemächlich über ein schmales Sträßchen an einer Baumreihe entlang.

»Weil wir grad beim Kraninger waren«, setzte Garer nach und nahm die rechte Hand vom Steuer, um Vogelspiel etwas durch die Windschutzscheibe zu zeigen. »Da vorne, wo die Wildwechsel-Tafel auf der anderen Straßenseite steht, isch der Kraninger vor zwei Jahren umkommen. Nachdem er sich im

Hirschen – wie so oft – hatte zulaufen lassen, isch er wohl hier auf der Straße bewusstlos geworden, und dann hat man ihn überfahren. An dem Tag hat die Marianne wohl mal eine Nacht ruhig durchschlafen können. Erscht in der Früh hat ihn der Bäcker beim Brotausliefern gefunden.«

Vogelspiel hörte aufmerksam zu und dachte sich, welche Tode den Menschen ereilen konnten. Der eine schlief auf der Straße ein und wurde überfahren und der andere auf einem Boot mit einem Angelhaken im Gesicht ausgeweidet.

Garer zuckte mit den Schultern. »Fahrerflucht. Man hat den Fahrer nie gefunden. Dadurch, dass der Kraninger schon gelegen hatte, isch des Auto einfach nur drübergerauscht. Vielleicht hat der Fahrer gedacht, dass das ein Reh war. Diese Tafel steht da nicht umsonst. Da werden jedes Jahr sicher zwei Viecher überfahren. Am Fahrzeug dürfte wohl nicht viel kaputt gewesen sein. Am Unfallort wurden keine Teile gefunden, die einen Rückschluss auf das Auto zugelassen hätten. Mit einem höheren Fahrzeug, eventuell auch noch verstärkter Stoßstange, isch der menschliche Körper Matsch, und das Auto hat kaum eine Schramme.«

Vogelspiel war etwas erstaunt über die bildliche Sprache des nach außen schmächtig wirkenden Kollegen. Aber mit einfachen Worten ließ sich Unfassbares am besten ausdrücken. Sie nahmen die Einfahrt zum Posten, und Garer stellte den Motor ab, ohne allerdings auszusteigen. Er schien mit sich zu ringen, lehnte sich einen Moment vor, als ob er etwas Wichtiges zu sagen hätte, schluckte es sodann aber wieder hinunter.

Vogelspiel war die Geste allerdings nicht entgangen. »Herr Kollege?«

»Wie der Kraninger damals gestorben isch, haben wir uns vom Tschellinger sogar mal das Auto angeschaut. Dazu haben wir auch mit sämtlichen Autowerkstätten in der Umgebung gesprochen. Aber alles inoffiziell, weil der Vorwurf ein zu gravierender gewesen wäre, um sich Falschliegen zu leischten. Aber da war nix.«

»Warum denn grad der Tschellinger?«, fragte Vogelspiel mit bohrendem Blick.

»Weil's auch seine Strecke war. Besoffen fahren tun sie ja alle. Aber – was die Alte ja heute schon angedeutet hat – it alle haben halt jahrelang a Pantscherl mit der Marianne ket.«

33

Als Garer und Vogelspiel wieder ins Büro traten, war es bereits Mittag geworden. Hugner befand sich bereit zum Transport zum Haftrichter. Die Staatsanwaltschaft hatte Untersuchungshaft beantragt. Krammer hingegen war noch immer auf freiem Fuß. Hayek war hungrig. Noch dazu schlug ihm der viele Kaffee auf den leeren Magen. Er fing Vogelspiel ab, bevor dieser sein Sakko ablegen konnte, und regte an, essen zu gehen. Vogelspiel begrüßte den Vorschlag und ließ das Sakko wieder auf die Schultern gleiten. Da Hayek das nächste Hotelrestaurant im Sinn hatte, konnte der Wagen stehen bleiben, und es ergab sich die Gelegenheit zu einem kleinen Spaziergang.

Hayek fasste, während sie vor sich hinschlenderten, die Ergebnisse des mit Hugner geführten Gespräches zusammen. Er war der Überzeugung, dass Hugner nichts mit den Morden zu tun habe. Das klang auch für Vogelspiel einleuchtend. Man müsse vielmehr nach einer organisierten, entschlossenen und besonders einer kräftigen Person mit einem Hassmotiv suchen. Hugner und Krammer seien eher Schulhofmobber als eiskalte Killer. Hayek war sich außerdem sicher, dass die Opfer nicht zufällig ausgewählt worden seien. Zur Durchführung der Morde müsse der Täter exakt die Tagesabläufe der Opfer kennen, da bleibe kein Raum für Zufall. Das lege den Schluss nahe, dass der Täter sie minutiös beobachtet haben müsse, aber niemandem sei etwas dahingehend aufgefallen.

»Wenn wir nunmehr davon ausgehen, dass der Täter die Gewohnheiten der Opfer genau kannte und er einen entsprechenden Hass auf beide hatte – und das offenkundig wohl über Jahre –, dann dürfen wir einen Verdächtigen hier im Ort suchen. Ein Fremder würde dabei wohl schnell auffallen.« Hayek schluckte, als ob ihn sein eigener Gedanke überrascht hätte. »Das gefällt mir nicht, Vogelspiel. Das gefällt mir nicht«, wiederholte er beinahe seufzend.

»Was ist mit diesem Philipp Stumper?«, wollte Vogelspiel wissen.

»Na ja, der ist bis jetzt unser einziger Verdächtiger. Es entlastet ihn nicht gerade, dass er von der Bildfläche verschwindet, nachdem er sich im Vorjahr mit beiden Opfern angelegt hat. Dem einen verschandelt er seinen Auftritt beim Almabtrieb, und dem anderen lässt er das Abendessen frei. Wir haben es da eher mit einem leicht kriminellen Möchtegernweltverbesserer zu tun. Es würde mich wundern, sollte sich dieser Verdacht erhärten. Aber wir werden dem dennoch penibel nachgehen. Ich habe Rainhardt darauf angesetzt, diese Aktivistengruppe ausfindig zu machen und etwas über den Aufenthaltsort von Stumper herauszufinden.«

»Und wenn die gesamte Gruppe etwas damit zu tun hat? Es ist nach wie vor schwer vorstellbar, dass einer allein diese Verbrechen begangen hat. Allein die Körperkraft, die notwendig war, die Leiche von Zeilinger in das Loch ...« Vogelspiel musste den Satz nicht beenden, weil Hayek bereits wusste, was er sagen wollte.

»Mehr Leute hieße mehr Spuren. Es ist als Einzelner schwer genug, keine Spuren zu hinterlassen. Nämlich gar keine. Zu mehrt steigt diese Schwierigkeit um einiges an. Glauben Sie mir, Vogelspiel, das war nur einer. Und schon gar keiner, der sich die Vernunft aus dem Schädel raucht. Unser Täter ist vollkommen strukturiert und geht seinem Handwerk mit einer für uns höchst unvorteilhaften Akribie nach.«

Vogelspiel fühlte sich zurechtgewiesen, ließ sich aber nichts anmerken und versuchte, davon abzulenken, indem er von dem Besuch beim Tschellingerhof berichtete. Die Information von der Affäre zwischen der Kraninger und Zeilinger servierte er Hayek als besonderes Zuckerl.

In der Zwischenzeit waren sie in eine ausladend kitschige Lobby eingetreten und wurden nach kurzer Erkundigung nach dem hoteleigenen Restaurant von einer kräftigen kleinen Frau im Dirndl in den Speisesaal geführt, wo der Kitsch noch ausladender wirkte. Ein ausgestopfter Hirsch hing mit rosaroten Bändern um das Geweih genau über ihrem Tisch. Während Hayek mit dem Rücken dazu Platz nahm, war sich Vogelspiel sicher, das ganze Mittagessen hindurch davon angewidert zu sein.

Hayek bestellte, ohne lange nach der Karte zu fragen, das Tagesmenü. Als der adrett gekleidete junge Kellner herunterbeten wollte, was dieses beinhaltete, wurde er von Hayek verscheucht.

»Das wäre natürlich ein Motiv auf dem Silbertablett für den Mord am Zeilinger. Nur schade, dass das mit dem gehörnten Ehemann gestorben ist.«

»Und wenn nicht?«, dachte Vogelspiel an. »Wenn sich jemand anstelle vom Kraninger rächt? Ein Stellvertreter? Moralapostel?«

Hayek ließ diese Gedanken Wurzeln schlagen. Er schätzte Vogelspiels kreativen Input über die Maßen, sagte ihm davon aber nie etwas. Er sah es als seine Pflicht als Vorgesetzter, ihn mit wenig Bestätigung zu weiteren Höchstleistungen zu motivieren.

Da Hayek sich mit der Bestellung nicht lange aufgehalten hatte, war untergegangen, dass sie keine Getränke geordert hatten. Der junge Kellner hatte daher aufmerksamerweise eine Karaffe Wasser gebracht. Während Hayek sich abwandte, stürzte Vogelspiel dankbar ein Glas hinunter. Die Tropfen, die sich außen am Glas durch Kondenswasser gebildet hatten, liefen hinunter und verursachten einen Rand auf dem weißen Tischtuch.

»Wir suchen nach jemandem mit einem hochemotionalen Motiv. Es deutet einiges in Richtung Rache. Um nicht zu sagen Bestrafung. Durch die Art der Tötung und die Auffindung der Leichen will er nach außen vielleicht zum Ausdruck bringen, dass sein Opfer die verdiente Strafe erhalten hat«, ergänzte Hayek. »Bislang das Beste, was wir haben. Wenn es aber beim Zeilinger die Vergeltung für – in christlicher Diktion – das

Begehren einer anderen Frau war, dann müssen wir dringend herausfinden, was der Weiler ausgefressen hat.«

Vogelspiel seufzte. »Das könnte schwer werden. Allem Anschein nach war das ein Heiliger.«

»Umso besser, dann ist es meiner Erfahrung nach umso eindeutiger, wenn er was zu verbergen hatte.«

34

Die beste Verbindung zwischen zwei Personen vermochte man mit demselben Stecken zu schaffen, an dessen Enden beide ihren Dreck hatten. Davon war Hayek überzeugt. Nachdem sie mit allen Ermittlungen am Anfang standen, war die Affäre der Kraninger mit dem Zeilinger ein erster Ansatz für ein Motiv. Wenn sich bei der Überprüfung von Weiler auch noch etwas Vergleichbares finden ließe, hätte man schon fast von einer Spur sprechen können. Hayek war daher fest entschlossen, alles Weitere hintanzustellen und ohne weitere Umschweife die Familie von Weiler zu befragen. Vogelspiel war nicht begeistert davon. Er war der Meinung, dass man der Familie noch nicht genug Zeit gegeben habe, die Nachricht vom Tod des Ehemannes und Vaters zu verarbeiten. Hayek aber schien gerade in Fahrt gekommen zu sein. Sie hatten also das Essen bezahlt und waren nach kurzer telefonischer Abklärung der Wohnadresse der Weilers aufgebrochen. Auch diesmal wieder zu Fuß, da sie keinen Umweg über den Posten machen wollten, um den Wagen zu holen.

Weilers bewohnten ein äußerst gepflegtes Haus. Die Blumenkästen waren üppig bewachsen und an massigen Holzbalkonen befestigt, in deren Wände Herzen ausgeschnitten waren. Die Einfahrt war asphaltiert, und eine große Tafel deutete auf die Vermietung von Gästezimmern hin. Hayek und Vogelspiel trafen auf dem Parkplatz auf Urlauber, die ihre Autos beluden und in ein anderes Quartier zogen. Das Unglück, das dieses Haus ereilt hatte, passte nicht in ihre Urlaubsplanung. Die Haustür wurde ihnen von einem der Abreisenden aufgehalten. Sie standen in einem gefliesten Stiegenhaus. Ebenerdig gab es nur eine weitere Tür, an der ein von einem Kind gebasteltes Türschild mit »Fam. Weiler« angebracht war. Über der Tür, mit Kreide geschrieben, stand der Segen der Sternsinger. Das war Vogelspiel auch am Tschellingerhof aufgefallen. Er wunderte sich, dass dies allem Anschein nach das ganze Jahr nicht abgewischt wurde. Hayek war hingegen gerade dabei anzuklopfen, als er von innen zwei weibliche Stimmen vernahm, die offenbar im Streit waren. Er bedeutete Vogelspiel, leise zu sein und ebenfalls zu horchen. Ein Mann, der ihnen zuvor die Tür aufgehalten hatte, kam mit zwei vollen Koffern die Treppe herunter und schüttelte verächtlich den Kopf, als er die Beamten an der Tür lauschen sah. Während Vogelspiel sich ertappt fühlte und beschämt wegsah, schien Hayek nur noch näher an die Tür zu rücken und noch konzentrierter zuzuhören.

»Kripo«, sagte Vogelspiel schließlich, als der Mann sie weiter streng musterte.

Dann entwischte ihm ein untertäniges »Oh«, und er versuchte, mit den beiden Koffern durch die Tür zu passen.

Das Gesprochene war für Hayek schwer verständlich. Das meiste waren nur Laute, die verpufften, ehe sie ein Wort ergaben. Resigniert klopfte Hayek mit der an der Tür angebrachten Löwenklaue aus Messing an. Sie wurde ihm zu seiner Verwunderung bereits beim ersten Klopfen geöffnet. Die Frau, die erschien, machte sich nicht die Mühe, sich die Tränen aus dem Gesicht zu wischen. Hinter ihr stürmte ein Mädchen vorbei, brüllte etwas davon, dass sie auf irgendetwas scheiße, und man hörte eine Tür knallen.

Hayek stellte sich und Vogelspiel vor und log, dass er bedauere, sie bereits jetzt mit wichtigen Fragen belästigen zu müssen. Sie zeigte keine Anzeichen für Gegenwehr. Annelies Weiler war Anfang vierzig und eine sehr hübsche Frau. An ihrer Frisur lag keine Strähne falsch, das unechte Blond wurde durch keinen Nachwuchs verraten, und ihr grünes Kleid saß faltenfrei perfekt. Sie bat beide herein, erkundigte sich nach Getränkewünschen, und als diese dankend abgelehnt wurden, führte sie sie in die Küche und an den Tisch. Sie selbst setzte sich nicht, sondern blieb an die Lehne eines Stuhls gestützt stehen. Hayek ging mit ihr die Routinefragen durch.

Weiler plane seine Ausflüge zum Fischen nicht lange im

Voraus. Meistens checke er am Vorabend schnell das Wetter im Internet und mache es davon abhängig. Manchmal, wenn er nicht habe schlafen können, sei er aber auch spontan aufgebrochen. Zuletzt sei er jedoch extra früh schlafen gegangen, um am nächsten Morgen in aller Herrgottsfrühe rauszukommen. Dazu habe er bereits am Vorabend das Angelzeug eingeladen. Das Geschäft als Webdesigner sei ganz gut gelaufen. Darauf deutete auch die geschmackvolle Einrichtung des großen Hauses hin. Feinde habe er selbstverständlich keine gehabt. Man lebe ja nicht in einem Mafiafilm. Von Streitereien ganz zu schweigen, der Xandi habe sich nicht einmal getraut, einem Verkehrsrowdy den Vogel zu zeigen. Und natürlich habe er den Zeilinger Josef gekannt. Gemeinsam seien sie aufgewachsen, bis der Xandi halt auf die HTL in die Stadt gegangen und der Tschelli ausgeschult worden sei. In ihrer Jugend seien sie befreundet gewesen.

Hayek fragte sich, ob sie auf die Kraninger-Zeilinger-Affäre anspielte. Als er konkret danach fragte, ob sie davon gewusst habe, legte sich in der adretten Frau wohl ein Schalter um, und sie begann zunächst, nach Luft zu ringen, ehe sie antwortete: »Die Marianne isch eine Huar.«

Den beiden Beamten stockte der Atem bei diesem Wort der Obfrau des Familienkirchenvereins. Versteinert hörten sie weiter zu. Es machte nicht den Eindruck, als würde Annelies Weiler jetzt Zurückhaltung zeigen.

»Der Robert war it mal kalt. Ach, was sag i, das isch doch schon glaufen, da hat der noch glebt. Der hat des doch gwusst, oder was glauben S', warum hat denn der so viel saufen müssen, wenn ihn nicht sei Frau nach Strich und Faden bschissen hätt? An den Seeparkplatz sind s' rausgfahren mit seinem Auto. Da hat s' dann ungestört ihre Ehe gebrochen, mit dem … mit dem SAUBAUER!«

Saubauer. Offenbar hatte der Zeilinger zumindest einen Feind.

»Ja, ja. Mit dem hat sie's treiben müssen. Mit einem, der junge Mädle nachstellt. Ja, a Perverser!«

Hayek hatte ähnliche Anschuldigungen schon von Zaberzinsky gehört. Er war sich nicht sicher, ob er Vogelspiel dahingehend schon unterrichtet hatte. Er musste nichts tun, außer bestätigend zu nicken, um die in Fahrt geratene Weiler zum Weitersprechen zu animieren.

»So bunte Wodka-Saftl zahlt er den jungen Mädle in der Schirmbar. I mein, hat er gezahlt – und dann will er s' nach Hause fahren.« Sie machte eine Geste, die dem Gesagten mehr Subtext verleihen sollte. »I hab den Xandi raufgschickt zu der Billiana, die die Schirmbar hat. So was kann ja wohl it sein, aber das ist denen ja wurscht. Aber it mit meinem Kind. Abfüllen lassen da oben und dann – Gott bewahre. Und mit so einem hat's die Kraninger Marianne dann. Wenn S' mi fragen, hat sie den Robert aufm Gwissen. So.« Sie verschränkte die Arme und starrte zu Boden, sichtlich überlegend, ob sie nicht zu weit gegangen sei, aber mit echtem Ekel in ihren Zügen.

»Frau Weiler, wo waren Sie eigentlich Samstag und Sonntag am frühen Morgen?«, fragte Hayek.

35

Annelies Weiler stand ihr Mund lange offen, ehe sie eine Antwort darauf geben konnte. Hayek und Vogelspiel zweifelten auch nicht daran, dass sie beide Tage um die besagte Uhrzeit wirklich noch im Bett gelegen hatte. Außerdem sei ja auch Urlauberwechsel gewesen, und mit der Zimmerreinigung habe sie daher schon sehr früh begonnen.

Für Hayek und Vogelspiel klang es schlüssig. Sie hatten keine weiteren Fragen mehr und machten sich daran, zu gehen.

Als Hayek nach kurzer Verabschiedung ins Freie trat, stieg ihm der würzige Geruch einer frisch gerauchten Zigarette in die Nase. Er sah zu seiner Rechten und erblickte die Tochter auf dem Zwischendach, wie sie ihn musterte. Er schickte Vogelspiel in den Wagen. »Machen Sie Meldung.«

Vogelspiel wusste zwar nicht, wohin und was, aber er stellte keine langen Fragen und ließ Hayek ungestört mit dem Mädchen reden. Das Mädchen begann von sich aus die Unterhaltung, ohne ihn anzusehen, und rauchte die Zigarette weiter. Dabei sah sie in keiner Weise erwachsen aus. Hayek fand, dass sie die Zigarette so ungeschickt hielt, wie Kinder, die es nicht schafften, einen Luftballonknoten zu machen.

»Was hat die Heilige wieder gepredigt? Vom Tschelli, dem perversen Sünder? Von Marianne-Magdalena?«, paffte sie geringschätzig.

Entweder war das Mädchen wirklich von der Trauer überwältigt oder hielt tatsächlich nichts auf die eigene Mutter. Hayek hatte keine Kinder. Es hätte auch die Respektlosigkeit der Hormone sein können, wie sie in diesem Alter in jungen Menschen einfach große Verwirrung stifteten. Zugegebenermaßen gefiel Hayek aber dieser rebellische Zynismus. Er nickte in ihre Richtung und lockerte seine Haltung als Zeichen seines Verständnisses, indem er die Hände in die Hosentaschen steckte und leger sein Gewicht abwechselnd vom Ballen auf die Fersen verlagerte.

»I sag's Ihnen. Die isch verrückt. A Scheinheilige. Jeden Sonntag in die Kirche laufen. Lesung halten. Dann heimkommen und andere Leit das Leben zur Hölle machen. Dem Vater. Mir ... Die Alte isch irre.«

Geringschätzigkeit und Mitteilungsbedürfnis scheinen nicht weit vom Stamm zu fallen, dachte sich Hayek. »Das Leben zur Hölle?«

»Die isch nur streitsüchtig. Über alles und jeden muss sie in ihrer vermeintlichen Rechtschaffenheit richten. Derweil war der Papa a Guter. Sie hat ihn z'grund grichtet mit ihren Unterstellungen, mit ihrer Hysterie ... Was man ihm da angetan hat – das war wohl it viel schlimmer.«

Für Hayek war klar, dass Julia Weiler in Trauer sprach. Sie hatte ihn kein einziges Mal angesehen. Er fragte sich, ob sie überhaupt sicher war, keine Selbstgespräche zu führen. Das Mädchen drückte die Zigarette auf dem Dachziegel zwischen ihren Beinen aus und ließ den Stummel liegen.

»Die versucht mi wie a Gefangene zu halten, und den Mario hätt s' mir auch fast vergrämt. Die kann's nicht ertragen, wenn's andere gut geht. Alles muss sie hinmachen.«

Der Monolog wurde von Vogelspiels Zwischenruf beendet. »Wir haben den Stumper!«, rief er durch die angelehnte Autotür.

Hayek nickte ihm zu und schaute erneut zu Julia Weiler hinauf. Aber die kletterte grußlos durch das Fenster zurück ins Haus.

36

Philipp Stumper hatte sich bereits seit Freitag im Reutte-
ner Bezirkskrankenhaus befunden, und das mit einer ganz
simplen Blinddarmentzündung. Ein besseres Alibi gab es
wohl nicht. Hayek schien irgendwie erleichtert, nicht wider seine Intuition weiterermitteln zu müssen. Auch wegen
Krammer wollte er sich jetzt kein Bein ausreißen. Der war
ja noch immer untergetaucht. Er schickte Garer zu Stumper
mit dem Auftrag, ihm doch möglichst schonend beizubrin-
gen, dass seine Wohnung abgebrannt war. Hartl und Mantl
waren ebenfalls unterwegs. Sie gingen den Gerüchten um den
Streit mit dem Almhirten Mantschlechner nach. Schließlich
hatte sich die Sache mit dem Jäger und dem durch einen von
Weilers Angelhaken verletzten Hund als Sackgasse erwiesen.
Der Jäger bestätigte zwar, dass es zu einem derartigen Vorfall
gekommen sei, allerdings hätte er nicht sicher sagen können,
dass es sich auch wirklich um einen von Weilers Ködern gehandelt habe.

Als Hayek und Vogelspiel zum Posten zurückgekehrt
waren, schien Beck schon geraume Zeit auf sie gewartet zu
haben.

»Na, endlich aus dem Tunnel rausgekommen?«, machte sich
Hayek über Beck lustig, der ja Pendeln vorzog und große Teile
seines Tages immer wieder im Urlauberverkehr feststeckte.

»Nun, werktags ist es nicht so heikel«, entgegnete dieser
beiläufig.

Hayek schenkte sich Kaffee ein, ohne sich bei Beck zu erkundigen, ob dieser nicht ebenfalls einen wolle.

»Nun, Herr Doktor. Ich nehme an, Sie sind hier, weil Sie
mir über die Ergebnisse berichten wollen.«

Beck nickte und kam gleich zur Sache. »Sie werden sich vielleicht gefragt haben, warum der Körper des Opfers überhaupt
untergegangen ist. Man weiß ja, dass Leichen, die in Gewässern

abgelegt werden, aufgrund der Gase und des Restsauerstoffs üblicherweise aufschwimmen?«

Hayek fühlte sich unangenehm belehrt, aber blieb interessiert. Er nickte.

»Nun ja, dieser Körper wurde präpariert, damit er untergeht. Und so was habe ich noch nie gesehen, und ich glaube, so etwas hat auch die Welt noch nie gesehen: Er wurde post mortem mit Wasser vollgepumpt. Ich habe Hinweise darauf gefunden, dass er einen – wenn auch stümperhaften, aber effektiven – Einlauf erhalten hat.«

Hayek hielt das für einen schlechten Scherz von Beck. Dieser verzog aber keine Miene.

Beck fuhr trotz offen zur Schau gestellter Ungläubigkeit von Hayek fort. »Bei dem Wasser handelte es sich um ebenjenes dieses Sumpfes. Es muss also dort am Ufer geschehen sein.«

»Was für eine Scheiße«, sagte Hayek, als er immer mehr einsah, dass Beck sich keinen Spaß mit ihm erlaubte.

Vogelspiel schien überhaupt abgeschaltet zu haben. Er starrte nur mehr vor sich hin. Die drei Männer schwiegen geraume Zeit. Beck, der ja von diesem Faktum im Gegensatz zu den beiden anderen nicht überrascht war, schien ihnen die Zeit zu geben, die ihre Köpfe zum Verarbeiten brauchten. Er überlegte, ob er sich eine Tasse Kaffee nehmen oder ob er mehr Details der Obduktion schildern sollte. Aber seiner Erfahrung nach verwirrte allzu viel medizinische Fachsimpelei die Ermittler nur. Er war nicht wenig stolz darauf, sich für einen Angehörigen seiner Zunft recht verständlich ausdrücken zu können. Wenn es auch nicht die korrekte Fachsprache war und ihm andere Mediziner Unprofessionalität unterstellen würden, so war es ihm wichtiger, verständlich zu sein.

Man konnte Vogelspiel plötzlich Luft holen hören, und mit überzeugter Stimme fragte er: »Wissen Sie, warum Kühe nicht schwimmen können?«

Hayek verspürte sofort das Bedürfnis, Vogelspiel zurechtzuweisen. Das sei nun ganz und gar nicht der Moment für idiotische Kinderwitze. Doch als er die Antwort vernahm, leuchtete ihm ein, dass Vogelspiel viel mehr sagen wollte, als nur eine Pointe zu bringen. Es war die Legende vom fehlenden Schließmuskel. Kühe könnten ihren Darmausgang nicht verschließen. Sie würden in Wasser volllaufen und untergehen wie ein leckgeschlagenes Schiff.

Beck ließ es sich nicht nehmen, sofort darauf hinzuweisen, dass das ein anatomisches Märchen sei. Das ändere aber nichts daran, wie abscheulich die Ideen dieses Täters seien.

37

Wolf saß an ihrem Schreibtisch. Einige Akten türmten sich wie zu jedem Wochenbeginn. Doch sie erlaubte sich den Lenz, um die Geschehnisse der letzten Tage Revue passieren zu lassen. Am meisten bedauerte sie wohl das Schicksal der beiden Jungs, die ihr Leben lang nun das Kainsmal tragen würden. Sie wusste, dass man dieses Mal auch auf der Seele brennen spürte. Am meisten brannte es gerade dann, wenn man es eben nicht nach außen sichtbar trug.

Sie hatte in ihrem Leben einige Menschen gesehen, die schwere Verbrechen begangen hatten, und sie hatte vor allem Reue gesehen. Reue verfügte über so viel Zerstörungspotenzial. Es war das ewig währende Fegefeuer, genährt von den eigenen Vorwürfen und der Unversöhnlichkeit mit der eigenen Geschichte. Den Fragen nach dem »Warum« oder dem »Was hätte man anders machen können«. Reue ließ kein Vergessen zu.

Sie dachte auch an die Toten. Der Zeilinger war einem immer ein bisschen zurückgeblieben vorgekommen. Kein Wunder in ihren Augen, dass er sich mit den jüngeren Mädchen ganz gut verstand. Er suchte ja auch nur Anschluss. Kaum zu glauben, dass jemand einem so harmlosen Menschen ein derart grausiges Ende bescherte. Beim Gedanken an den Weiler Xandi stiegen ihr die Tränen hoch. Sie unterdrückte es. Es stand ihr nicht zu, um den Weiler zu trauern. Dennoch war er ihr unter die Haut gegangen. Sie hatte das Gefühl gehabt, ihm ein paar Momente der Freiheit zu bescheren. So ein Geschenk kann man im Leben nicht vielen machen.

Wolf kannte Annelies Weiler nur als Kind. Sie war ein wenig älter als sie selbst. Von Annelies hatte sie das Wort »lesbisch« gelernt. Sie waren einige Kinder auf dem Spielplatz gewesen, und Annelies verwehrte Wolf den Zutritt zur Spielburg mit der Begründung, sie sei lesbisch. Wolf hatte ihr deswegen wohl jahrelang vergönnt, dass Annelies mit einem Auge etwas geschielt hatte. Vielleicht kam auch daher ihre bisweilen überhandnehmende Unsicherheit. Es hatte sich jedenfalls ausgewachsen, oder sie hatte es korrigieren lassen. Annelies sah mit knapp dreiundvierzig Jahren jedenfalls hervorragend aus. Aber das war nicht das Problem gewesen, das Weiler mit ihr hatte. Er hatte immer wieder angedeutet, dass sie sich selbst nicht ausstehen konnte, aber Wolf hätte es stillos gefunden, die Ehefrau noch mehr zu demütigen, indem sie ihm gestattet hätte, über sie zu sprechen.

Sie war frisch zur Staatsanwältin ernannt worden. Gerade hatte sich die jahrelange Arbeit bezahlt gemacht, und sie hatte das Gefühl, endlich im Leben angekommen zu sein. Und genau zu dieser Zeit war es geschehen, dass sie vor einem Vintagecafé in Wien-Neubau dem Alexander Weiler über den Weg gelaufen war. Sie hatten gelacht und die Welt klein gescholten. Am selben Abend hatten sie dann zum ersten Mal miteinander geschlafen, ohne davon auszugehen, dass es noch einmal dazu kommen würde. Noch dazu, weil Wolf ja von Weilers Frau und Kind gewusst hatte. Da war es nun einmal passiert, und jeder war wieder seiner Wege gegangen. Keine zwei Monate später hatte er wieder vor ihrer Tür gestanden. Es verging ein Jahr mit regelmäßigen Hotelzimmern in verschiedensten Ecken Europas. Einmal sogar New York. Alexander konnte sich über seine Fortbildungen, Workshops und Design-Kurse in die Welt und in Wolfs Bett stehlen. Weiler musste über die Maßen vorsichtig sein. Ihre Kommunikation erfolgte ausschließlich über Privatnachrichten in einem Webdesign-Portal. Er hatte nicht einmal ihre Nummer eingespeichert gehabt.

Das Ablaufdatum schwebte über jeder noch so zärtlichen Bewegung und sinnlichen Nacht. Vielleicht war es gerade aus diesem Grund so schön gewesen, weil man jeden Moment ausgekostet hatte. Auch wenn die Wehmut nach einem Was-wenn-doch-Gedanken an manchen Tagen überhaupt nicht hatte verfliegen wollen. An diesen Tagen hatte sie sich vielleicht auch das ein oder andere Mal zum Idioten gemacht. Lange Zeit hatte sie bereut, Alexander ihre Liebe gestanden zu haben. Es stellte sich jedoch jetzt im Nachhinein als Erleichterung heraus. Nichts war für sie ehrlicher als dieses Geständnis, und nichts war exklusiver gewesen. Zwei Menschen hatten davon gewusst. Und jetzt wusste es nur mehr einer.

Wolf dachte mit so viel Wohlwollen zurück an die Zeit mit Alexander Weiler. Er hätte sich für sie scheiden lassen. Das meinte er so aufrichtig, dass es Wolf gewundert hätte, wenn jemand daran Anstoß genommen hätte. Annelies vielleicht. Bei dem Mädchen war sie sich nicht mal sicher. Doch es war alles ganz anders gekommen vor zwei Jahren, als Wolf in dieser einen Nacht alles Anrecht auf Glück verwirkt hatte. Und jetzt war er ausgelöscht. Seine Augen konnten nichts mehr von seiner Güte berichten. Seine Stimme war verstummt. Die Besonnenheit darin für immer verschwunden.

Wolf schlug den offenen Akt zu und meldete sich bei ihrer Sekretärin ab. Sie wartete nicht ab, bis sie das Gebäude verlassen hatte, rauchte sich noch im Stiegenhaus eine Zigarette an und stürmte durch die schwere Glastür. Sie verfluchte den Schatten der Person, die sie viel zu spät gesehen hatte und die Kollision auch nicht mehr verhindern konnte.

38

Hayek suchte die Zerstreuung. Er hatte heute einfach genug von unvorstellbaren Gräueln gehört. Dazu zählte auch, mit welchem Hass das Mädchen von seiner Mutter gesprochen hatte. Er hatte sich von den Kollegen abgesetzt und sich in das Wirtshaus »Zum Goldenen Hirschen« aufgemacht. Dort nahm er an der Bar Platz und ließ sich von der Wirtin ein Bier zapfen. Sie war eine von jenen Frauen mittleren Alters, die sich die Haare kurz schnitten und vorn eine Ecke in einer unnatürlichen Farbe, in ihrem Fall orange, einfärbten.

»Heute war ein ruhiger Nachmittag«, begann sie gleich mit der Konversation, »Sie sind doch der Wiener Kommissar?«

Hayek grinste. Kommissare gab's nur in Deutschland. Er hatte aber nicht das Bedürfnis, sie zu belehren, und nickte nur.

»Es isch schon schlimm, was da auch mit dem Hugner und dem Krammer-Bua war. Mei, Bledsinn redn s' ja glei mal, aber des hätte i ja nie ahnen können. Da schauen S', des hab i no gfunden beim Zamräumen.« Sie griff unter die Theke und legte den schwarzen Feuerwehrpager vor Hayek hin. »Danach hat des angfangen zu piepsen und gar nimma aufghört. Jetzt leuchtet da ein Licht. I glaub, da müsst ma jetzt Batterien tauschen oder so. Aber brauchen werd er den ja jetzt auch nimma.«

Hayek nahm einen kräftigen Schluck und bestätigte ihre Worte mit einem Murmeln. Die Wirtin summte ein Liedchen und leerte ihren Pfiff. Sie fühlte sich dem Kommissar zu ein paar Antworten auf keine Fragen verpflichtet.

»Der Tschellinger war oft hier, wissen S'. Der war a bissl einsam. Beim Kartenspielen hat er auch kein Händchen kabt. Bildlich gesprochen. Dafür war er halt a bissl – na ja – zu einfach. Wenn S' mich verstehen. Aber man hat ihn gemocht, und auf die Viecher hat er sich verstanden.«

»Und auf die Frauen?«, fragte Hayek.

»Es war ja richtig traurig, dass der keine abkriegt hat. Mit die Jungen hat er sich gut verstanden, manchmal sogar a bissl zu gut, aber nie so, dass man Kummer hätte haben müssen.«

»Und die Frau Kraninger?«, erwiderte er.

»Ach, das wissen S'?«, stellte sie mit leiser Überraschung fest. »Hm. Tja. Dahinten, wo das Bild mit der Gams hängt, da isch er gsessn, der Kraninger Robert. Den Obend vor seinem Unfall. Eins der letzten Male, dass man ihn lebendig gsehen hat. Aber a Wüschtling war er, der Robert. Hat der zu viel ket«, das untermauerte sie mit einem ungläubigen Kopfschütteln, »dann hat er sich schon mal wo reingsteigert. Der isch meistens schon mit einer Wut im Bauch gekommen. Des hat ma gsehn.«

Sie konnte es wohl kaum aussprechen, aber er wusste, was sie ihm sagen wollte: dass er es dann wohl zu Hause bei seiner Frau ausgelassen hatte.

»Wie lange ist denn das gegangen, zwischen dem Zeilinger und der Kraninger?«, fragte Hayek.

»Mal sicher zwei Jahr vor der Kraninger verunglückt isch.«

»Und da ist es nie zu Unstimmigkeiten zwischen den Männern gekommen?«

»I glaub it, dass er das gwusst hat. Des hat recht lang niemand gewusst. Der Zeilinger hat ja sogar sein Sarg tragen. Erst im Nachhinein isch das dann so richtig aufgekommen.«

»Manche behaupten, dass sich der Kraninger deswegen totgesoffen hätte«, überprüfte er die Angaben von der Weiler.

»Pf … dass i it lach. Der hat immer scho gsoffen. Dazu hat er keinen Grund gebraucht. Die Marianne hat ihn doch nur keirat, weil s' it übrig bleiben wollt. Die isch scho auch … sehr speziell und kua Schönheit it. I hab die Marianne jetzt aber auch scho lang nimma gsehn. Der Herr Pfarrer verweigert ihr die Kommunion – drum kommt s' nimma zur Messe. Zur Beerdigung vom Robert hat a Pater ausm Kloster kommen müssen.« Sie schüttelte den Kopf energisch. »Der Tschellinger hat dann auch no echt den Sarg von dem Kraninger getragen. Stellen S' sich des vor. I glaub, dass es ihm da auch vergangen isch, dem Tschelli. Ma hat dann nix mehr vo den beiden ghört.«

Als sie Hayek ein neues Bier zapfen wollte, begann der Hahn

zu zischen und zu spucken. Das Fass musste gewechselt werden. Während sie unter der Theke herumfuhrwerkte, ging die Tür auf, und vier Männer traten ein.

Fuchsberger nickte Hayek zu und nahm gleich einen Sessel für sie am Stammtisch in Beschlag. Ihm waren zwei Männer gefolgt, die Hayek nicht kannte. Wie er im Nachhinein erfahren sollte, der Alt-Jäger und ein Schafbauer namens Klaus Heinzl mit seinem Border Collie. Nach der Identität des vierten musste sich Hayek nicht erkundigen. Schwarz gekleidet mit charakteristischem Gruß betrat er die Gaststube.

»Grüß Gott, Herr Pfarrer!«, hörte er die Wirtin sagen.

»Grüß dich, Rosi.«

Hayek vermisste den Dialekt in seinen Sätzen. Womöglich predigte es sich mit Dialekt weniger gut. Der stattliche Mann setzte sich an den Kopf des Tisches. Dort schien er nun Audienz zu halten. Hayek nickte ihm zu. Der alte Mann betrachtete ihn kurz. Hayek ließ die Blicke an sich abgleiten, aber in ihm machte sich das Gefühl breit, ein wüster Eindringling zu sein. Er amüsierte sich, Wirbel in die träge Beschaulichkeit zu bringen.

Die Wirtin war nunmehr damit beschäftigt, sich intensiv nach dem Wohlbefinden der Eingetretenen zu erkundigen. Der Oberst widmete sich ganz seinem Durst.

Die Tür schwang erneut auf. Ein Rudel junger Burschen kam herein und bahnte sich seinen Weg durch die Stube in den hinteren Bereich der Wirtsstube, wo sie eine Schiebetür von den Nichtrauchern trennen sollte, nicht aber ohne einen entsprechend ehrfürchtigen Gruß an den Herrn Pfarrer zu richten. Die übrigen Männer nickten. Der Stammtisch hielt es mit dem Rauchverbot in ihrem Teil der Wirtschaft auch eher wie mit einer Empfehlung des Tages und verzichtete. Der Herr Pfarrer war der Erste, der nach einem Aschenbecher fragte und begann, seine Pfeife zu stopfen. Als wollte er Hayek seine Stellung demonstrieren, ließ er die Wirtin nach einem der Burschen schicken. Hayek konnte hören, wie verlegen der junge Mann den Fragen des Herrn Pfarrers nach seiner Lehre und dem werten Befinden seiner Großeltern Rede und Antwort stand.

Dabei hatte er ohne Aufforderung sein Kapperl abgenommen. Danach entließ er den jungen Mann wieder zu seinen Freunden, die hinter der Schiebetür eine Runde Biermischgetränke erhalten hatten. Hayek war zugegebenermaßen beeindruckt.

»Nun, Herr Oberst, warum setzen Sie sich nicht zu uns an den Tisch?«, erkundigte sich der Geistliche herausfordernd.

Fuchsberger schielte skeptisch an die Bar.

»Ich behalte alles gern von hier aus im Auge«, wagte Hayek zu widersprechen.

»Wie gefällt es Ihnen bei uns?«, fragte der Herr Pfarrer, der es ebenso wenig wie die Umsitzenden gewohnt war, dass ihm eine solche Einladung abgeschlagen wurde.

»Ausgesprochen gut«, log Hayek.

»Ach, Sie kommen gut voran mit Ihrer Arbeit?«, prüfte er. »Wir würden freilich gern bald unsere Toten beerdigen dürfen.«

»Den Zeilinger würden Sie zur letzten Ruhe geleiten?«, fragte Hayek, zynisch geworden vom Gerstensaft.

Der alte Mann lachte gespielt: »Guter Mann, warum denn nicht?«

Der hochrote Kopf der Wirtin verschwand in der Küche.

»Dem Robert Kraninger haben Sie das dem Vernehmen nach verweigert, wie man so hört.«

»Da täuschen Sie sich. Der Marianne Kraninger habe ich das verweigert«, gab er zur Antwort, ohne auch nur den geringsten Anlass zu einer Rechtfertigung zu sehen.

»Aber der war doch genauso am Ehebruch beteiligt?«

»Ich darf doch bitten. Es ist der falsche Ort und die falsche Zeit. Die Gemeinde ist in Trauer«, wimmelte ihn der Alte selbstgefällig ab.

Hayek fragte sich, ob pfeiferauchend Wein zu trinken die heutige Interpretation von Seelsorge war.

Das Bier schmeckte ihm nicht mehr. Er bezahlte und machte sich ans Gehen.

»Gott sei mit Ihnen!«

»In Ewigkeit, amen.«

39

In dem Bruchteil der Sekunde, in der Wolf den Sturz unweigerlich kommen sah, gab sie sich dem Unausweichlichen hin: der
harten Landung auf dem Boden. So war das mit den Gesetzen
der Schwerkraft. Sie spürte, wie sie aus der aufrechten Bewegung in die Waagrechte geriet. Ihr Hirn leitete sie dabei wie ein
Parkplatzeinweiser nieder in Richtung Kopfsteinpflaster. Dabei
beruhigte es sie mit reinem, aber vertrauenswürdigem Zweck-
optimismus. *Noch dreißig Zentimeter – alles gut, tut nichts
weh … Noch zwanzig Zentimeter – immer noch okay … Noch
zehn Zentimeter – wird schon.* Dann erwartete sie die Landung,
und ihr Hinterkopf setzte auf: *Okay, sorry, doch üble Sache*,
vernahm sie aus dem Tower in ihrem Kopf, und das Bild wurde
für einen kurzen Moment schwarz. Das dumpf schmerzende
Beben breitete sich überall in ihrem Körper aus. Aber es ließ
auch wieder nach. Kaum war sie am Boden zum Liegen gekommen, richtete sie sich auch schon wieder auf und langte sich
zur Kontrolle sofort an die Stelle am Hinterkopf, von der aus
ein hämmernder Schmerz ausstrahlte. Ihr Unfallgegner hatte
sich auf den Füßen halten können. Sie atmeten beide durch,
als sie ihre Hand wieder nach vorn zog und kein Blut zu sehen
war. Dann erst trafen sich ihre Blicke, und im ersten Moment
wusste Wolf nicht, ob ihr lädiertes Hirn ihr nicht einen Streich
spielte, aber sie kannte den Mann von irgendwoher.

»Bitte vielmals um Verzeihung!«, sagte er, und der deutsche
Akzent passte zu Wolfs Vermutung. »Ich habe Sie einfach nicht
gesehen! Es tut mir sehr leid. Sind Sie verletzt?«

Sie fand es sehr löblich, dass er die Schuld auf sich nahm,
war es doch eindeutig die ihre gewesen, aber da sie ja mit dieser
Bruchlandung bezahlt hatte, wohingegen er eine menschliche
Mauer war, wollte sie ihm nicht widersprechen. »Ich glaube …
es ist alles okay.« Gar nichts war okay. Ihr Schädel dröhnte.
Sie musste sich von ihm aufhelfen lassen.

Es dauerte gefühlt Minuten, bis sie wieder, wenn auch wacklig, auf den Beinen stand. Sie wurde von der Sonne geblendet, aber zwang sich, den Mann anzusehen, der eine solch umwerfende Wirkung auf sie hatte.

»Na, geht's?«, fragte er besorgt.

Sie nickte, um die Lüge in ihrer Stimme zu verbergen.

»Wollen Sie sich vielleicht setzen?«

»Nein, es wird gerade wieder«, hörte sie sich mit nicht mehr so weinerlicher Stimme sagen und wollte ihre Vermutung gleich klarstellen. »Wir kennen uns doch?«

Er sah etwas erstaunt aus. Es stand ihm. »Ich komme wohl aus dem Entschuldigen nicht mehr heraus, denn ich glaube nicht …? Aber natürlich! Das Veverl!«, rief er lachend.

Auch sie lachte, wenn auch etwas verhaltener: »Sieh an, der Leon Weiss. Ist das auch eine Ewigkeit her.«

»Kaum zu glauben, dass man sich nach mehr als fünfundzwanzig Jahren überhaupt noch erkennt«, staunte er.

»Was soll ich sagen, es hat mich umgehauen«, konstatierte sie trocken, aber freundlich. Sie beide lachten.

»Dir ist klar, dass ich dich aufhalten muss. Das hat ziemlich ernst ausgesehen gerade. So kann ich dich ja nicht gehen lassen! Wohin wolltest du denn so eilig jagen?«

»Nirgendshin – eigentlich«, antwortete sie und ärgerte sich, dass ihr keine Ausrede einfiel. Lieber wäre sie jetzt allein gewesen.

»Ja, dann möchte ich dich unbedingt einladen und hören, wie es dir in all den Jahren ergangen ist. Lass uns einen Kaffee trinken oder worin sonst man noch gut Aspirin auflösen kann!«, schlug er vor.

Wolf wusste nicht, ob es daran lag, dass sie noch nicht ganz klar denken konnte oder seine herzliche Art so überzeugend auf sie wirkte, dass sie sich darauf einließ. Sie beschlossen, in ein nahes Café zu gehen, und setzten sich auf die Terrasse mit Blick auf das Einkaufszentrum. Sie konnte kaum fassen, was für ein Erwachsener aus dem kleinen Leon geworden war. Am erstaunlichsten war wohl, dass er sicher doppelt so groß sein musste wie damals. Da sie selbst eher zu den Kleineren der Klasse gezählt hatte, machte dies auf sie zunächst weniger Eindruck. Sie hatte immer schon zu ihm hochsehen müssen, die Relation war die gleiche geblieben. Sein Haar war noch genauso dunkel, wie sie es in Erinnerung hatte, die Frisur aber eine ganz andere. Abgesehen von angedeuteten Geheimratsecken war es noch dicht, und der gute Schnitt ließ es füllig aussehen. Zweifelsohne hatte er Glück gehabt, seinen Vater hatte Wolf mit Vollglatze in Erinnerung. Leon schien sehr gepflegt. Er machte sich wohl viel aus seinem Aussehen, dabei hatte er ein paar Kilo zu viel, aber nichtsdestotrotz sah er blendend aus. Das konnte für sie kaum gelten. Ihr braunes glattes Haar klebte glanzlos an ihrem Kopf. Die Mascara war verweint und die Brillengläser verschmiert. Sie konnte von Glück reden, wenn das Kostüm an keiner Stelle gerissen war.

»Was machst du hier? Ich dachte, du hättest dem Tal ein für alle Mal den Rücken gekehrt?«, wollte sie wissen.

»Mein Besuch ist kein nostalgischer, wie du richtig vermutest. Es gibt ja noch dieses Haus«, erzählte er. »Nachdem meine Mutter vor zwei Jahren gestorben ist, möchte ich es endgültig verkaufen. Sie hat noch einige Jahre davon gesprochen, vielleicht wieder herzuziehen, aber dann kam der Krebs. Dem Hausverkauf verdanken wir aber tatsächlich unser Zusammentreffen. Ich komme gerade vom Notariat, das sich ja gleich neben deinem Büro befindet«, meinte er und wandelte die ernste Stimmung des Gespräches wieder in eine lockere.

»Das ist in der Tat ein richtig netter Zufall!«, bestätigte Wolf. »Tut mir nur leid, dass momentan alles von diesen Verbrechen überschattet ist. Du hast sicher davon gehört?«

»Scheußliche Geschichte. Für mich ein weiterer Grund, den Besuch hier nicht in die Länge zu ziehen«, betonte Weiss.

»Tut mir leid, ich hatte vergessen, dass hier viele schlechte Erinnerungen auf dich lauern müssen«, entschuldigte sich Wolf, doch Weiss winkte ab.

»Nicht alle waren schlecht. Wie hieß noch dieser Lehrer, dessen Sessel wir mit Kreide bemalt hatten?«

Wolf wusste es nicht mehr, musste aber unweigerlich lachen, als sie daran dachte, wie der Lehrer mit seiner schlabbrigen kreidebesudelten Hose ins Lehrerzimmer gegangen war.

»Wie ging's dann weiter mit Leon Weiss? Ich nehme an, du hast das Familiengeschäft übernommen?«

Weiss seufzte und mimte den Betretenen. »Ja, das war wohl vorhersehbar. Das Geschäft hat mein Leben lang auf mich gewartet, und jetzt läuft es ganz gut. Ich kann mich nicht beklagen. Meine Ex-Frau auch nicht. Die bekommt satte Unterhaltszahlungen.«

»Habt ihr Kinder?«

»Nein. Das hat sich nicht ergeben. Erst waren wir jung, dann zerstritten und zwischendurch auf Urlaub«, erklärte er trocken.

Die Gegenfrage nach Ehe oder Kindern beantwortete Wolf mit einem energischen Kopfschütteln. Sie ließ großzügig aus, dass sie einige Jahre bei der Justiz tätig gewesen war, und erzählte nur so viel, dass es vollständig klang, um nicht ins Detail gehen zu müssen. »Meine letzte Beziehung ist nicht gut ausgegangen, weil er eine andere hatte. Da kann man nichts machen.«

Das war nicht einmal gelogen.

Weiss hatte sich einen gesunden Humor zugelegt, der ihn in Kombination mit dem schelmischen Lächeln sympathisch machte. Es war Wolf in Erinnerung geblieben, dass sein Vater ein begnadeter Segelflieger gewesen war. Sie konnte sich noch gut daran erinnern, wie er als Junge immer wieder begeistert davon berichtet hatte. Damals hatte sie bei jedem Flieger nach oben gesehen und daran gedacht, dass der Leon wohl drinsitzen könnte. Er musste laut lachen, als sie ihm das erzählt hatte, und bedauerte fast, dass er diese Leidenschaft seines Vaters nicht geerbt hatte. Er habe wohl zu große Angst davor abzustürzen.

»Hast du nie daran gedacht, von hier fortzugehen?«, wollte er wissen.

Jeden verfluchten Tag. »Nein«, sagte sie, »hier gehöre ich hin.«

40

»Der Weiler wurde ›geangelt‹«, sagte Vogelspiel trocken, und Hayek lauschte gespannt der Zusammenfassung von Becks Anruf. »Seine Beine wurden wohl mit einem dicken Seil gefesselt und mit einem Gewicht beschwert, das ihn hinunterzog. Die Hände ebenfalls mit einem dicken Strick auf den Rücken gebunden. Damit hatte man ihm gar keine andere Wahl gelassen, als den messerscharfen Haken in den Mund zu nehmen, um nicht weiter hinabgezogen zu werden. Aber es hat ihm nichts geholfen. Er ist dennoch ertrunken. Dann hat ihn der Täter wieder heraufgezogen.«

Beck hatte die Obduktion rasch beendet. Er hatte keine Zeit liegen lassen wollen und daher die wichtigsten Fakten telefonisch durchgegeben. Den vollständigen Bericht würde er asap, *as soon as possible*, übermitteln. Hayek lehnte mit verschränkten Armen am Heizkörper und zeigte wie so oft keinerlei Reaktion auf das soeben Gehörte.

»Alles andere sei post mortem passiert«, ergänzte Vogelspiel. Es stand eine gewisse Erleichterung im Raum, dass das Opfer tot gewesen war, als ihm die Organe herausgerissen wurden.

»Haben Sie solche Opferriten schon einmal irgendwo gesehen, Vogelspiel?«, fragte Hayek ruhig, »Vielleicht auch religiöser Background? Von mir aus auch Satanismus?«

Es war nie Satanismus. Das war Hayeks oberste Motivfindungsregel. Er schien diesmal wirklich keinen Anhaltspunkt zu haben. Auch weitere Erkundigungen ergaben keinen Grund, an dem eingehaltenen Eheversprechen der Weilers zu zweifeln. Die Art und Weise der Tötungen war einfach zu grausam, um Zufallsopfer zu sein. Nicht einmal das Datum, der 6. August, ließ Rückschlüsse auf irgendwelche ihnen bekannten heidnischen Bräuche oder besondere astronomische Konstellationen zu.

»Geh, bringen S' mir die Mantl«, wies er Vogelspiel an.
Der tat wie ihm geheißen, und nun standen sie zu dritt in
Hayeks vorläufigem Zimmer. Dieser massierte sich den dichter
werdenden Bart mit zwei Fingern.

»Herr Oberst?«, fragte Mantl.

»Ja, Mantl. Sehr gut. Danke. Erzählen S' mir doch bitte was
über den Herrn Pfarrer.«

»Über den Herrn Pfarrer?« Sie sah ihn an, als hätte er sie um
etwas Ordinäres gebeten, konnte sich aber überwinden. »Was
soll man da erzählen«, meinte sie und verdrehte die Augen,
nicht verächtlich, vielmehr um ihr Langzeitgedächtnis abzusuchen. »Der Herr Pfarrer Ignatius war bis vor Kurzem noch
in Rom. Der ist da unten nicht schlecht vernetzt.«

Hayek glaubte, fast so etwas wie Stolz für den Dorfpfarrer
heraushören zu können. Seine persönliche Meinung über den
Alten grenzte jedoch an Verachtung. Dieser Mann hatte für
Hayek etwas sehr Niederträchtiges an sich. Im Grunde hatte
er weder etwas gegen Priester noch Religion im Allgemeinen.
Aber es gefiel ihm nicht, wie der Alte das Dorf zu regieren
schien.

»Den alten Papst dürfte er sogar persönlich gekannt haben.
Sie wissen schon, den Deitschn.«

»Ja, ja, weiter«, winkte Hayek die Information durch.

»Ist sicher schon seit vierzig Jahren Pfarrer hier im Ort. Hat
sicher jedem das ein oder andere Sakrament erteilt. Gilt als
sehr konservativ. Ich durfte nicht … Mädchen dürfen generell
nicht ministrieren, müssen in der Kirche auf der richtigen Seite
sitzen und dürfen schon gar nicht auf die Empore. Hält immer
wieder mal Messen auf Latein ab. Ein bisschen ein Dinosaurier
vielleicht.« Letzteres sagte sie mit so viel Vorsicht, als würde
ihr dafür eine himmlische Strafe drohen. »… aber über seine
Korrektheit lässt er nichts kommen.«

»Hält er's denn auch so mit Züchtigung? Wie ein Dinosaurier?«

Die Frage missfiel ihr sichtlich, aber sie antwortete gehor-
sam: »Der Vater hat mal gmeint, dass sie früher schon a Maul-

schelln kriegt hätten, aber das isch ja wie gsagt vierzig Jahr her. Er wäre sonst nie mit irgendeinem Fehlverhalten aufgefallen.«

»Und wie war das mit der Kraninger-Beerdigung?«

»Wie meinen Sie das?«, fragte Mantl.

»Ist das kein Fehlverhalten, einer trauernden Witwe die Beerdigung des verschiedenen Gatten abzuschlagen?«

»Na ja, aber das war doch … was anderes.«

Hayek hatte einen Moment lang geglaubt, sie würde »verständlich« sagen, war aber wohl zurückgerudert, um nicht als ebenso erzkonservativ zu gelten. Unter den Jungen war so etwas nicht »in« – obwohl sie die Botschaft verinnerlicht hatten. Multikulti-Traditionen galten als geil, sei es der mexikanische Totenkult, Voodoo oder exotische Tanz-Aerobic, während die eigene abendländische Kultur demgegenüber abgewertet und als »konservativ« verteufelt wurde.

Vogelspiel erkannte, dass Hayek auf etwas Kompromittierendes aus war, aber Mantl konnte ihm mit solchem nicht dienen. Enttäuscht schickte er sie wieder hinaus. Sie ging wortlos.

»Haben Sie eine neue Bekanntschaft gemacht, mit dem Herrn Pfarrer vielleicht?«, schwante es Vogelspiel.

»Ja, und zwar keine, die ich in meinem Freundebuch haben will«, raunte er und wühlte in Papieren auf seinem Tisch herum. Er fand unbeschriebenes Papier und nahm einen Stift.

»Wie viele Sakramente gibt's denn, Vogelspiel?«

»Taufe, Kommunion, Firmung, Ehe, Priesterweihe, Krankensalbung …«, zählte Vogelspiel auf.

»Und Beichte«, fügte Hayek hinzu. »Als ich den Pfarrer gestern im Wirtshaus gesprochen hab, hat er mich gefragt, wann wir den Fall gelöst haben werden. Sie hätten hören sollen, wie er es gesagt hat: Es war, als läge er im Schach einen guten Zug vorn und ich wäre an der Reihe. Er war nicht neugierig. Der weiß etwas und macht sich nicht mal die Mühe, so zu tun, als wäre es anders.«

»Glauben Sie, der steckt da drin?«, fragte Vogelspiel überrascht.

»Nein, nicht direkt. Aber wer wüsste wohl besser über jahrzehntelange Dorfgeheimnisse Bescheid, wenn nicht er«, entgegnete Hayek. »Der ist für uns fast so etwas wie unantastbar mit seinem Beichtgeheimnis.«

»Aber wir haben keinen Hinweis auf religiösen Fanatismus. Das sind keine Märtyrermorde«, entgegnete Vogelspiel.

Hayek musste zugeben, dass er recht hatte. Nur weil er ein schlechtes Gefühl bei Pfarrer Ignatius hatte, musste das längst nicht heißen, dass dieser darin verwickelt wäre. Aber er hatte diese Variante zumindest durchdenken müssen.

Sie wurden von Mantl unterbrochen, die nach einem leisen Klopfen vorsichtig den Kopf hereinsteckte. »Entschuldigen Sie, Herr Oberst, der Baldwein Mario, der Bub vom See, würd gerne noch mal mit Ihnen sprechen.«

Er wurde hereingebeten. Auch Mantl sollte bleiben. Es war nur gut, wenn ein vertrautes Gesicht ebenfalls dabei war.

41

»Sie hatten recht«, gestand Mario, als er Platz nahm. Er wirkte nicht mehr wie ein Kind, sondern ruhig und konzentriert, »Alle haben gmeint, i muss mit jemand reden. Das hab i auch. Dann ist mir das wieder eingefallen.«

»Womit habe ich recht gehabt?«, fragte Hayek interessiert.

»Ja, dass da jemand spaziert isch. Da war auch jemand. Ganz sicher.«

»Wir haben aber alles absuchen lassen. Da war nicht ein Fußabdruck bei der Boje, wo du hingezeigt hast«, entgegnete Hayek.

»Ja, weil's ja auch gar it bei der Boje war! Die Boje muss woanderscht gewesen sein.«

Alle Anwesenden bekamen große Augen. Hayek brachte das Handy schon in Anschlag – er war bereit für den entscheidenden Hinweis.

»Da war scho was Oranges. Aber da, wo's eigentlich kuane Bojen gibt. Auf der andern Seite vom See. Nicht am West-, sondern am Nordufer, bei der Auffahrt von dem Traktorweg, an der Böschung. Da isch was leuchtend Oranges gschwommen, und dort an Land war jemand. A Mann.«

»Und was hat der Mann dort getan? Wie hat er ausgesehen?«, brannte es Hayek unter den Fingernägeln.

»Er hat sich schon ein bisschen bewegt, glaub i. ›Spazieren‹ isch wahrscheinlich zu viel gesagt. Vielleicht hat er Yoga oder Aufwärmübungen gemacht, so mit den Armen.« Er zeigte die Bewegung, eine Dehnübung, bei der der eine Arm von oben zwischen den Schulterblättern und der andere von unten durchgeführt wurde, bis sich die Hände trafen. »Die Übung kenn i vom Basketball. Dann hat er aber noch eine andere gemacht. Die kenn i it. Irgendwie so muss des gehen, aber keine Ahnung.« Dann nahm er abwechselnd eine Hand zur gegenüberliegenden Schulter und rollte die Schultern.

»Ich weiß aber nicht, was man damit dehnt. Bei mir zieht da nix.«

»Das ist ja schon was!«, lobte Hayek. »Und wie hat er ausgesehen? Welche Art Sportkleidung hatte er an, Jogginghose vielleicht?«

Der junge Mann schüttelte energisch den Kopf: »Nein, nichts so Weites. Eine schwarze kurze Hose und ein schwarzes T-Shirt. Hat eng ausgeschaut.«

»Und die Haare?«

»Hell.«

»Hast du irgendwas vom Gesicht gesehen? Wie groß war er ungefähr? Dick oder dünn?«

»Na. Dafür war's wirklich viel z' weit weg. Schon eher groß und so normal halt.«

»So wie ich oder eher wie der Herr Kollege?«, fragte Hayek und stand dazu auf.

Jeder wartete gespannt, ob er Hayeks oder Vogelspiels Statur als normal empfand. Für Hayek sah Vogelspiel eher schlaksig aus.

»Scho eher so wie Sie«, sagte er etwas betreten.

Hayek, der ganz genau wusste, dass er besser in Form sein konnte, hängte sich nicht daran auf. Er verspürte große Erleichterung. Endlich mehr Hinweise. Wenn da noch jemand gewesen war, dann hatte dieser Jemand vielleicht mehr beobachten können. Sie mussten diesen Sportler finden, aber Hayek wollte noch mehr wissen. Er erinnerte sich, dass Marios Freund Markus angedeutet hatte, dass der Weiler sie hätte erwischen können. Das war nicht schlüssig. Warum sollte der plötzlich hinter ihnen stehen, wenn das Boot draußen war?

»Sag, Mario – ich darf doch ›Mario‹ sagen?« Das Nicken wartete der Oberst gar nicht ab. »Die Weiler Julia, das ist doch deine Freundin.«

Die Frage machte ihn verlegen. »Ja. Scho eher.«

»Warum hast du sie dann nicht nach Hause gebracht, wie sie dich gebeten hat? Wir haben ja einen Alkoholtest gemacht bei dir, bevor wir dich das erste Mal befragt haben. Du hättest schon Auto fahren dürfen. Hast ja offensichtlich nichts getrunken gehabt.«

Das war eine glatte Lüge. Der gute Mario hätte nicht mal Rad fahren dürfen.

Mario zeigte Resignation, aber auch Bereitschaft zur Antwort. »Weil's nicht der Xandi war, der herumgstresst hätt.«

»Sondern die Annelies?«, bohrte Hayek.

»Ja. Die isch da it so … cool. I wollt halt it, dass sie sieht, wie i die Juli heimbring. Die hätt mir sonst nur wieder den Kopf abgrissen.«

»Wieder?«, hakte der Oberst nicht weniger neugierig nach.

»Ja, vor zwei, drei Jahr, da isch die Juli mal ausgrissen. Also jetzt it so für immer. Sie ist halt nach Wien gfahren. Heimlich. Mich hat s' als Alibi angegeben. Die Annelies hat mi dann aber im Ort gsehen und zu sich grufen. Dann hat s' einen hysterischen Anfall bekommen, von wegen: ›Wo ist mein Kind, mein Kind.‹ Hat mir vorgeworfen, i würd s' belügen. Das sei so mit der Juli abgesprochen, und ich soll die Wahrheit sagen. Dabei hat die Juli mir gar nix gsagt. I bin da vollkommen unschuldig zum Handkuss kommen. Was hab i damit zu tun, wenn die Juli ihre Alte anlügt. I mein, die hat richtig durchdreht. So was hab i no nie gsehn. Das war nicht so fein, deswegen wollt i nicht, dass sich das wiederholt.«

Für Hayek klang das, nach allem, was er mittlerweile über Annelies Weiler wusste, sehr einleuchtend.

»Was hat die Juli denn in Wien getrieben?«, fand Hayek es dann lediglich amüsant zu erfahren.

»Hey … Sie dürfen des … sagen S' des bitte nicht brühwarm der Juli. Ich hab's hoch und heilig versprechen müssen. Aber i mein, warum sollt's jetzt no geheim sein.« Marios Blick glitt durch die Runde, und man war gespannt darauf, was folgen würde. »Die Juli isch nach Wien gfahren, weil s' rausfinden wollt, mit wem der Xandi a Affäre ket hat.«

42

Bis zu diesem Tag hatte Hayek noch nie das Bedürfnis verspürt, einen Jungen zu umarmen und zu hätscheln, aber der Bursche gab ihm den so dringend benötigten Aufwind. Na, endlich würde es losgehen. Auch Vogelspiel war seine immense Erleichterung anzusehen. Die Ermittlungen waren nun richtig belebt. Hayek fühlte sich beschwingt. Zu beschwingt sogar, um Weilers mit den neuesten Ergebnissen zu konfrontieren. Sobald die große Euphorie verflogen wäre, würde er sich die Annelies vorknöpfen. Wenn sie ihm das verschwiegen hätte, würde das sicherlich keine angenehme Unterredung werden. Na ja, unangenehm würde es auch werden, wenn sie nun zum ersten Mal davon hören würde. So oder so war es zum jetzigen Zeitpunkt von höherer Priorität, dem neuesten und einzigen Hinweis nachzugehen.

Aus diesem Grund schloss er sich der Spurensicherungsgruppe an, die bereits auf dem Weg an den See war. Dort angekommen, fanden sie sich zunächst dem schrecklich aufgebrachten Gezeter eines Schwans ausgesetzt, der sich nicht verscheuchen lassen wollte. Weiß gekittelt, wie sie waren, die Kollegen von der Spurensicherung, mussten sie auf den Schwan den Eindruck von unzähligen Revierkonkurrenten gemacht haben. Hayek selbst stolzierte nicht wenig zufrieden auf dem schmalen Trampelpfad, der zum Ufer hinunterführte und den Mario Baldwein extra noch auf der Karte markiert hatte.

Unter dem gestrengen Blick des nervösen Vogels wurde jeder Grashalm genau abgesucht und jeder Stein umgedreht. Hayek war sich sicher, dass nun etwas gefunden werden würde. Auch Fritsch war in guter Stimmung und ebenso großer Erwartung.

Nachdem aber zwei Stunden intensiver Suche vergangen waren und sie nicht mehr vorweisen konnten als einen sichergestellten Plastikfaden, mit dem Etiketten an neuen Kleidungsstücken befestigt wurden, verflüchtigte sich Hayeks gute Laune. Stattdessen erfreute er die Mannschaft mit schonungslosem Pessimismus. Seine Enttäuschung manifestierte sich gern in zornigen Befehlen und zynischen Phrasen. Keiner wurde davon verschont. Nicht einmal der Angler, der gerade dabei war, sein Boot fertig zu machen, als die Beamten im Begriff waren, abzurücken.

»Hey, Sie da, auf dem Boot«, rief Hayek über das Wasser dem Boot zu.

Der Angler blickte unter seiner breiten Hutkrempe hervor und hielt inne, das dicke Tau in seinen Händen aufzurollen.

Fritsch und Vogelspiel beäugten Hayek kritisch vom oberen Rand der Böschung. Mit einem enttäuschten Oberst war auch als möglicher Zeuge alles andere als gut Kirschen essen.

»Wollen Sie was von mir?«, fragte die rauchige Stimme. Das Boot schaukelte, und Wasser gluckste am Rumpf.

»Können Sie mir sagen, ob da regelmäßig Sportler trainieren, an dieser Uferseite hier?«, wollte Hayek wissen.

Der Angler schob sich den Hut aus der Stirn und runzelte das Gesicht, weil ihn das helle Tageslicht zu blenden schien. An einem Mundwinkel fehlte ein Eckzahn.

»An dera Seitn da, eher it. Ka guater Weg. Do isch im Winter nur die Loipe, wenn da See it zugfrorn isch. Auf der Südseitn, da isch der Rad- und Wanderweg. Wo Sie sind, isch ja nur Gatsch«, antwortete er, das Offensichtliche betonend. Hayek fühlte seine Socken nass werden. »Da, schauen S' nur rüber, da, die ganzen bunten Jacken dahinten. Da gehen die Deitschn. Wandern«, schmunzelte der Angler.

Hayek warf einen Blick auf das südliche Ufer, und tatsächlich, dort bewegten sich bunte Punkte in grellen Farben, die auf die Wanderer schließen ließen. Nicht selten gingen zwei gleichfarbige Punkte nebeneinander. Zwei Tchibo-Jacken im Partnerlook.

»Wo Sie jetzt stehen, tät nur a Doiger gehn«, meinte er.

»Wie bitte?«, rief Hayek, der aufgrund des aufkommenden

Windes und des gepfefferten Dialekts nicht alles verstanden hatte.

»Nur Einheimischer. Täte. Da. Gehen«, krächzte der Mann so laut, dass das Boot unter ihm stärker zu schaukeln begann, weil es ihn aus dem Gleichgewicht brachte.

»Wer würd Ihnen denn dazu einfallen?«, hakte Hayek nach.

Als ob er überlegte, jemanden zu denunzieren, rückte er mit einem Namen heraus: »Da Hagleitner Albin trainiert da immer für seine Marathons, wenn S' es genau wissen wollen. Aber i will da in nix reinzogen werden, des sag i glei«, stellte er klar. »Aber wenn Ihna des it reicht, dann kennen S' a die Fratzn da vom Volleyballplatz fragen. Lungern da den ganzen Sommer rum. Saufen. Rauchen. Verschrecken mir die Fisch und plündern mei Boot. Die Saufratzn.«

Hayek bedankte sich. Er wollte nicht mit dem Gejammer über die Dorfjugend behelligt werden. Seine Schuhe verursachten schon wieder schmatzende Geräusche, als er im Begriff war, die Böschung zu Vogelspiel und Fritsch hochzusteigen, um dann doch wieder nach der Hälfte kehrtzumachen.

»Hey, Sie, warten Sie noch mal kurz bitte!«, schrie er dem Angler noch mal über das Wasser nach. Dieser hatte gerade begonnen, loszupaddeln.

»Was wollen S' denn no?«

»Hat Ihnen was gefehlt, von Ihrem Boot?«, wollte Hayek wissen. »Was haben die ›Fratzen‹ geplündert?«

Der Angler ließ die Paddel ins Wasser sinken und zeigte in den vorderen Teil des Bootes. »Da, des Tau da. Und den großen orangenen Kanister. Das hab ich Gott sei Dank alles gleich wiedergefunden. Glück hab i kabt, dass kein Wellengang war, sonst wär das Boot jetzt wohl auf der Mitte vom See.«

Hayek bat ihn, das Boot an Land zu bringen. Der Angler war nicht erbaut über die verpatzte Ausfahrt. Fritsch und Vogelspiel tappten langsam wieder die Böschung hinunter.

»Was machen Sie denn mit dem großen Kanister?«, fragte Hayek und schielte neugierig darauf.

»Den füll i für gewöhnlich mit Wasser und verwend ihn als Anker, zammen mit dem Tau.«

»Bedauerlicherweise werden Sie wohl noch länger auf Ihren Kanister verzichten müssen.« Er wandte sich an Vogelspiel. »Hier haben wir Marios Boje.«

43

Zurück auf dem Posten setzte man sich zu einer schnellen Brotzeit zusammen. Man hatte nach Leberkäsesemmeln schicken lassen und diese gierig verzehrt. Mit zeitweise vollem Mund erzählte Hartl von seinem Besuch bei Stumper. Dieser war weit weniger betroffen von der Zerstörung seiner Wohnung als schockiert darüber, dass man ihm wirklich nach dem Leben getrachtet hatte. Stumper musste man lassen, ein friedfertiger Typ zu sein. Er würde wohl zu einem seiner Freunde in die Stadt ziehen, wenn sie ihn aus dem Krankenhaus entließen. Außerdem kündigte er an, dass der Mantschlechner Franz am heutigen Nachmittag zu einer Einvernahme erwartet werde. Hayek wollte den nicht und trug Vogelspiel auf, die Befragung vorzunehmen. Begierig war er auf Weilers und auf diesen Hagleitner. Er beschloss, Erstere dieses Mal hier am Posten zu befragen. Vielleicht konnte das Ambiente einer Polizeiinspektion das erbarmungslose Geschimpfe von Annelies Weiler etwas eindämmen. Er bat Hartl, dies zu veranlassen. Damit war für Hayek klar, dass er zuerst Hagleitner unter die Lupe nehmen würde. Hartl bestand darauf, ihn zu begleiten. Hayek könne ihm glauben, dass der Albin nur dann offen sprechen würde, wenn Hartl dabei wäre. Es mutete etwas seltsam an, dass Hartl sich nunmehr darum riss, mit Hayek gemeinsame Sache zu machen, aber solange dabei etwas der Sache Förderliches herauskam, sah der Oberst keinen Grund, seiner Bitte nicht nachzukommen.

Es war der spätere Nachmittag, als sie mit dem Streifenwagen die Einfahrt zum Haus von Albin Hagleitner nahmen. Hayek schwang sich vom Beifahrersitz und richtete die Hemdärmel unter dem Sakko. Er wartete, bis Hartl auch so weit war, und klingelte an der Tür, die ohne große Verzögerung von einem steinalten Mann aufgemacht wurde, die Gesichtszüge waren kraftlos, der Rücken krumm. Er schien seinen Kopf viel mehr zwischen den Schultern als auf ihnen zu tragen.

»Grüß Gott, Oberst Hayek mein Name, vom Landeskriminalamt«, stellte er sich vor, »wir würden gerne mit Herrn Hag–«

Hayek wurde abrupt unterbrochen, als der alte Mann Hartl sah. Vor Hayeks erstaunten Augen bahnte sich eine lautstarke und liebevolle Begrüßung zweier uralter Freunde an. Die müde Mimik des Alten schien zu vollem Leben erwacht und mit allem lächeln zu können, was sich in diesem Gesicht befand. Sogar die Winkel der Nasenlöcher schienen sich nach oben ziehen zu lassen. Der Greis war niemand anders als Albin Hagleitner, der Marathonläufer.

»Ja, griaß enk! Kummts no eina! Martha, schick di, mach an Kaffee! Der Hartl und die Polizei sind da«, rief er einer nicht sichtbaren Frau irgendwo in diesem großen Haus zu.

An Regalen voller Sportpokale vorbei führte er sie in eine etwas kitschige Bauernstube und wies ihnen die Bank am protzigen Kachelofen zu. Der Alte wirkte nur im Stehen gebrechlich. Er bewegte sich, trotz des Buckels, behände und fließend auf seinen langen, staksigen Beinen. Hayek fragte sich, wie groß der Mann wohl im aufrechten Stand sein musste.

»Der Kaffee isch glei da! Oder, mei, wollts an Schnaps? Ja Herrgottzack, natürlich a Schnaps!«, rief er und lief aus der Stube, um gleich darauf mit einer klaren Flasche ohne Etikett und zwei Stamperln zurückzukehren.

Sie mussten sich beide je ein Glaserl nur zum Probieren aufnötigen lassen. Als Hartl und Hayek die milde Wärme an ihrem Gaumen langsam vergehen ließen, schüttete der Alte gleich nach. Zur allseitigen Überraschung leerte er es aber selbst in einem Zug. Das Glas schob er mit einem Zwinkern wieder zu Hartl, welcher breit grinsend den Kopf schüttelte. Nun wurde ihm bewusst, dass Hartl nicht aus reinem Diensteifer mitgekommen war.

»Enzian. A eigener. Den kauften kann ma ja it saufen«, lobte er seinen selbst angesetzten Schnaps und schmachtete die Flasche an.

»Aber du trinksch kuan mehr heit!«, hörten sie seine Ehefrau schimpfen, die im selben Moment auch schon die Stube betrat.

Die alte Hagleitner balancierte ein Tablett mit Tassen und einer Kanne Kaffee. Sie stand ihrem Mann an jugendlicher Wirkung in nichts nach, war aber ein Jahrzehnt jünger. Beneidenswert, wie unverbraucht die gemeinsam eineinhalb Jahrhunderte miteinander auftraten. Hayek empfand den Raum schon als richtig beengend vor lauter Lebensfreude.

»Ah, der Albin, der hat heit schon zwei nachm Essn ket. Der alte Schluckspecht«, schalt sie weiter, während der Alte unschuldig dasaß und anfing, Kaffee auszuschenken.

Er sah dabei ganz spitzbübisch aus. Milch und Zucker machte die Runde, und die alte Frau verschwand wieder, ohne die Flasche Klaren zurückzulassen.

»I sag's enk. Die Weiber. Kua Freude lassen s' einem«, lachte er.

Auf dem Tisch lagen frisch entwickelte Fotos. Hagleitner war sichtlich erfreut, dass Hayek sie bemerkte.

»In Mallorca war ma heuer mit dem Radclub. Mountainbiken im Frühjahr, wenn bei uns no da Schnee liegt! Super, sag i enk«, klärte er Hayeks neugierigen Blick auf.

Dieser wollte aber lieber ohne weitere Umschweife zur Sache kommen. Er fragte ihn genauestens zu seinen Laufgewohnheiten aus und erkundigte sich auch danach, ob er an dem fraglichen Morgen ebenfalls unterwegs gewesen war.

»Da habts recht. Ausnahmsweise war i dort. I hab letzte Woche a Verkühlung ket. Da isch a Training ausgefallen. Drum war i diesmal am Sonntag laufen. Normalerweise lauf i sonntags it. Regenerationstag. Oder ›Massephase‹ passt besser. Die Frau macht Kuchen, und die Kinder kommen zum Kaffee«, antwortete er. »I hab auch des Boot vom Weiler gsehen. Man kennt sich ja. Des isch draußen am Wasser getrieben. Aber da war niemand drin. I hon mir doch nix dabei denkt. Kann ja sei, dass sich ein Boot losreißt und abtreibt.«

»Haben Sie in das Boot reinsehen können?«, wollte Hayek wissen.

Der Alte verneinte. »Des kann ich Ihnen nimma sagen, nur, dass i sicher war, dass da niemand drin isch. Oder sonsch wo rundherum. Des hat ausgschaut, als wär's abgetrieben.«

»Haben Sie sonst jemanden dort wahrgenommen? Spaziergänger, andere Sportler?«, bohrte Hayek weiter nach. Das konnte nicht schon wieder eine Sackgasse sein. Diese Ermittlung gestaltete sich so zäh.

Der Alte dachte noch mal intensiv nach. »Die Jungen vom Volleyballplatz hab i ghört. Die haben laute Musik ket, aber gsehn hab i keinen von denen.«

»Im Wasser, war jemand vielleicht im Wasser?«, fragte Hayek intensiv nach.

»Es tuat mir leid, aber der See in der Früh isch dunkelgrau. Beim Training muss i mi auch a bissi auf mi konzentrieren. Mei Körper verzeiht an Sturz nimma, drum acht i lieber auf den Weg. Aber i glaub it, dass da jemand geschwommen isch«, antwortete Hagleitner.

Für Hayek konnte das nur bedeuten, dass Hagleitner noch vor den Jugendlichen das Boot entdeckt hatte. Also bevor der ominöse Yogini seine Dehnübungen gemacht hatte und vermutlich bevor Weiler zurück aufs Boot gezogen worden war. Das würde bedeuten, dass sich der Täter, während Hagleitner vorbeigelaufen war, irgendwo am Boot oder im Wasser versteckt gehalten haben musste.

Hayek zeigte Hagleitner ein Bild auf dem Smartphone. Es war der orangefarbene Kanister. »Haben Sie diesen Kanister, vielleicht als Boje verwendet, irgendwo gesehen? Im Wasser? Am Boot? Irgendwo?«

Hagleitner musste die Brille weiter weg von seinen Augen schieben und das Bild über die Gläser hinweg betrachten. »Nein. Der war da ganz sicher nicht.«

Hayek war erstaunt, diesmal eine so eindeutige Antwort zu erhalten, und blickte Hagleitner fragend an.

»Ja, das weiß i, weil das it der Kanister vom Weiler isch. Der kert dem Tannl, dem Angler, der Sie hergschickt hat. Der fragt mi oft, ob i sein Kanister gsehen hab, weil ihm der regelmäßig abhandenkommt. Da beschuldigt er immer die Jungen. I glaub aber, dass der einfach keine Knoten machen kann. Und dieser Kanister war da weit und breit nicht zu sehen.«

Weiler hatte womöglich genau in dem Moment, als Hagleitner vorbeigelaufen war, unter Wasser um sein Leben gekämpft. Er war von dem vollen Kanister hinabgezogen worden. Das wäre die Erklärung, warum Hagleitner den Kanister nicht hatte sehen können. Später hatte ihn der Täter an Land geholt und geleert, um Spuren zu beseitigen. Vielleicht genau dort, wo Mario Baldwein jemanden nahe einer orangefarbenen Boje gesehen hatte.

»Ich bedanke mich für Ihre Zeit, Sie haben uns sehr weiterhelfen können. Wenn Ihnen noch etwas einfällt, bitte melden Sie sich!«, meinte Hayek, und auch Hartl bedankte sich.

»I weiß, viel isch es it. I wünscht natürlich, mehr beobachtet zu haben«, antwortete Hagleitner und heftete seinen Blick auf Hartl »aber unsereins freut sich immer, wenn alte Freunde vorbeischauen.«

Nachdem sie eine weitere Tasse Kaffee ausgeschlagen hatten, geleitete sie Hagleitner wieder zur Tür. Hayek entging anhand der vom Staub ausgesparten Stellen auf den Trophäenregalen nicht, dass zwischendurch immer wieder eine zu fehlen schien.

»Die Fremden«, sagte er mit hochgezogenen Augenbrauen, »die halten das wohl für a schöne Erinnerung, so an Skipokal. Wahrscheinlich behaupten s' dann zrück in Preußen, sie hätten den selber gwonnen.« Er sprach diese Worte vorsichtig und leise, sodass sie nur für Hayek bestimmt waren. »I erinner mi no gut dreißig Jahr zurück. Da hamma no a Fabrik ket am Steinbruch, und a deutscher Industrieller wollte da richtig groß was aufziehen. Arbeitsplätze für die ganze Region hätt's gegeben. A eigene Wirtschaft hätten mr zamkriegt«, schilderte er wehmütig, »aber des wollten s' nicht. Im Tourismus, da wäre das Geld zu holen. ›Das Geld kummt die Stiege runter‹, hat ma damals gsagt. Wie die Schwammerl sind die Hotels, Pensionen und der ganze Käse dann ausm Boden gschossen. I hätt lieber die Fabrik ket. Dann hätt i mein Vereinsmeischterschaftspokal no. Aber des darf i vor meiner Frau it sagen …«

Hayek ließ sich noch ein bisschen mehr erzählen, als sie dort im Hausflur standen. Hartl wartete bereits im Wagen. Er hatte es eilig gehabt, eine Zigarette zu rauchen, und wusste, wie sehr die Martha Zigaretten im und am Haus verabscheute.

»Der Weiss, das war ein deutscher Unternehmer. Der hätte eigentlich ausgesorgt ket mit seine Firmen in Deutschland, aber irgendwie hat er in der Gegend Potenzial gsehen. Vor allem in der kleinen Gipsfabrik da beim stillgelegten Steinbruch. Aber die Eingsessenen wollten keinen Fremden mit neuartigen Ideen dahaben. Statt einem wollten s' die Tausenden, die mir jetz ham. Der alte Tschellinger-Bauer isch damals Bürgermeister gwesen. Der war ja überhaupt gegen alles, was it scho im Alten Testament gstanden hat. Der Weiss hat damals lange Jahre probiert, die Bauern von der Sinnhaftigkeit von so einer Unternehmung zu überzeugen. A paar waren schon dafür vo uns, aber halt die mit die großen Felder wollten nix hergeben, und ohne Liegenschaften war nix mit Fabrikerweiterung. Eine Streiterei isch dann im Ort ausgebrochen, des kann ma sich ja gar it vorstellen. Sogar die Kinder haben untereinander schiache Gefechte ket. I hab damals für den Skiclub das Skitraining gmacht. Einmal haben s' dann angfangen, sich so zamschlagen, dass i mi gweigert hab, des weiterzumachen. Aber it nur beim Skiclub hat's Probleme geben. Bei die Schützen isch's so richtig zur Sache gangen. Dem Kraninger-Bua, Gott hab ihn selig, ham s' mitm Luftgwehr a Aug rausgschossen. Bis zu seinem Tod hat der a Glasaug ket. Und der Weiss isch so angfeindet worden, der hat das nicht verstehen können und isch dann ins Wasser gangen.«

44

Am frühen Abend begann es zu regnen. Wie Geschosse fielen die schweren Tropfen nieder. Veva Wolf saß unter der Gaupe am Dach und sah das Gewitter kommen. Von ferne grollte schon der Donner und hallte an den Bergen wider, was ihn bedrohlicher wirken ließ. Sie genoss es und rauchte eingehüllt in eine Decke. Gelblich wurden die Wolken, und es kündigte sich Hagel an. Zwei ihrer liebsten Pflanzen schob sie mit dem Fuß leicht unter Dach. Sie dachte über die Begegnung des Tages nach. Es war eine Wohltat gewesen, Leon wiederzutreffen. Jahrelang hatte sie sich gefragt, was aus Leon Weiss wohl geworden war. Damals hatte es ja noch kein Facebook gegeben. Man war auf den Zufall angewiesen gewesen. Wohl der gleiche Zufall, der auch sie und Alexander zusammengebracht hatte. Sie schüttelte den Gedanken sofort ab.

Leon war ohne Frage ansehnlich, aber wirkte in seinen Bewegungen unbeholfen. Seine Hände waren zu groß, und seine gesamte Haltung schien auf gewisse Weise nur dazu zu dienen, diese großen Hände in den Griff zu bekommen. Als säße ein Großteil seines Körpergewichtes, wenn nicht sogar ein gewisser Eigenwille, darin.

Dieser Hayek hatte eine passable Haltung, fiel ihr ein. Es war weniger die Optik, die einem Mann Ästhetik verlieh, als seine Haltung: formvollendete Bewegungen, fließend, gezielt und kräftig. Ihr wurde klar, dass sie damit eine Eisenbahn beschrieb. Kein gelungener Vergleich.

Sie fragte sich, was die Polizei wohl bisher schon herausgefunden hatte. Ob Annelies eine Vermutung hatte, was Alexander und sie anbelangte? Wenn ja, würde sie es bald erfahren. Dann würde Hayek wirklich dienstlich werden. Sollte sie nicht besser gleich von vornherein reinen Tisch machen, was das Verhältnis anbelangte? Womöglich hatte es etwas mit dem Mord zu tun. Nach dem, was sie aber wusste – vom Gstattner Markus nämlich selbst, in den Medien war es nicht ganz so drastisch dargestellt –, war der Xandi übelst zugerichtet worden. Der Junge war das schlimmere Tratschweib als seine Mutter. Der dürfte vom Tatort direkt in den Hirschen sein und von der Entdeckung berichtet haben.

Sie dachte darüber nach, was die Beziehung mit Alexander, die nunmehr gute zwei Jahre zurücklag, damit auch zu tun haben könnte. Sollte das jetzt im Nachhinein aufkommen, würde es nur sein Andenken beschädigen, und die Erinnerung an ihn wäre für immer getrübt. Dabei war er ein besserer Mensch gewesen als sie oder sonst jemand, den sie kannte.

Dennoch überlegte sie, ob sie nicht irgendwie zur Aufklärung beitragen konnte. Immerhin wusste sie doch intimste Dinge aus dem Leben von Alexander Weiler, die er seiner Ehefrau wohl nie erzählt hatte. Mit wie vielen Frauen er wirklich geschlafen hatte und dass er eigentlich immer Förster hatte werden wollen oder Weltcupskirennen kommentieren. Komischerweise hätte sie ihn sich in beidem sehr gut vorstellen können.

Alexander hatte dieses Gespür dafür, wie man eine Frau berührte – nicht zwangsläufig in erotischer Hinsicht, vielmehr ganz allgemein. Er konnte diese perlende Wärme durch Hautkontakt erzeugen, die noch Tage auf der Seele weiterprickelte. Und er geizte nicht damit. Er gab sie gern. Von den meisten Männern kannte sie dieses flüchtige Streicheln, dieses Pflichtprogramm, das einer ganzen Generation von Männern wohl als Zärtlichkeit falsch verkauft worden war. Alles an Alexander Weiler war hingegen ehrlich und aufrichtig. Dennoch gab es ein großes Fragezeichen in seinem Leben, das ihn ebendieses gekostet hatte. Sie scannte alle ihre Erinnerungen durch, nach einem Hinweis, der hätte helfen können, Aufschluss zu geben, aber sie wurde nicht fündig. Ob ihn jemand bestrafen wollte, weil er Annelies untreu geworden war? Befand sie sich dann nicht auch in Gefahr?

45

Franz Mantschlechner kam vierzig Minuten zu spät. Er konnte nur froh sein, dass Hayek die Einvernahme nicht leitete. Dieser kannte dafür kein Verständnis und hätte es nur als persönlichen Affront aufgefasst. Mit nichts konnte man den Oberst mehr zur Weißglut treiben, als wenn man die Meinung vertrat, die eigene Zeit sei wertvoller als die seine. Vogelspiel war dieser Tage viel zu müde, um sich davon nerven zu lassen. Irgendwann hatte es wieder zu regnen begonnen, und der Nebel hing tief im Tal, während aus dem laufenden Radio für die übrigen Teile des Landes Sonne verkündet wurde. Er hatte den Kollegen Garer interessehalber nach der vorherrschenden Selbstmordrate gefragt. Dieser konnte sämtliche Fälle der letzten vier Jahre aus dem Gedächtnis aufzählen. Es waren bei Gott nicht wenige.

Franz Mantschlechner betrat den Posten wie ein misstrauisch schleichendes Tier. Vogelspiel hatte beinahe Angst, er würde bei einer hektischen Bewegung sofort die Flucht ergreifen. Er wirkte so, als ob er hier nichts Gutes zu erwarten hätte. Sie gingen gleich in das Zimmer, und Garer protokollierte die Vernehmung.

»Sie können sich vorstellen, warum wir Sie so förmlich vorladen?«, erkundigte sich Vogelspiel.

»Nein«, antwortete Mantschlechner patzig. »Wahrscheinlich weil mi mei Alte wieder wegen irgendwelche Unterhaltsrückstände hinhängen will. Oder weil an meinem Arbeitsplatz Leit der Schädel abgehackt wird. Also i frag Sie, warum jetzt?«

Vogelspiel zeigte sich zögerlich, aber versuchte, selbstsicher fortzufahren.

»Nun, wir haben Informationen bekommen, dass Sie mit Josef Zeilinger nicht immer so grün gewesen seien.« Vogelspiel schalt sich selbst für seine unprofessionelle Ausdrucksweise. Er setzte erneut zur Frage an und bedeutete Garer, mit dem

Protokollieren des letzten Satzes zuzuwarten. »Es hat also zwischen Ihnen einen handfesten Streit gegeben?«

Mantschlechner bleckte wie ein Hund sein Gebiss und antwortete unwillig: »Man kann halt it immer und mit jedem.«

»Okay, dann frag ich konkret. Was war da los zwischen Ihnen, nachdem das Kälbchen vom Zeilinger eingegangen war?«

»Des war aber auch a selten depperetes Viech. Eigentlich hätt er mir dankbar sein müssen, dass des no rechtzeitig aus der Zucht draußen war«, sagte er trotzig. »Anstatt aus dem schönen Brunnen zu saufen, hat's a paar hundert Meter weiter den Zaun eindrückt, wahrscheinlich beim Kratzen, und isch dann drübergstiegen.«

Vogelspiel sah es deutlich vor seinem inneren Auge, wie sich das graue Kalb mit der spitzen Zunge in den Nasenlöchern gegen einen Zaunpfahl lehnte, bis dieser langsam immer mehr Neigung bekam.

»Tja, und den Rest der Geschichte kennen Sie eh schon«, meinte Mantschlechner und rümpfte angewidert die Nase. Seine Anwesenheit am Posten behagte ihm auch nach einer Eingewöhnungsphase nicht.

Vogelspiel versuchte, ihn irgendwie für sich zu gewinnen. »Hören Sie, Mantschlechner, wir wollen nur herausfinden, ob Sie uns irgendwelche Hinweise auf einen Täter liefern könnten. Niemanden will Ihnen hier etwas anhängen«, sprach er ganz ruhig. »Wie hat sich der Morgen bei Ihnen abgespielt?«

»Normal«, sagte er gereizt.

»Haben Sie den Zeilinger an diesem Morgen gesehen? Oder jemand anderen?«

»Nein.«

»Haben Sie eine Vermutung, wer dem Opfer dort oben aufgelauert haben könnte?«

»Nein.«

Vogelspiel seufzte. Mantschlechner war absolut unwillig. Im Guten kam er nicht weiter. Unter dem Vorwand, Kaffee zu holen, stahl er sich für einen Moment des Überlegens aus dem Zimmer. Vor der Tür atmete er tief durch und ließ sich von Mantl kurz bemitleiden.

»Stimmt das«, fragte er sie, während er konzentriert die Augen schloss, »dass die Ex vom Mantschlechner ihn wegen Unterhaltsrückständen angezeigt hat?«

Sie bejahte, sie selbst habe das aufgenommen. Vogelspiel machte eine winkende Geste und bedeutete ihr damit, dass er das Protokoll sehen wollte. Der Bericht lag sogar noch bei ihr auf dem Tisch. Sie überreichte ihn Vogelspiel.

»Was erhoffen Sie sich davon? Das sind lediglich Auszüge aus einem garschtigen Rosenkrieg«, enttäuschte sie ihn.

Vogelspiel überflog die Einvernahme, schlug das Protokoll in einen Aktendeckel ein und betrat ohne Kaffee wieder den Raum.

»Ich wollte doch viel Zucker«, gab sich Mantschlechner mit seinem faulen Lächeln spöttisch.

»Wissen Sie, was das ist?«, fragte Vogelspiel und wedelte mit dem Akt.

»Eine Weihnachtskarte?«

»Wir haben hier die Anzeige Ihrer Ex-Frau von letzter Woche«, sagte Vogelspiel und las willkürlich ein paar Worte daraus vor. »›Wie kann man einem Neunjährigen nur so etwas überlassen … viel zu jung.‹«

Garer wusste nicht, wie er das aufnehmen sollte. Noch weniger wusste er, was gerade in Mantschlechner vor sich ging. Seine Abwehrhaltung schien ins Flehentliche überzugehen. Auch Vogelspiel war völlig perplex von dessen überraschendem Wandel.

»Damit hab ich nix zu tun. Echt. Das war dem Zeilinger sein Notebook. Mit dem Zeug hab ich echt nix zu tun. I steh doch it auf Kinder«, rief er hektisch.

Vogelspiel hatte einen Volltreffer gelandet, dabei war das nicht mal beabsichtigt. Es brachte jedenfalls die Wendung, die das Gespräch so dringend nötig hatte. Er brauchte den Akt gar nicht ganz aufzuklappen, sprudelte es doch schon aus dem Mantschlechner heraus.

»Am Recyclinghof hab i eine Zeit lang ausgeholfen, letztes Frühjahr, nachdem der Gustav den Unfall mit der Presse gehabt hatte. Für die elektronischen Geräte war i zuständig. Und dann hat der Zeilinger damals eben des Laptop wegkaut. I hab mir des angschaut und festgestellt, dass das eigentlich no gut war. Nur der Kontakt vom Ladekabel war wacklig. I hab's repariert und glaubt, i mach meinem Buam a Freud. Den darf i ja it sehen. Die Alte behauptet, i sei kua Umgang für ihn.« Aus dem grummeligen Franz Mantschlechner wurde Mantschlechner, der weinerliche Alkoholiker. »Das eigene Fleisch und Bluat darf i it sehen, weil i it guat sei für ihn. Stellen S' sich des vor. Ja, aber so war's. I hab's dem Buam gschenkt. Keine Woche später steht die Monika vor meiner Tür und schlagt mir des Ding um die Ohren und schreit herum, i sei a Perverser und i werd den Buam ganz sicher nie wiedersehen. Was mir einfällt, am Kind so was zu geben. Das Jugendamt und alles will s' einschalten. Zuerst hab i mir gedacht, will s' nur provozieren, dass ich ihr eine aufleg und sie no mehr Geld klagen kann, vor Gericht.« Das Wort »Gericht« sprach er gleichzeitig ehrfürchtig und abgestoßen aus. Als verurteilter Wilderer kannte er sich damit aus. »Aber dann hab i mir das selbst angschaut.« Seine Augen wurden groß, und seine Lippen verzogen sich in Abscheu. Er starrte auf den Tisch, während er weitersprach. »Da waren halt die Kinder drauf. Sie wissen schon. So Filme halt. Mädlen und Buam. Asiatische und normale. Und weiß Gott no alles.«

Vogelspiel und Garer waren überrascht, was sie da aus Mantschlechner mit einer Bereitwilligkeit herausbrachten, die an eine vertraute Redseligkeit grenzte.

»Aber i schwör bei allem, was mir heilig ist, damit hab i nix zu tun. Das war des Laptop vom Tschellinger. Des kann man doch sicher irgendwie beweisen. Mit so einer GPS-Adresse kann man doch sicher beweisen, dass i des it war«, rief er verzweifelt.

Jetzt hatte Vogelspiel Gelegenheit, ihn auf seine Seite zu bekommen.

»Ja, ja. Wir glauben Ihnen das.« Beide Beamten nickten ihm übertrieben zu. Gespannt darauf, was noch kommen sollte.

»Wo ist der Computer jetzt?«, fragte Vogelspiel.

»I hab ihn dem Tschellinger zruckgeben. Dann war jedenfalls a Ruh wegen dem Sauviech«, antwortete Mantschlechner. »I weiß nur, dass i mit denen Filme nix, aber auch gar nix zu tun hab. Und jetzt sag i nix mehr dazu.«

»Wo waren Sie jetzt am 6. August in der Früh, wie der Zeilinger umgebracht wurde?«

»Mein Rausch hab i ausgschlafen. Auf der Braunauer Alm«, presste er hervor und drückte sich die Augäpfel mit zittrigen Händen in die Höhlen. »Wenn das die Runde macht, dass i it beim Viech war, dann bin i den Job auch ein für alle Mal los. Verstehen S'? Aber rufen S' den Elmar an, von der Braunauer Alm. Der bestätigt das.«

Mantschlechner verließ das Zimmer sichtlich geknickt und nicht mehr mit dieser selbstüberzeugten Böswilligkeit, mit der er den Posten betreten hatte. Mantl staunte nicht schlecht über dieses Vernehmungsrodeo von Vogelspiel.

Nunmehr war für Vogelspiel auch klar, wie der Streit zwischen Zeilinger und Mantschlechner wegen des toten Jungstieres beigelegt werden konnte. Bei dem, was der Mantschlechner über diesen Computer über Zeilinger erfahren hatte, konnte Zeilinger nicht länger auf Schadenersatzzahlungen bestehen.

Als er außer Hörweite war, richtete Garer das Wort an Vogelspiel und Mantl und wollte wissen, was die Monika Mantschlechner wirklich über das Notebook gesagt hatte. Mantl wusste nicht, auf was Garer hinauswollte, antwortete aber, dass sie sich darüber aufgeregt habe, dass Computerspiele schädlich für Kinder seien und der Franz ein Rabenvater sei, wenn er einem Neunjährigen einen Computer schenke.

46

Am Posten fand sich nur mehr die Nachtschicht, als Hayek und Hartl von Hagleitner zurückkehrten. Vogelspiel war nach einer langwierigen und sehr mühsamen Einvernahme Mantschlechners in den Gasthof gegangen. Zuvor hatte er aber noch einen gut leserlichen Bericht verfasst, den der Oberst erstaunt gelesen hatte. Dann beschloss Hayek, es Vogelspiel gleichzutun und sein Bett aufzusuchen. Bereits auf der Treppe hoch zu seinem Zimmer überlegte er es sich aber anders und nahm unten wieder an der Lokalbar Platz. Die Schank war wie schon das erste Mal nicht besetzt. Im nächsten Moment war aber schon die alte Wirtin zur Stelle, die ihm eine Flasche Bier hinstellte. Ein gezapftes wäre ihm lieber gewesen.

»Mir isch der Zapfhahn eingangen. I kenn mi do it aus. Die Veva kommt heute noch vorbei und bringt das in Ordnung«, entschuldigte sie sich.

Er lächelte der alten Frau wohlwollend zu. Noch ehe er bei der Hälfte seiner Flasche war, schneite Fritsch herein und setzte sich erfreut, nicht allein trinken zu müssen, zu Hayek. Er bekam einen Spritzer.

»Was für ein Tag, ned, Richard?«, fragte er. »Das haben wir uns jetzt verdient.« Fritsch war Niederösterreicher, darum das obligatorische »ned« nach jedem Satz. Unglücklicherweise hatte Fritsch schrecklichen Mundgeruch. Bei jedem »ned« erreichte Hayek wieder ein Schwall.

Sie prosteten sich zu, obwohl Hayek es als anmaßend empfand, dass Fritsch ihn ohne Weiteres einfach duzte.

»Ich komme gerade vom See. Die Taucher haben für heute abgebrochen und machen morgen bei Tageslicht weiter. Von einer Tatwaffe keine Spur auf dem Grund. Morgen werden wir den Radius erweitern. Das Gold eines versunkenen Schatzes haben wir jedenfalls auch nicht gefunden, ned«, merkte Fritsch süffisant an und erntete nur einen missverständlichen Blick von Hayek, »nun, die Einheimischen haben eine sagenhafte Erklärung für die Entstehung des Haldensees. Hier soll mal ein großer und reicher Bauernhof gestanden haben. Als der Bauer starb, sollten die beiden Töchter das Gold erben. Eine der beiden war aber blind, und das nutzte die andere aus, um sie über den Tisch zu ziehen. Die sehende Tochter stellte zwei Fässer auf, befüllte das eine bis oben hin mit Gold, und das andere Fass drehte sie um und belegte lediglich den oberen Rand mit den Goldstücken. Die andere Schwester bemerkte den Betrug aber und stieß einen Fluch aus, sodass der ganze Hof, das Gold und die Schwestern in einem schweren Unwetter von einer riesigen Flutwelle erfasst wurden. Und diese Wassermassen bilden den heutigen Haldensee.«

»Ich hätte mir nicht gedacht, dass Sie für Folklore so viel übrighaben, Fritsch«, lächelte Hayek. »Aber sagen Sie, Fritsch, hat die Auswertung der PCs der Opfer etwas ergeben? Gibt's hierzu schon Rückmeldung vonseiten der IT-Sicherung?«

»Also wir haben uns das Notebook vom Zeilinger, das er anscheinend hatte entsorgen wollen, genau angeschaut. Der Mantschlechner muss tatsächlich den Kontakt zum Ladekabel repariert haben. Da war in der Tat lauter widerwärtiges Zeug drauf. Kinderpornografie im großen Stil. Wir haben das auch gleich der Schwesterabteilung zukommen lassen, die das vielleicht für eigene Ermittlungen brauchen könnte. Aus unserer Sicht war der Zeilinger nicht gerade vorsichtig. Er hat überall Spuren hinterlassen. Hätte jemand mit technischer Erfahrung etwas über ihn herausfinden wollen, wäre derjenige wohl sehr schnell darauf gestoßen.«

Hayek ging in sich. Weiler hatte eine Affäre gehabt. Der Zeilinger hatte eine Beziehung zu einer verheirateten Frau unterhalten und war im Besitz von Kinderpornografie. Weilers Geheimnis war ganz gut gehütet gewesen. Von Zeilingers Pantscherl mit der Kraninger wussten alle im Ort. Aber nicht von den Filmen. Davon wiederum hätte eine versierte Person leicht Kenntnis erlangen können. Wer könnte wohl von diesen Dingen gewusst haben? Schaltete der Täter jetzt nach und nach Ehebrecher und Sittlichkeitsverbrecher aus? Diesen Gedanken verwarf Hayek. Dann müsste es viel mehr Opfer zu beklagen geben. Da war noch etwas, was sie noch nicht zutage befördert hatten. Etwas, das die beiden Morde verband und erklären konnte, warum Zeilinger und Weiler ausgewählt worden waren. Vielleicht, dass sie im gleichen Alter waren. Womöglich stand das für etwas.

»Was war mit den Rechnern von Weiler? Ich meine, der war immerhin ein IT-Profi«, erkundigte sich Hayek bei Fritsch.

»Denkst du an etwas Bestimmtes?«, fragte Fritsch. »Aber nein, die Leute von der Cyber-Abteilung waren schnell und sehr gründlich. Geschäftskorrespondenz, Grußkarten, ein paar raubkopierte Filme, aber nichts Verfängliches. Nach dem Fund auf dem Zeilinger-Computer haben wir das noch einmal genau checken lassen. Die Computer von Weiler waren sauber.«

»Haben Sie irgendeinen Hinweis auf die Person finden können, mit der Weiler allem Anschein nach die Affäre hatte?«, wollte Hayek wissen.

»Es wird wohl noch dauern, bis alle Inhalte ausgewertet sind, aber bei erster Sichtung deutete nichts auf eine Affäre hin. Auch auf seinem Handy konnten wir nichts finden. Selbst wenn wir Monate zurückgehen. Weiler hat, wenn es so war, sehr gut aufgepasst.«

»Das könnte aber ein wichtiger Anhaltspunkt sein«, merkte Hayek an und erkannte Wolf, die wie angekündigt gekommen war, um den Zapfhahn zu reparieren.

Sie sah elegant aus, das braune Kostüm stand ihr gut. Besser als klobige Bergschuhe und viel zu weite T-Shirts. Sie richtete einen kurzen Gruß an die beiden Männer an der Bar und suchte nach der Wirtin, die in der Küche mit Herumräumen beschäftigt sein musste, dem Klirren des Geschirrs nach zu schließen.

»Ja, diese Person müsste man sich ganz genau anschauen. Vielleicht allein deswegen, um weitere Opfer zu vermeiden«, ergänzte Fritsch müde.

Wolf trat aus der Küche heraus. Von Näherem gesehen, wirkte sie müde und band sich die Schürze über den glatt gebügelten Rock und die lachsfarbene Bluse. Den Blazer hatte sie abgelegt, und die Ärmel krempelte sie hoch, als sie mitleidig auf die Flasche Bier in seiner Hand sah. Sie trug dezenten Schmuck und etwas Make-up. Fritsch verlangte nach einem neuen Spritzer. Sie füllte das Glas, ehe sie begann, geräuschvoll an dem Fass unter der Schank herumzufummeln. Man hörte sie leise fluchen.

»Frau Wolf, der Zeilinger und der Weiler. Die dürften sich doch gut gekannt haben«, begann er, als sie einmal mehr aus ihrer Versenkung auftauchte und sich braune Schmiere von den Fingern wusch.

»Wenn mich nicht alles täuscht, sind die zusammen in die Schule gegangen, aber ich glaube, befreundet waren sie jetzt nicht. Die hatten ja auch nichts gemeinsam«, gab Wolf an.

»Kennen Sie Gerüchte, dass der Alexander Weiler eine Affäre gehabt haben soll?«, fragte Hayek.

Wolf zögerte, tat aber so, als würde sie nachdenken. »Ich glaube nicht, dass es solche Gerüchte gab.«

Hayek konnte kaum glauben, dass es Weiler gelungen war, diese Affäre so geheim zu halten. Nicht in diesem Ort. Auch auf seinem Handy war nichts zu finden. Vielleicht lagen sie auch falsch. Immerhin hatten sie nur den einen Hinweis von Mario Baldwein. Er durfte sich nicht darauf versteifen, solange es nicht gesichert war. Aber wenn das keine gute Fährte war, was hatten sie dann?

47

Als sich Hayek am nächsten Vormittag mit Vogelspiel vor dem Haus von Marianne Kraninger wiederfand, wurde ihm klar, dass der Vorabend Nachwirkungen hatte. Sein Magen war flau, und er fühlte seinen Kopf etwas vernebelt. Ihm war wohl noch immer schlecht davon, dass er am Abend zuvor Fritschs Atem so lange ausgesetzt gewesen war. Vielleicht lag es aber auch an der Müllhalde, durch die sie sich hatten kämpfen müssen, um zur Eingangstür zu gelangen. Alle möglichen Gerätschaften lagen verstreut an der Hausmauer und rosteten vor sich hin, zerborstene Plastikkübel waren halb im Boden versunken und verwachsen. Brennnesseln wucherten rund um eine Sitzbank. Alles in allem schien seit dem Tod vom Kraninger Robert nichts mehr angefasst worden zu sein. Die Stalltür stand offen, als wäre das Vieh erst gestern aus dem Stall geholt worden. Die Schwalben schienen überall zu nisten und verdreckten den schmalen betonierten Streifen entlang der Hausmauer zur Tür mit ihrem Kot.

Marianne Kraninger ließ sie herein, ohne Hayek oder Vogelspiel anzusehen. Vielmehr sah sie durch sie beide durch. Hayek hatte Angst, dass ihm eine der losen Schindeln über der Tür auf den Kopf fallen könnte, und ging eilig über die Schwelle. Vogelspiel bemerkte – vermutlich abgelenkt durch Marianne Kraningers Erscheinung – die drohende Gefahr erst gar nicht. Die Hirschen-Wirtin hatte Hayek gesagt, sie sei »speziell« und »keine Schönheit«. Das war heillos untertrieben. Marianne Kraninger machte bereits auf den ersten Blick einen völlig verwahrlosten Eindruck, der sich auch beim zweiten Hinsehen nicht änderte. Hayek zweifelte allen Ernstes an dem von mehreren Seiten vernommenen Gerücht, sie hätte eine Affäre mit jemandem haben können. Unter Umständen hatte sie damals aber noch mehr hergemacht. Sie trug eine an vielen Stellen abgewetzte Schnürlsamthose, die viel zu groß war und mit einem Gürtel an der Hüfte so verzurrt war, dass der Bund sich mehrfach auffaltete. Der bunte Strickpulli dazu war wohl ein Relikt aus den frühen achtziger Jahren und hatte an der Rückseite ein faustgroßes Loch, durch das ein vergilbtes Unterhemd sichtbar wurde. Ihr angegrautes Haar war ausgedünnt und hing in einzelnen Strähnen fadenartig aus dem schiefen Pferdeschwanz. Das einzig Ansprechende an Marianne Kraninger war ihr tadelloses und strahlend weißes Gebiss, das ihr aschfahles Gesicht gleichzeitig aber noch farbloser erscheinen ließ. Sie sprach mit einem gehässigen Unterton, der wohl von dem einzigen Gefühl zeugte, das Marianne Kraninger hegte, nämlich einem unbändigen Groll gegen alles und jeden.

Erst als Hayek auf Josef Zeilinger zu sprechen kam und sie wissen ließ, dass es ihm aufgrund ihrer besonderen Beziehung leidtue, was geschehen sei, wurde für einen flüchtigen Moment der Schmerz in ihren Zügen sichtbar, den sie gleich wieder tief in sich vergrub. Dieser Frau war wohl viel Unrecht getan worden, um so verhärmt zu werden.

Sie saßen in einer Küche, in der alles speckig glänzte, weil seit Jahren nicht mehr sauber gemacht worden war. Die gelben Wände zeugten von den vielen Zigaretten, die bei geschlossenen Fenstern geraucht worden waren, und der überquellende Aschenbecher auf dem Tisch schien sie alle zu beinhalten.

»Ich möchte nicht lange um den heißen Brei herumreden, Frau Kraninger«, meinte Hayek, als er nach kurzem Zögern in Sorge um seine saubere Kleidung auf einem der ungepolsterten Stühle Platz nahm, »aber wir wissen, dass Sie und der Herr Zeilinger ein Verhältnis hatten.«

»Da brauchen S' sich nix drauf einzubilden. Des wissen eh alle«, schnaubte sie und verschränkte die Hände abwehrend vor ihrer Brust.

»Mag sein. Das Geschwätz interessiert uns nicht. Was wir wirklich wissen wollen, ist, ob jemand was hätte dagegen haben können?«

»Sie fragen Sachen. Natürlich ham die Leit was dagegen ket. Jeder Einzelne von denen und vor allem der hochheilige

Pfaff. Was glauben S'? Das ist doch schändlich! Unheilig und ein Verbrechen«, fuhr sie hoch. »Dass der Kraninger sei Frau schlagt – des hat jeder gwusst. Nie wär da jemand auf die Idee kommen, ihn irgendwo auszuschließen. Aber wenn die Frau sich dann woandershin wendet, dann droht natürlich das Ende des Abendlandes.«

Hayek und Vogelspiel wussten es nicht, aber es war das erste Mal, dass sie die Gewalt durch ihren Ehemann offen eingeräumt hatte.

»Wie i jetzt angschaut werd. It mal mehr in die Mess darf i gehen. Aber wen jucken scho die Leit. Wer braucht denn scho die Leit.«

Sie starrte auf den ausgestopften, vom Staub grauen Raben in der Ecke des Raumes. Keinen halben Meter davon entfernt hing ein Kruzifix über der Tür. Die Kombination erinnerte an Friedhof.

»Wenn i heit sterben tät, der tät mi it mal aufn Dorffriedhof lassen, der alte Pfaffenschädel«, wetterte sie passend zum Ambiente. »Aber i weiß scho, was Sie hören wollen. Dass jemand so einen Hass auf den Pepi kriegt hat, dass er ihn umbringen wollt. Niemand hat dem Pepi das übel gnommen. Niemand. Nur mir, weil i die mit dem Ehering war. Der isch weiter Karten spielen gangen und hat sich um seine Viecher gekümmert. Die hat er mehr gliebt als alles andre. Ja, gliebt hat er nur die Viecher.« Es klang wie ein Vorwurf an den Pepi.

»Haben Sie sonst eine Ahnung, warum dann jemand etwas gegen den Herrn Zeilinger hätte haben können? Was war denn mit dem beeinspruchten Bauvorhaben wegen der Traktorrampe?«

»Pfoah!«, rief sie erbost. »Die beschissene Traktorzufahrt! Schauen S' doch mal umme da! Wo hätte denn die Platz haben sollen? Des isch ja mei Grund und Boden bis a paar Meter zur Stalltür. ›Tut ma leid, Mariandl‹, hat er gesagt, ›des mit uns wird nix mehr.‹ Nach allem, was ma durchgmacht haben. Und in derselben Unterhaltung erwähnt er die Scheißrampe. Na, it mit mir. Was glaubt er denn? Zum Bürgermeischter bin i am nächsten Tag. Des lass i mir it gfallen. ›Dass des it geht, was der Tschellinger da will‹, hab i gsagt, ›da passt's ja hinten und vorn mit die Abschtände it‹, und recht hab i eh immer damit ket. Traktorrampe Fudschijama.« Sie zog lautstark immer wieder durch die Nase hoch in den Rachen. »Dabei hätt er alles haben können von mir. Alles! Meinetwegen den ganzen Scheißhof da. Zamlegen hätt ma können. Nur heiraten hätt er mi müssen. Aber na! Heiraten tuat ma *anständige* Frauen. Aber mi it.«

Hayek und Vogelspiel waren baff. Keiner der beiden wollte davon mehr hören. Sie fuhr zu beider Erleichterung nicht fort und wühlte unter einigem Zeitungspapier auf der Eckbank nach einem abgegriffenen Fotoalbum und schlug es auf.

»Die einzigen Fotos vom Pepi, die i hab, sind die von der Beerdigung vom Robert. Isch des zu glauben? Überall hab i gsucht, aber na, des sind die einzigen.« Zwischen den letzten leeren Seiten des Albums steckten einige Fotos lose. Sie reichte sie Hayek, und er sah sie durch.

»Da, auf dem sieht ma, wie der Sarg drinsteht, da isch der Pepi.«

Man konnte einen hellen Holzsarg mit Blumenschmuck in der Mitte einer Kirche ausmachen. Darauf stand das Porträt eines Mannes mit einem schlecht gestellten Lächeln. Hayek fühlte sich in seine Kindheit zu den Columbo-Filmen zurückversetzt, als er sich fragte, welches wohl das Glasauge war, das der Kraninger anscheinend hatte. Links davon stand ein kräftiger Mann in Schwarz gekleidet, die rechte Hand berührte ausgestreckt den Sarg, als würde er vorbeigehen und hätte nicht widerstehen können, ihn einmal zu berühren. Es war fast seltsamer, dieses Bild vom Zeilinger neben seinem gehörnten Nachbarn zu sehen, als ihn ohne Kopf aus einem Sumpf zu ziehen. Vogelspiel sah das sicherlich anders.

»Und das isch der Pater Alois. Der hat die Beerdigung gmacht. Eh gut eigentlich. War schon a große Mess. Viele Leute sind da kommen, die Empore war voll. Die ganzen Vereine. I frag mi heit no, wie die ganzen Fahnen reinpasst haben … Des do isch der Baldwein Mario, der jüngste vo de vier Buam, und der Hugner Viktor, der Bruder von dem, der da mit des Haus abbrennen wollte. Die ham da no minischtriert. Aber mittlerweile sind die sicher ausgschult und tun nimma minischtrieren.«

Hayek war erstaunt, wie gut sie die Dorfjugend kannte und mit welch einer Sehnsucht sie über sie sprach. Es hätte daran liegen können, dass, hätte es Kinder aus der Ehe mit Robert gegeben, diese nun gleich alt wären.

»Das ist dann draußen am Grab, da erkennt ma schon, wie der Sarg hingetragen wird. Und da sieht ma die Sargträger, und da isch wieder der Pepi. Vorne links hat er ihn getragen. Später hat er mal gsagt, dass er die Seite unbedingt wollte, weil des dem Robert sei blinde Seite war, sei rechtes Auge.«

Ah, rechts!, dachte Hayek.

»Und er wollt sicher sein, dass er ihn it durch den Sarg anschaut, weil er ja mit mir … Sie wissen ja.«

Das Gesicht der anderen Träger konnte man nicht sehen, aber er erkannte noch den alten Hagleitner.

»Das ist der Hagleitner Albin, oder?«, fragte Hayek zur Sicherheit nach.

Die Frau nickte. »Ja, ja, und da sieht man die anderen.«

Auch die Kraninger war auf dem einen oder anderen Bild. Er hätte sie beinahe gar nicht erkannt. In den letzten beiden Jahren musste sie um mindestens ein Jahrzehnt gealtert sein. Damals hatte sie fast etwas Würdiges an sich gehabt, von dem jetzt nichts mehr übrig war. Man durfte aber nicht unterschätzen, was Kleidung ohne Löcher und ein ordentlicher Haarschnitt ausmachen können, fand er.

Ein weiteres Gesicht kannte Hayek bereits. Die Anstrengung von dem schweren Sarg im Gesicht, war er unverkennbar: der Weiler Xandi.

48

Den halben Vormittag hatte Wolf mit dem Gedanken gespielt, die Nummer auf der elegant geprägten Visitenkarte anzurufen. Sie durch ihre Finger gleiten lassen, dann aber wieder weggelegt. Einen Akt abgearbeitet und wieder auf die Karte geschielt. Er sei diese Woche noch in der Gegend, hatte Leon gesagt. So lange solle es jedenfalls dauern, den Liegenschaftsverkauf abzuwickeln. Sie solle sich doch noch einmal melden, wenn ihr danach sei. Prokrastinierend googelte sie nach Leon. Stolz prangte sein Gesicht unter dem Logo der WEISS Holding. Der dunkelblaue Anzug mit schmalem Revers und die dünne Krawatte machten aus ihm eine Art begehrenswerten »Bachelor«. Er sah aus wie der Inbegriff von beruflichem Erfolg. Der Durchstarter. Wolf war peinlich berührt, wie sehr ihr dieses Image imponierte.

Er hätte genügend Abstand zu den Weilers und überhaupt den Leuten im Ort. Ihm hätte sie sich anvertrauen können. Trost suchen, wo ihre Trauer für die meisten reiner Frevel war. So lange hatte sie alles für sich behalten, und jetzt begann es in ihr zu pochen. Wie der nicht gezogene Stachel einer Biene wollte es aus der Wunde herauseitern. Ihr Körper und ihr Geist wollten sich dieser ungebührlichen Gefühle entledigen.

Schließlich rang sie sich durch. Sie vertippte sich beim ersten Mal, versuchte es erneut und hatte Leon nach zweimal Läuten am Apparat. Er freute sich, von ihr zu hören, und noch für denselben Nachmittag verabredeten sie sich. Er wollte sie direkt aus dem Büro abholen. Erleichtert, aber gleichzeitig gespannt darauf, was es bewirken würde, wenn sie sich jemandem offenbaren sollte, streckte sie sich im Sessel.

Mit Hayek hatte sie nicht über Alexander Weiler sprechen können. Es hatte sie zudem abgeschreckt, dass sein dicklicher

Kollege angedeutet hatte, dass man die Geliebte vom Weiler ganz genau anschauen müsste. Woher nur hatte Hayek davon erfahren? Niemand wusste, dass der Xandi und sie zusammen gewesen waren. Wolf wollte, dass das auch so bliebe. Es gab Dinge in ihrem Leben, über die sie niemals würde sprechen wollen, weil dadurch ganz andere Geheimnisse ans Tageslicht kommen könnten.

49

»Harter Tobak«, bewertete Hayek gegenüber Vogelspiel die Geschichte der Kraninger. Dieser konnte ihm nur recht geben. Für ihn stellte sie den Inbegriff einer tragisch gescheiterten Existenz dar, und das ohne jede Chance auf ein Happy End. Aber dieser Tag war noch nicht zu Ende, was die Beschau von Schmerz und Trauer anbelangen sollte. Annelies Weiler und ihre Tochter hatten ihr Erscheinen auf dem Posten zugesichert. Zu diesem Zweck hatte Garer eigens für pietätvolle Ordnung im dem Chaos der Inspektion gesorgt. Schmutziges Geschirr stand nunmehr sauber abgewaschen in den Regalen, Fallakten waren sortiert und die Angeltrophäenbilder auf Hartls Schreibtisch in den Laden verstaut. Für Garer war Annelies eine tüchtige, immer freundliche Frau, die sich in der Gemeinde äußerst engagiert im Familienkirchenverein oder im Gemeinderat zeigte. Er hatte kein schlechtes Wort über sie zu sagen. Das galt wohl für die meisten im Ort.

Pünktlich auf die Minute trafen die beiden Frauen ein. Sie trugen schlichtes Schwarz, wie es sich gebührte. Nach allen Regeln der Etikette wurde ihnen allseits Beileid bekundet. Annelies Weiler sah atemberaubend aus. Hayek hätte niemals erwartet, dass sie perfekter aussehen könnte als bei ihrem ersten Aufeinandertreffen. Der Tod steht ihr gut, assoziierte er. Das Mädchen machte aus ihrem Unwillen, sich an diesem Ort aufzuhalten, keinen Hehl. Jeder ihrer Blicke war eingelegt in Gift und Galle. Hayek nahm sie in Empfang und ersuchte Vogelspiel, schon mit Annelies Weiler in das Vernehmungszimmer zu gehen. Mit ruhiger Stimme bat Vogelspiel sie, einzutreten und Platz zu nehmen. Garer bot ihr eine Reihe von Erfrischungen an, die sie allesamt höflich ablehnte. Hayek störte sich an der offensichtlichen Ausgewechseltheit der würdig trauernden Witwe. Dabei hatte er ja gerade deswegen die Befragung vor Ort abhalten wollen. Mit Vogelspiel war abgesprochen, dass er sich eine Zeit lang um unnötige Formalien kümmern sollte, damit Hayek sich der Juli Weiler widmen konnte.

Diese entspannte sich gleich in dem Moment, als Vogelspiel die Tür zum Vernehmungszimmer schloss und eine räumliche Barriere zu ihrer Mutter entstand. Hayek schickte Garer weg. Sie waren allein in dem mit Schreibtischen und Rechnern besetzten Raum. Der Oberst beschaffte einen Aschenbecher und legte eine Packung Zigaretten auf den Tisch. Ohne »Bitte« oder »Danke« entnahm sie eine und rauchte sie sich mit erlöstem Gesichtsausdruck an.

»Ich weiß schon, dass das Taktik ist«, richtete sie sich unverblümt an Hayek. »Vertrauen erzeugen, dieses Good-Cop-Ding, it?«

»Was wäre daran falsch?«, erwiderte er.

»Ich weiß eh schon, dass Ihnen der Mario das mit Wien erzählt hat. Von mir aus sag i Ihnen eh alles, was Sie von mir hören wollen. Gibt's da jetzt kein Diktiergerät oder so was?«

»Möchtest du das denn?«, fragte Hayek zurück.

Sie schüttelte energisch den Kopf: »Bloß nicht. Aber der Mario hat das mit Wien immer für sich behalten. I hätt's ihm ja nie gsagt, wenn die Furie dadrin ihn nicht so zur Sau gmacht hätte.«

»Er muss wohl ein anständiger Typ sein, der Mario«, stellte Hayek fest und nahm einen fast freundschaftlichen Tonfall an.

»Ja, des isch er«, bestätigte sie und tippte die Asche von der Zigarette, »aber wenn man it will, dass jemand etwas erfährt, dann darf man es einfach niemandem sagen. Mit dieser Botschaft wachsen wir hier auf. Damit die Leit ja nix zum Reden kriegen.«

Sie seufzte, und etwas an der Art, wie sie rauchte, störte Hayek nach wie vor. Für ihn sah es einfach nicht richtig aus, obwohl es dabei eigentlich nichts falsch zu machen gab.

»Des isch einfach niemanden etwas angegangen, was mei Papa in Wien oder sonst wo gemacht hat. Das hätt ja auch niemand verstanden. Alle halten s' die Mutter für a Heilige. In Wirklichkeit hat s' den Papa kaputtgmacht. Nie war ihr was gut genug. Immer wollt s' mehr: mehr Geld, mehr Fremdenzimmer, mehr Engagement. Der hat sich eh schon an Haxn ausgrissen für alles, und nach und nach hat s' ihm auch alle Hobbys abdreht. Eifersüchtig war s' auf die leisesten Blicke vo andere Frauen. Sie hat ihm schon lange vor seiner tatsächlichen Affäre unterstellt, er tät fremdgehen. I hab zusehen können, wie beschwerlich es für ihn war, ihr ständig zu versichern, dass sie sich keine Sorgen machen musste. Direkt in die Arme von einer anderen Frau hat sie ihn getrieben.«

Die Beschuldigungen der jungen Frau wogen schwer gegen ihre Mutter, ebenso schwer wie ihre augenscheinliche Abneigung. Hayek hörte geduldig zu.

»Dann, vor ungefähr drei Jahr, war der Papa viel auf seine Programmier- und Webdesignerkurse. Am Anfang hab i no gedacht, dass ihm das Rauskommen so guttut, weil er viel lockerer war. Des hat sicher gstimmt. Da hat er mir no versprochen, dass er mi mal mitnimmt, nach Berlin oder so. I hab mi dann so drauf gfreut, und im letzten Moment hat's gheißen, Berlin geht nicht. Das sei so ein Schnellsieder-Kurs, wo er nicht viel Zeit haben würd, und das hätte dann keinen Sinn, wenn i mitkomm. Mah, i war dann so enttäuscht. Der nächste Termin wär dann a paar Monate später, aber in Wien gwesen. Was Wien anbelangt, hat er mi nicht mal mehr gfragt, ob i mitkommen will. Er hat sich jedes Mal aber so auf seine Reisen gfreut, und wenn die Mama mit ihm gstritten hat, dann hat er sich des nicht mehr so zu Herzen genommen. I hab ja damals grad den Mario frisch ghabt. Und dann war mir klar, dass der Papa auch einfach verliebt war.«

»Nur halt nicht in deine Mutter«, ergänzte Hayek, und es folgte ein betretenes Nicken von Julia Weiler.

»I glaub, dass sie gar nie wirklich dran geglaubt hat, dass der Papa wirklich eine andere haben könnt. Dafür isch sie von sich selbst viel zu sehr überzeugt. Zum Schikanieren hat's jedenfalls immer gereicht. Wenn i ganz ehrlich bin – hab i nie was dagegen ket. I wollt, dass der Papa glücklich isch, und das ständige Streiten war mir einfach zu viel. Von mir hat die

Mama nie erfahren, was i in Wien rausgfunden hab. It mal dem Papa hab i verraten, dass i es weiß.«

Sie zuckte mit den Schultern und erntete von Hayek nicht wenig Bewunderung und sogar ein bisschen Mitleid.

»Es war dann in den Sommerferien, dass er wieder mal weggefahren isch, und i bin ihm im Zug hinterhergfahren. Des Hotel, wo die Tagungen immer stattfinden, hab i mir rausgsucht und in einem Café gwartet, bis er rauskommen isch, und bin ihm dann nachgegangen. Wenn er des gwusst hätt – i glaub sogar, er würd heut drüber lachen, dass i mi des traut hab.« Die nächsten Sätze klangen erstickt. »Auf alle Fälle hab i gsehen, dass er sich mit einer Frau getroffen hat – i hab die nicht gekannt –, und dann sind s' gemeinsam ins Kino gegangen. In so eines, das im Freien spielt, und i hab gsehen, wie nett die miteinander umgegangen sind, und der Papa hat sehr viel glacht und so. Da hab i dann beschlossen, dass i des niemals wem sagen werd. Dann isch er eh nicht mehr so oft weggfahren.«

»Also dann war das Verhältnis auf einmal beendet?«, fragte Hayek nach.

»Na, ganz im Gegenteil. Sie isch dann sogar hergezogen.«

»Ich dachte, du kanntest sie nicht?«, sagte er verblüfft und merkte, wie er eine anfängliche Enttäuschung loswurde.

»Ja, damals hab i sie it kennt. I war ja noch klein gewesen, als sie ausm Dorf weggangen isch nach Wien, und dann im vorvorletzten Sommer isch sie wieder zurückkommen, die Veva Wolf.«

Jetzt brauchte Hayek eine Zigarette. Er erinnerte sich an Zaberzinskys Worte: »Mit Klatsch und Tratsch wird hier nicht gegeizt. Aber nicht einmal auf die Frage nach dem eigenen Wohlbefinden werden Sie eine ehrliche Antwort bekommen.«

»Das heißt, du hast sie im Nachhinein wiedererkannt?«

»Ja, aber da war dann schon bald nix mehr zwischen die beiden. I hätt den Papa so gern gfragt, was da los war. Wahrscheinlich isch es ihm dann zu heikel geworden, dass sie ihm da nachgezogen isch, oder so. Sie hat ihn aber total in Ruh

lassen. Immer Abstand eingehalten, und i hätt auch nie mitkriegt, dass sie ihn irgendwie bedrängt hätt. Die Mutter hat
des it mal im Ansatz gmerkt. Ma hat schon geredet im Dorf,
was die ›Gstudierte‹ da jetzt wieder tut. Ob sie s' aus Wien
rausgschmissen hätten. Was weiß i. I glaub it, dass die Veva so
beliebt isch. Die Leut empfinden des, glaub i, als undankbar,
wenn ma weggeht, und erst recht als Unverschämtheit, wenn
ma dann wieder zurückkommen will. I kann's kaum erwarten,
wann i auch endlich weg bin, da. Aber dann für immer.«

»Also das Ganze ist jetzt über zwei Jahre her?«, ließ er sich
durch ihr Nicken bestätigen. »Und das hat sonst niemand gewusst?«

»Nur der Mario halt, aber nicht, dass es die Veva war, mit
der der Papa was gehabt hat. I hab ihm eben a Erklärung ge-
schuldet, nachdem ihm ja die Mutter die Hölle heißgmacht
hat. Seitdem glaubt er mir wenigstens, wenn i sag, mei Alte
isch total irre.«

Auf einen Schlag versteinerte sich die Haltung des Mädchens wieder, und sie sträubte sich, dass es aussah wie ein Tier,
wie es schnellstens das Weite suchen will.

»Du verlogene kleine Krot!«, schrie Annelies Weiler plötzlich durch den Raum.

Sie hatte sich mit Vogelspiel nicht abspeisen lassen wollen
und den Moment ausgenutzt, in dem er einen allergiebeding-
ten Niesanfall bekommen hatte, um draußen nach Hayek zu
verlangen. Der letzte Satz von Julia Weiler hatte genügend
Zunder enthalten, um sie zur Explosion zu bringen. Annelies
Weiler, Obfrau des Familienkirchenvereines, Gemeinderätin
und beste Marmorkuchenbäckerin der kleinen Ortschaft, begann, unter den hilflosen Augen von Garer, Vogelspiel und
Hayek in der Polizeiinspektion zu randalieren. Sie schlug um
sich wie Riesenechsen in einem Katastrophenfilm.

»I sag's doch: irre«, konstatierte das Mädchen.

50

An eine Einvernahme war nicht mehr zu denken. Ganz im Gegenteil, man war froh, als zwei von der Freiwilligenrettung und der Dorfarzt kamen, um die völlig aus der Haut gefahrene Frau Weiler mitzunehmen. Im Grunde auch nicht nötig. Hayek war mit Hilfe von Juli Weiler ein gutes Stück weiter. Natürlich wollte er sofort Wolf sprechen. Wie Schuppen fiel es ihm von den Augen, dass sie ihm die ganze Zeit etwas verheimlicht hatte. Sie hatte es geschafft, Hayeks Gespür für Menschen an der Nase herumzuführen. Jetzt wusste er, dass sie ihm die ganze Zeit undurchsichtig und unberechenbar vorgekommen war. Deswegen auch sein Anflug von Schwärmerei. Er fühlte sich belogen, und Zorn stieg in ihm auf.

Annelies Weiler hatte saubere Arbeit geleistet: Sämtliche PC-Bildschirme lagen mit Sprüngen auf dem Boden. Sie hatte einfach die Schreibtische mit langen Armen abgeräumt. Die von Garer zunächst noch fein säuberlich eingeräumten Kaffeetassen hatte sie durch die Fensterscheiben geworfen und mit den Fäusten auf Hayek eingeschlagen, bis er sie mit sanfter Gewalt hatte überwältigen können. Schon wieder war es eine seiner Hosen, die daran hatte glauben müssen, weil er in die Erde einer zuvor umgestoßenen Kübelpflanze gekniet hatte.

Vogelspiel hätte Annelies Weiler besser im Auge behalten sollen, warf Hayek ihm vor. Es sei äußerst ungeschickt gewesen, dass sie in Hayeks Befragung geplatzt sei und auf diese Weise erfahren musste, dass ihr ermordeter Ehemann eine außereheliche Beziehung unterhalten und ihre Tochter sie deswegen jahrelang angelogen hatte. So richtig verdenken könne man ihr nicht, dass sie darüber die Wut packte.

»Liegen lassen!«, schrie Hayek Garer an, der dabei war, die Trümmer nach Annelies Weilers Ausraster auf einen Haufen zu kehren. »Mitkommen!«

Vogelspiel wusste nicht, ob es auch ihm gegolten hatte. Zur Sicherheit wich er ihm nicht von der Seite. Der Oberst bestand darauf, zu fahren. Er ließ einen Großteil seiner Wut auf der knapp zwanzig Kilometer langen Strecke in den nächstgrößeren Ort zu Wolfs Kanzlei liegen. Zu dritt rasten sie einen Pass hinunter, auf dem Garer sich selten dem Zerschellen an der Felswand oder einem Absturz so nahe gefühlt hatte. Immerhin wusste doch jeder, dass ein Wiener keinen Pass fahren konnte.

Am Ziel angekommen fanden sie sich dann vor verschlossenen Türen. Trotz der ausgewiesenen Öffnungszeiten war das Büro bereits verlassen. Unter der ausgehängten Telefonnummer meldete sich lediglich die Bandansage. Auch zu Hause oder auf ihrem Handy war Wolf nicht erreichbar.

51

Vor dem Restaurant mit der Tischreservierung auf Weiss hatten sie in Leons weißem Audi verharrt. Es war alles aus Wolf herausgebrochen. Sie sprach von Schuld und von dem verbotenen Schmerz. Leon hörte schweigsam zu, als sie ihm ausführlich erzählte, wie das mit ihr und Alexander seinen Lauf genommen hatte. Er zeigte sich sehr verständnisvoll und berührte sie tröstlich an der Schulter. Aus dem Seitenfach in der Tür kramte er parfümierte Taschentücher heraus und reichte ihr eines nach dem anderem. Wolfs Ausbruch dauerte aber auch nur so lange wie ihre Erzählung. Nachdem das Geständnis raus war, beruhigte sich ihr Gemüt, und ihre Stimme gewann die gewohnte Festigkeit zurück. Nur noch die roten Augen zeugten von den Emotionen. Sie beschlossen, noch eine Weile im Auto sitzen zu bleiben, um sicherzugehen, dass es ihr gut ging. Das passte Wolf ganz gut. Sie hätte jetzt nicht einfach etwas essen gehen können.

Leon hatte den Eindruck, dass er ihr weiterhelfen könnte, wenn er auch ihr ein intimes Detail über seine Scheidung erzählte. Damit hatte er eine Art Gleichgewicht schaffen wollen. »Meine Ex-Frau«, begann er mit sanfter Stimme, »war kein ›Partygirl‹, wie ich letztens noch scherzhaft gesagt habe. Eigentlich war sie mehr darauf aus, ein sesshaftes Leben zu führen, als ich. Wir hatten dieses schöne große Haus, in einem Vorort von Köln. Du weißt schon, dunkle Böden, hohe Räume, runde Fenster, was man jetzt ebenso hat. Und wir wollten Kinder. Nur funktionierte es nicht auf Anhieb. Je länger es dauerte, umso weniger freute mich der Gedanke, Vater zu sein. Ich glaube, ich kann Kinder nicht einmal leiden. Außerdem ist es wohl die größte Gottspielerei neben dem Nehmen von Leben, es zu vergeben. Halte mich nicht für verrückt, aber hat uns wer gefragt, ob wir uns das alles antun wollen?« Er klang wohlüberlegt und nicht theatralisch.

Sich ihm anzuvertrauen hatte ihr gutgetan. Sie hatte sich lange nicht so erleichtert und aufgehoben gefühlt. Da war aber noch etwas, das sie fast dreißig Jahre lang für sich behalten hatte. Sie fragte sich, wie gut sie sich wohl fühlen würde, wenn sie auch diese Geschichte offenbaren würde. Mit ihrem ersten Geständnis war ein Damm gebrochen und hatte eine Welle der Befreiung losgelassen, von der sie nun mehr und mehr wollte.

»Du, Leon. Da gibt's noch etwas. Das trage ich jetzt auch schon viele, viele Jahre mit mir herum, und ich weiß nicht, ob es wichtig oder nur die wirren Gedanken eins kleinen Mädchens sind, aber ich habe in letzter Zeit so viel nachgedacht über … und vielleicht solltest du es wissen.«

»Na, jetzt bin ich aber gespannt, meine Liebe!«, rief er überrascht aus, während Wolf mit Fingern an einem kurzen Faden am Sitz zupfte.

»Ich war's, die deinen Vater vor allen anderen gefunden hat. Damals. Die Suche war da noch nicht mal losgegangen, glaub ich. Ich hab das nie jemandem erzählt und kann dir jetzt auch nicht mehr sagen, warum. Es hatte sich so verboten angefühlt. An diesem Tag bin ich mit unserem Hund spazieren gegangen, und dann lag er eben da. Ich hab ihn auch nicht gleich erkannt«, beichtete sie mit zarter Stimme. »Du sollst wissen, dass es mir leidtut, dass ich nicht eher was gesagt hab, dann wäre die Ungewissheit für dich und deine Mutter nicht so groß gewesen.«

Leon Weiss blieb ruhig. Er wollte tröstlich nach ihrer Hand greifen, die sie aber sanft wegzog.

»Es war nicht so, als ob ich allein dort gewesen wäre«, meinte sie, während längst verschollen vermutete Details in ihrem Kopf wiederauftauchten. Dabei schien sie selbst verwundert darüber zu sein, dass dieses Wissen in ihr schlummerte. »Ich hab mich gefragt, wo der Mensch wohl hergekommen sein mag, und als ich die Wand hochgeschaut hab, waren da die vier Burschen, die von oben auf mich heruntergeschaut haben.« In diesem Augenblick schoss ihr plötzlich durch den Kopf, warum sie dies beinahe dreißig Jahre lang immer für sich behalten hatte. »Ich schwör, mir stechen dir die Augen aus, und dann bringen mir di um, wenn du das jemandem sagsch«, hallte die Drohung des sechzehnjährigen halb blinden Robert Kraninger in ihrem Kopf wie Donnergrollen nach. Und weiß Gott wie einschüchternd mussten diese Worte von einem Jungen klingen, dem ja schon ein Auge fehlte.

»Echt, mir bringen di um!«, bekräftigte auch ein kindlicher Pepi Zeilinger, und neben ihm tauchte in ihrer Erinnerung das bleiche Gesicht eines Burschen auf, den sie als Erwachsenen lieben lernen sollte.

52

Die Nachwehen persönlicher Enttäuschung und der salzige Geschmack unverrichteter Dinge raubten Hayek in dieser Nacht den Schlaf. Er fragte sich, was Wolfs Schweigen zu ihrem Verhältnis mit dem zweiten Opfer zu bedeuten hatte. Es war ihm so wichtig gewesen, das von ihr zu erfahren, dass er sogar einen Wagen vor ihrem Haus hatte postieren lassen, um sofort informiert zu sein, wenn sie nach Hause kommen würde. Ein weiterer Wagen, allerdings mehr zum Schutz als zur Überwachung, wurde vor Marianne Kraningers und dem Haus der Weilers postiert. Man konnte nicht mit Gewissheit davon ausgehen, dass sie keiner Gefahr ausgesetzt waren, auch wenn es unter den Opfern bislang nur Männer gab. Keinem lag daran, dass sich dies ändern sollte.

Was zählte, war die Vervollständigung des Motivmosaiks. Jedes Stückchen ließ mehr und mehr einen Rückschluss auf einen Täter zu. Und im Moment deutete alles darauf hin, dass es sich um die stellvertretende Rache für gehörnte Ehegatten handeln musste. Der Kreis war enger geworden, nachdem die Weiler-Wolf-Affäre ein recht gut behütetes Geheimnis gewesen war, ganz im Gegensatz zur Beziehung Kraninger-Zeilinger. Es kam nun also darauf an, wer davon überhaupt gewusst hatte. In dieser Hinsicht brauchten sie zunächst die Aussage von Wolf. Diesmal würde Hayek nach allen Regeln der Kunst dienstlich werden. Er kam nicht umhin, sich eingestehen zu müssen, dass er gekränkt war, dass sie es ihm nicht erzählt hatte. Diese Art der Kränkung war unprofessionell, aber was sollte er machen? Sie hatte ihm gefallen. Er hatte Vertrauen zu ihr gefasst, als wäre sie die Einzige gewesen, die wirklich Auskunft über diesen Ort geben konnte.

Es war nun aber so weit, dass man die Öffentlichkeit umfassend informieren musste, da sich betrügerische Ehegatten nach derzeitigem Stand der Ermittlungen in unmittelbarer

Gefahr befanden. Man durfte gespannt sein, was für Wellen dies schlagen würde. Pressesprecher Stefan Stinner war gleich für morgen Vormittag angekündigt. Seit Tagen hatte man ihn immer auf dem neuesten Stand gehalten. Nun war ein öffentliches Statement unausweichlich geworden.

Hayek wühlte sich aus dem Bett. Er schwitzte, und er öffnete weit die Balkontür, durch die ein schneidender Wind für sofortige Kühlung sorgte. Er machte sich eine Dose Bier auf, die er schon eine Weile in seinem Koffer herumtrug. Das Bier war wärmer als die Nachtluft. Es wärmte immerhin seine im Wind auskühlende Hand, während er sich noch eine Zigarette anrauchte. Der ausgeblasene Rauch war gut zu sehen und mäanderte unter der Führung des eisigen Bergwindes in der Luft.

Er dachte auch an Julia Weiler. Sie tat ihm leid. Das Verhältnis zwischen Eltern und ihren Kindern war ein so verletzliches. Das Band aber ein so starkes, das zu zerreißen immer bedeutete, sich selbst einen großen Teil abzureißen. Manchmal waren Beziehungen so grundlegend zerrüttet, dass keine Zuneigung der Welt sie kitten konnte. Das spürte er zwischen Julia und Annelies Weiler. Der Tod des Vaters und das verheimlichte Wissen um dessen Liebelei dürften nun endgültig einen Keil zwischen beide getrieben haben. Nicht einmal die gemeinsame Trauer sollte sie verbinden können, litt doch die eine den unaussprechlichen Verlust und musste die andere zunächst über den Verrat hinwegkommen. Während Hayek im Rahmen der Balkontür stand und den Boden zu seinen bloßen Füßen immer kälter werden fühlte, war er erleichtert, keine Kinder in diese Welt gesetzt zu haben.

Ein Schaudern durchfuhr ihn, und er wusste nicht, ob es die nächtliche Kühle war oder ein ungutes Gefühl. Was mochte es zu bedeuten haben, dass Wolf plötzlich unauffindbar war? Ihm dämmerte, dass das kein gutes Zeichen war.

53

Am nächsten Morgen trat ein hochgewachsener, braun ge-
brannter Mann mit breitem weißen Lächeln und zurückfri-
sierten Haaren in die Inspektion. Stefan Stinner wurde sofort
von Vogelspiel begrüßt, der schon geraume Zeit mit einigem
Papierkram zugange gewesen war. Der junge Beamte war sehr
darauf bedacht, Stinner mit gehöriger Freundlichkeit zu emp-
fangen, zählte er doch zu den wenigen Menschen, die Hayek
seine Freunde nannte. Stinner kannte Vogelspiel von einigen
Voreinsätzen und sah in ihm eine Art Assistent von Hayek.
Er ließ sich ein Glas Wasser reichen.

»Der Chef?«, fragte Stinner, und Vogelspiel deutete auf die
geschlossene Tür zum Vernehmungszimmer, in dem Hayek
sich gerade daran machte, den neuesten Bericht der Spurensicherung zu sichten.

Dabei wurde er aber durch Stinners Eintreten unterbrochen, ohne weit gekommen zu sein. Vogelspiel wartete noch
die laute, aber äußerst freudige Begrüßung zwischen den beiden alten Freunden ab und machte sich dann wieder an seine
Schreibtischarbeit.

Hayek und Stinner hatten gemeinsam die Ausbildung ab-
solviert, diese und natürlich einige andere verzwickte Einsätze bewältigt. Aber in der Folge kristallisierte sich heraus,
dass Stinner besser mit Worten umgehen konnte und Hayek
besser mit Toten. So hatte jeder seine Karriere gemacht. Der
eine beim Ermittlungsdienst und der andere als Pressesprecher. Stinner ließ es sich nicht nehmen, Hayek den großen
Vorzug seiner Arbeitszeiten unter die Nase zu reiben. Aber
das war nicht das Einzige, was Hayek seinem Freund neiden
musste. Stefan war schlicht ein besserer Mensch. Hayek sah
in ihm einen unverbesserlichen Philanthropen. Er beherrschte
es stets, freundlich und zuvorkommend zu Menschen zu sein,
deren bloße Präsenz Hayek bereits als Beleidigung seines In-

tellekts ansah. Und das schlug sich eins zu eins auch auf sein Erscheinungsbild nieder. Die hellen freundlichen Züge und das gute Aussehen machten aus ihm den Traumschwiegersohn so mancher Mutter. Und so gut Stefan Stinner auch bei den Frauen ankam, so war er doch seit fünfundzwanzig Jahren mit der Frau verheiratet, die Hayek als Polizeischüler einen Korb erteilt hatte. Vanessa Stinner war ebenso wie ihr Mann eine riesige Portion attraktiv verpackter Herzensgüte. So amüsiert, wie Hayek bei gemeinsamem Aufeinandertreffen immer wieder die Geschichte davon erzählte, wie Vanessa ihn abgewiesen hatte, so sehr nagte es doch noch in seinem Innersten an ihm. Es hatte der Freundschaft zwischen den beiden Männern nie Abbruch getan. Nur wenn er Stefans vier Kinder zu sehen bekam und in ihrer Gestik die Züge ihrer Mutter durchschimmerten, verspürte er eine eigenartige Wehmut. Wohlan vermisste er etwas, das er nie gehabt hatte.

»Du hast dir Zeit gelassen, schöner Steve!«, kritisierte Hayek und klopfte Stinner auf die Schulter.

»Der Verkehr ist die Hölle«, gab sich Stinner schmissig. Seine Augen schweiften durch den Raum und betrachteten die Aussicht aus dem mit Sonnenblenden verkleideten Fenster. »Scheißsache hier, mein Freund«, stellte er dann beinahe beiläufig fest.

»Wem sagst du das. Eine ziemliche Sauerei.«

»Ich bin mit den vorläufigen Ermittlungsergebnissen vertraut, aber das ändert nichts daran, dass das so nicht an die Öffentlichkeit kann.«

»Wir dürfen nicht vergessen, dass die Zeugen so gut wie alles gesehen haben. Es gibt eigentlich nichts, was wir zurückhalten könnten«, meinte Hayek.

»Das wird nicht nur national für einen fürchterlichen Aufschrei sorgen.« Stinner schürzte die Lippen.

»Da sind wir uns einig.« Hayek erhob sich wieder. »Mir ist nach Kaffee, was ist mit dir?«

»Du weißt, ich trinke keinen.«

»Ach ja, du willst ja ewig leben«, sagte Hayek und dachte

sich, dass es mit einer Frau, wie Stinner sie hatte, wohl seine Berechtigung fand.

Er ging zur Tür und öffnete sie gerade so weit, dass er Vogelspiel anschaffen konnte, ihm Kaffee zu kochen. Das mochte zwar nicht zu Vogelspiels Arbeitsplatzbeschreibung gehören, aber bereitwillig begann er, eine Tasse für seinen Vorgesetzten vorzubereiten. Er wusste ja, dass Stinner keinen trank. Vogelspiel servierte und wurde angehalten, als er den Raum wieder verlassen wollte.

»Was unseren Yogi anbelangt, gibt es was Neues«, wandte sich Hayek an beide. »Es steht außer Zweifel, dass der Kanister und das Tau des Anglers dazu verwendet worden waren, den Weiler zu versenken. Man fand Fasern seiner Kleidung an einem Ende des Taus. Beim übrigen Spurenmaterial hinsichtlich DNA musste uns Fritsch noch eine Weile vertrösten. Fingerabdrücke dürfen wir uns wegen der Auffindesituation im Wasser keine erwarten. Was ich aber am bedeutsamsten finde, ist, dass sich laut Fritsch an dem sichergestellten Etikettenfaden so etwas wie Neopren befand.« Er ließ sich in den Schreibtischsessel fallen und blätterte aus den Papieren die entsprechende Seite aus Fritschs Bericht auf. Mehr sagte Hayek nicht.

Bei Stinner wartete er vergebens auf einen Aha-Effekt. Hingegen war bei Vogelspiel der Groschen gefallen. Manchmal erfüllte Hayek das schnelle Auffassungsvermögen von Vogelspiel nicht wenig mit Stolz. Immerhin hatte ihn Hayek selbst auserwählt, seine rechte Hand zu werden. Stinner blickte den jungen Kollegen etwas verblüfft an, als dieser eine Art Dehnübung präsentierte, nur dass es dabei eher so aussah, als wollte er sich sein Hemd ausziehen.

Mario Baldwein hatte beobachtet, wie der Täter sich am Ufer des Sees aus einem kurzärmeligen Neoprenanzug geschält hatte, und konnte somit den Beamten, wenn auch nur in Grundzügen, eine Personenbeschreibung liefern: groß, kräftig, mit hellem Haupt, und der Kerl verstand sich wohl aufs Tauchen.

54

Einige Telefonate später war im Bezirkspolizeikommando Reutte ein Pressetermin für denselben Tag anberaumt worden. Das lag zwar zwanzig Kilometer entfernt, aber die dortigen Räumlichkeiten boten mehr Platz für die erwartete Vielzahl an Journalisten. Man brauchte Stinner nicht zu sagen, wie er seinen Job zu machen hatte. Hayek verließ sich voll und ganz auf ihn und sah daher auch keine Veranlassung, persönlich vor Ort sein zu müssen, wenn die Reporterfragen auf ihn einschlagen würden. Über Hartl war der informelle Kanal unter den Dorfbewohnern bespielt worden, dass sich Personen, die außerehelichen Techtelmechteln nachgingen, zu ihrem eigenen Schutz melden sollten. Kein einziger Hinweis sollte auf diesem Weg eingehen.

Hayek nutzte dennoch die Gelegenheit, um es nochmals im Büro von Wolf zu versuchen. Dort traf er lediglich eine uninformierte, aber nicht wenig besorgte Sekretärin an.

»Bis heute Abend hätt ich gwartet. Dann hätt i die Frau Chefin als vermisst gemeldet«, versicherte sie. »Es kann ja viel dazwischenkommen, aber dass sie einen ganzen Tag trotz Terminen nicht erreichbar ist, muss einen sehr stutzig machen. Egal, wo ich's versuch, sie hebt nirgends ab, und ihr Handy ist ausgeschaltet.« Das Mädchen machte sich ernstlich Sorgen.

»Wann haben Sie sie zuletzt gesehen?«, fragte Hayek, dem die Angelegenheit auch Kopfzerbrechen zu bereiten begann. Der Wagen vor ihrem Haus war in den Morgenstunden ohne Meldung ihrer Rückkehr abgezogen worden. Jetzt war sie nicht zur Arbeit erschienen.

»Na, gestern Nachmittag. Sie hat spontan einen privaten Termin eingetragen, um … warten S' … ja, da im Kalender steht's, fünfzehn Uhr. Ich hab dann gfragt, ob ich auch früher gehen kann. Das Wetter war ja schön, und jetzt im Sommer ist ja auch nicht allzu viel los.« Sie machte den Eindruck, sich für ihren früheren Feierabend rechtfertigen zu wollen.

»Und wissen S', mit wem?«

»Na, sie trägt für gewöhnlich nur ›privat‹ ein. Sehen S' selbst.«

»Hat die Frau Wolf sonst jemanden, mit dem sie sich regelmäßig trifft? Einen Freund vielleicht? Oder ein Lieblingsrestaurant?«

Die junge Sekretärin war überfragt. »In letzter Zeit war sie sehr in sich gekehrt. Da hat sie kaum mit mir geplaudert. Ich hab halt gemeint, das sei wegen dem, was da im Ort oben passiert, und hab nicht näher nachgebohrt. Sie glauben jetzt aber nicht, dass das etwas damit zu tun hat?«

Um keine unnötigen Pferde scheu zu machen, log er. »Nein, das glaube ich nicht. Wir hätten nur ein paar Fragen gehabt. Das ist alles. Bitte richten Sie ihr aus, sie möge mich anrufen. Hayek. Sie hat meine Nummer.«

Er glaubte nicht, dass er die Sekretärin erfolgreich belügen und damit beruhigen hatte können. Aber das war ohnehin zweitrangig. Er verständigte Vogelspiel und ließ eine Personensuche einleiten. Es stand ernstlich zu befürchten, dass sie bald ein erstes weibliches Opfer zu beklagen haben würden.

55

Erschöpft von der letzten anspruchsvollen Kundin klappte er den Tisch zusammen. Die Scharniere quietschten dabei. Ihr Hund, ein Mischling aus Yorkshireterrier und Satansbraten, war ein hibbeliges Vieh. Ständig war er herumgefahren und hatte zähnefletschend jede filigrane Schneidarbeit ins Ewige hinausgezögert. Er war auch bei Weitem nicht zufrieden gewesen, als er ihn vom Tisch hatte. Aber das Fell war immerhin ohne größere Löcher zurückgeschnitten. Jetzt freute er sich auf einen guten Film und seine gemütliche Couch. Er verstaute den Tisch auf der Ladefläche seines Kleinbusses.

Der Stoß kam vollkommen unerwartet und war so kräftig, dass er ihn zur Gänze in das Fahrzeug bugsierte. Er kam auf dem Bauch zu liegen, und ehe er ausschließen konnte, von einer Straßenbahn angefahren worden zu sein, spürte er, wie ein Knie ihn am Boden fixierte und seine Hände hinter seinem Rücken verzurrt wurden. Ihm blieb keine Zeit zu fragen, im nächsten Moment hatte er schon den Knebel im Mund. Die Türen des Busses wurden zugeschlagen, und er war allein auf der Ladefläche, als sich der Wagen in Bewegung setzte. Er schien willkürlich im Kreis zu fahren, mal links, mal rechts abzubiegen. Zwischendurch abruptes Bremsen. Anfahren. Er rollte haltlos auf den umgefallenen Shampoo-Packungen herum und stieß sich den Kopf an der Hundewanne. Von verwöhnten Hunden verschmähte Leckerli rollten aus den Fugen in sein Gesicht. Das Zeug roch widerlich. Dann atmete er auch noch Hundehaare ein und versuchte, sie durch den Knebel prustend aus seinen Atemwegen zu bekommen. Er war nicht mehr dazu gekommen, den Tisch ordnungsgemäß zu befestigen, so fiel dieser von Kurve zu Kurve mal auf die eine, mal auf die andere Seite. Die Fenster lagen zu hoch, als dass er vom Boden hätte hinaussehen können. Ohne zu wissen, was das Ziel dieser Entführung war, beschlich ihn die Ahnung, dass heute der Tag gekommen war, an dem zu begleichen war, wessen er sich als Junge schuldig gemacht hatte. Neben der schrecklichen Ungewissheit, die ihm den Atem abschnürte, stellte sich eine gewisse Erleichterung ein, dass ihn das Schicksal endlich gefunden hatte, dass er nicht länger in Angst leben musste. Dass es endlich so weit war.

Der Bus hielt so unvermittelt an, wie er losgefahren war. Die Dämmerung hatte eingesetzt. Er konnte das Geräusch tieffliegender Flugzeuge hören. Sie waren allem Anschein nach in der Nähe des Flughafens. Die Fahrertür ging auf, und nur wenige Augenblicke später wurden auch die Hecktüren zu beiden Seiten hin aufgerissen.

»Ich fliege gern«, sagte der Mann. Er hatte riesige braune Augen und eine Glatze.

Christian Maierleb wusste, wer er war, ohne ihn zu erkennen.

»Ja, ich fliege gern«, sagte der Mann immer wieder. Er zog die Türen hinter sich zu, nachdem er ebenfalls auf die Ladefläche gestiegen war. »Ja, lassen wir ihn fliegen!«

Von draußen ertönte das Durchzünden von Triebwerken.

»Flieg nicht zu hoch, mein kleiner Freund.«

56

An einem Tisch mit Namensschild, gespickt mit Mikrofonen, die in ihrer Farbenfröhlichkeit von Weitem wie Blumensträuße von Bewunderern anmuteten, sprach Stefan Stinner zu einem vollen Raum von Journalisten, die trotz der kurzfristigen Einberufung weit über die Landesgrenzen hin angereist waren.

»… Wir kommen nach aussagekräftigen Ergebnissen nicht umhin, die beiden Todesfälle in dem Urlauberort als Morde zu behandeln. Die Ermittlungen laufen auf Hochtouren, und erste Hinweise verdichten sich gerade zu einer möglichen Spur. Was wir im Moment – ohne die weiteren Ermittlungen zu gefährden – mitteilen können, ist, dass beide Opfer unter Anwendung roher Gewalt ums Leben kamen. Dem Opfer Josef Z. wurde mit einem Schlachtschussapparat eine letale Kopfverletzung zugefügt. Weiter wurde ihm sodann post mortem der Kopf vom Körper abgetrennt, der Körper in einiger Entfernung in einem sumpfigen Wasserloch versenkt. Das Opfer Alexander W. wurde mit Gewalt unter Wasser gedrückt, bis der Tod schließlich durch Ertrinken eintrat, und in weiterer Folge wurde der Leichnam verstümmelt. Es ist davon auszugehen, dass die Taten in engem Zusammenhang mit einem Rache- und Hassmotiv stehen. Zentral geht es dabei wohl um einen Täter, der es auf Personen abgesehen hat, die an außerehelichen Beziehungen beteiligt waren …«

Mit stoischer Ruhe nahm der schöne Steve dann die sich überschlagenden Fragen der Reporter entgegen. Hinsichtlich der Brandstiftung am Gemeindehaus vermochte Stinner aufzuklären, dass diese Tat in keinem Zusammenhang mit den Todesfällen stehe und es dabei um eine auf unterschiedlichen Ideologien beruhende Feindschaft gegangen sei.

Wie er sagen könne, dass dies in keinem Zusammenhang stehe, sehe es doch eindeutig danach aus, als würde jemand in tierschützerischer Manie mit Menschen genauso verfahren wie mit Schlachtvieh oder Speisefischen, und sei doch das Opfer der Brandstiftung eindeutig einer entsprechenden Organisation zuzuordnen?

Stinner betonte neuerlich, dass keine Verbindung zwischen dem namentlich nicht genannten Kopf der Tierschützer und den anderen Verbrechen hergestellt werden könne. Man gehe vielmehr von persönlichen Motiven aus.

Müsse man annehmen, dass die Öffentlichkeit von Fremdenverkehrschef Severin Fuchsberger gezielt und mit Wissen der Polizei an der Nase herumgeführt worden war, um den Tourismus vor Nächtigungseinbrüchen zu bewahren?

Severin Fuchsberger sei zu keiner Zeit in die Ermittlungen einbezogen gewesen und verfüge über keinerlei Einblick in den Ergebnisstand. Es stehe ihm natürlich jederzeit frei, in einem Land wie Österreich seine Meinung zum Geschehen zu äußern.

»Ich darf an dieser Stelle nochmals betonen, dass weitere Personen, die entsprechende Beziehungen als Verheiratete oder zu anderen verheirateten Personen unterhielten, unter Umständen in Gefahr schweben und sich deswegen umgehend an die Polizei wenden sollten.«

»Hier hinten!«, rief eine aufgebrachte Stimme vom hintersten Winkel des Raumes. Keine Geringere als die Reportermaus, die Hayek schon einmal in Misskredit gebracht hatte. »Uns ist zu Ohren gekommen, dass derzeit nach einer weiblichen Person Ende dreißig gefahndet wird. Ist es möglich, dass es sich vielleicht um eine weibliche Täterin handeln könnte?«, fragte sie eindringlich.

Hayek, der die Pressekonferenz aus dem Nebenzimmer mitverfolgte, in das er eben erst hineingestolpert war, zeigte sich genervt, dass diese Information sich schon verbreitet hatte. Stinner antwortete souverän wie immer, wenn es ihn eiskalt erwischte, dass derzeit nach keinem möglichen Täter und auch keiner möglichen Täterin gefahndet wurde. Man suche lediglich eine Einheimische, von der man sich sachdienliche Hinweise erwarte. In Anbetracht der Urlaubszeit müsse man derzeit davon ausgehen, dass die Frau lediglich verreist sei. Damit beendete er die Pressekonferenz und rief in einem letzten Appell dazu auf, die Angehörigen in ihrer Trauerarbeit nicht mit Interviewanfragen zu belästigen.

»Sie ist wirklich verschwunden?«, fragte Stinner und stürzte eine Flasche Mineralwasser hinunter.

Auch wenn es noch so leicht und selbstverständlich aussah, wie er sich der Journalistenhorde stellte, durfte nicht vergessen werden, welche Konzentration dazu gehörte. Ein falsches Wort, und das ganze Ressort bis hinauf zum Minister würde durch den medialen Reißwolf gedreht.

»Nicht nach Hause gekommen und auch nicht zur Arbeit erschienen. Letztes Lebenszeichen vor vierundzwanzig Stunden«, schüttelte Hayek den Kopf. »Du hast die Kurve gut gekriegt mit der Reise. Tut mir leid, dass das so gelaufen ist. Keine Ahnung, woher die das so schnell hatten«, entschuldigte er sich und rauchte sich schon die zweite Zigarette in Folge an.

Stinner bemerkte den Druck, unter dem Hayek nun stand. In Kürze würden sie unweigerlich ein drittes Opfer zu beklagen haben, und kein anderer als sein Freund müsste seinen Kopf dafür hinhalten. Stinner hatte dennoch mehr Bewunderung als Mitleid für seinen Freund übrig. Nicht jeder schaffte es, diesem Druck standzuhalten.

»Zumindest weiß die Allgemeinheit jetzt Bescheid. Vielleicht hat sie jemand gesehen und meldet sich bald.« Bei Stefan Stinners Worten handelte es sich um eine Spende Trost, die nichts mit Wahrscheinlichkeiten zu tun hatte.

Hayek wusste um den Zweck der Worte und war seinem Freund dankbar. Sie vermochten ihn aber nicht zu beruhigen. Sein Herz schlug bis zum Hals, und seine Nervosität sollte ihm fortan keinen ruhigen Moment mehr lassen. Dieser Täter machte keine Gefangenen. Er ging gezielt und effizient vor. Dazu verschaffte er sich genau Kenntnis von den Tagesabläufen seiner Opfer. Der Kerl überließ nichts dem Zufall und ging keine Risiken ein, indem er Spuren hinterließ oder die Opfer längere Zeit irgendwo festhielt.

»Warum bist du eigentlich so sicher, dass sie nicht auch hinter den Taten steckt?«, fragte Stefan auf einmal.

Hayek fühlte sich vor den Kopf gestoßen. Es war eine dieser Fragen, die Stinner stellte, um zu sehen, ob Hayek selbst eine Antwort darauf oder eine Ausrede dafür hatte.

»Weil sie kein Motiv hat, mein Freund.«

»Ach ja, und wenn dieser Weiler sie verschmäht hat, obwohl sie seinetwegen zurückgekehrt ist?«, bohrte Stinner weiter.

»Das ist zwei Jahre her, und es bleibt die Sache mit Opfer Nummer eins. Es gibt keinerlei Hinweise auf eine Verbindung.«

Stinner gab sich damit zufrieden, und beide starrten auf dem gefliesten Gang Löcher in die Luft. Während sie sich die Beine in den Bauch standen und Hayek trotz des Rauchverbotes und der eindringlichen Blicke der immer wieder vorbeikommenden Beamten den Inhalt der Zigarettenschachtel weiter dezimierte, stießen Vogelspiel und Garer zu den beiden hinzu. Sie hatten nichts Neues zu berichten, aber brachten immerhin neue Fragen mit.

»Die Art, wie die ersten beiden Morde begangen wurden, lässt sich immer wieder auf einen Aspekt im Leben der Opfer zurückführen, der einen Konnex zu Tieren aufweist: Rinder, Fische ... Wenn er die Wolf wirklich hat: Welcher Symbolik würde er sich in ihrem Fall bedienen?«, fragte Vogelspiel.

Die Blicke hefteten sich auf Garer, bei dem am meisten Bekanntschaft mit Wolf vorausgesetzt wurde. Garer, der mit einer sofortigen Antwort überfordert schien, fing etwas an zu stottern, als er davon erzählte, dass Wolf früher in der Volksschule wie auch die meisten anderen Mädchen eine Vorliebe für Pferde und Ponys gehabt hatte. Womit sie sich seither beschäftigt hatte, könne er nicht sagen.

»Was ist denn mit diesem Hund? Ein Lawinenhund?«, wollte Hayek wissen.

Garer schlug sich die Hand vor den Mund: »Na klar, wo ist der eigentlich? Jemand muss sich doch um ihn kümmern?«

»Ruhe bewahren, Garer, also, könnte da was dran sein? Was

sagen Sie?«, drängte Hayek, was Garer nicht helfen konnte, klar nachzudenken.

»Die Wolfs haben immer Hunde gehabt, die sie zu Suchhunden haben ausbilden lassen. Bis zum Hüftschaden vom Vater war der ja auch noch überaus aktiv bei Lawineneinsätzen und der Bergrettung. Die Wolf selbst aber nie. Vielleicht, weil man dort lange keine Frauen wollte.«

»Ich will, dass dem nachgegangen wird. Nehmen Sie sich ein paar Kollegen und überlegen Sie sich Szenarien. Außerdem will ich jeden Pferdezüchter, Reitstall, Kutschfahrer und jeden Hundezwinger vom Zwergpudel bis zum Schlittenhund in der Umgebung verständigt wissen. Sie sollen die Augen offen halten und vor allem zu Unregelmäßigkeiten befragt werden. Damit haben Sie alle gefälligst schon gestern angefangen«, ordnete Hayek mit gewohnter Inbrunst bei der Befehlsausgabe an. »Und Sie, Garer, Sie fahren zu der Wohnung, vergewissern sich, dass der Köter nicht verhungert, und verschaffen sich einen Überblick: Anzeichen für eine Abreise oder sonstige Hinweise, die uns helfen könnten, sie aufzuspüren. Los jetzt.« Allein nicht im Stillstand zu verharren nahm etwas Druck aus der Sache für Hayek, aber ohne weitere Hinweise hing er noch immer in der Luft.

»Jawohl, Herr Oberst!«

58

Nachdem Leon Weiss mitangehört hatte, was ihm Veva Wolf alles zu erzählen hatte, verspürte er einen tiefen Schmerz darüber, was dies nun für ihn bedeutete oder vielmehr für Wolf zu bedeuten hatte. Eine Handvoll Menschen hatten gewusst, was sich dort vor fast drei Jahrzehnten oben an der Weißen Wand, einem großen Felsabbruch am Rande des Ortes, zugetragen hatte. Und diese fünf Menschen würden niemals mehr Gelegenheit haben, davon zu berichten. Dafür hatte Leon Weiss weitestgehend gesorgt. Womit er nicht gerechnete hatte, war, dass es eine weitere Person gab, die dazu in der Lage war. Aber er sah es als Glück im Unglück an. Immerhin war er noch rechtzeitig dahintergekommen und konnte auch dieses Problem lösen, wenn es ihm auch leidtun sollte. Das Veverl war ihm als Junge lieb gewesen. Aber all seine Gefühle und Skrupel waren schon seit Jahren an die Kandare seiner Rachepläne gelegt. Er konnte nicht riskieren, mit Wolf am Leben früher oder später aufzufliegen, weil sie ihn durchaus mit Rachepläne an Zeilinger, Weiler und Maierleb in Verbindung bringen könnte.

Also sah er Wolf tief in die Augen, die ihn um Vergebung baten. Nur ein Unmensch hätte sie ihr verwehrt. Natürlich vergab er ihr dieses Versäumnis. Sie hatte doch nichts getan.

»Ach, Veverl«, sagte er tröstend. »du kannst nichts dafür. Sei unbesorgt, es ist so lange her und genauso lange vergeben und vergessen.«

Sein Arm legte sich um ihre Schulter, und die große Hand strich ihr einige Mal über ihr Haar. Er tröstete das kleine Mädchen, dem so eine Heidenangst eingejagt worden war, ehe er mit seiner Hand ihren Kopf fest umfasste und mit aller Kraft nach vorn gegen das Armaturenbrett schmetterte. Sie gab keinen Laut von sich, als er den Motor startete und langsam von dem Restaurant wegfuhr, wo die Reservierung gerade verfiel und ein anderes Paar den Tisch einnahm.

Veva Wolf fiel in einen Schlaf voller Erinnerungen, an die sie seit Jahren nicht mehr gedacht hatte. Es schien, als wären es verklärte Bilder von Momenten ihres Lebens, die nicht diese wegweisende Bedeutung zu haben schienen. Es waren einfach Augenblicke, in denen sie gelächelt oder geweint hatte, ohne dass sie für irgendeine Entscheidung relevant gewesen wären. Aufgemalte Katzenschnurrhaare. Eine Platzwunde am Kinn. Der Geschmack von Sand oder Anorakschnüren. Der Geruch von neuen Schulbüchern. Dieser Moment, wenn das Pferd unter einem vom Trab in den Galopp fiel. Die vielen kleinen Lichtblitze und Sterne, die man sah, wenn man die Augen ganz fest zupresste. Und darüber lag wie ein schwerer Schleier die Traurigkeit darüber, niemals zu diesen Momenten zurückkehren zu können. Der Schmerz darüber, für Empfindungen dieser Augenblicke taub geworden zu sein.

59

Noch als sie im Auto saßen, wurde Hayek ein Telefonat der Mordkommission München durchgestellt. Verdutzt über das unbekannte Anliegen der deutschen Kollegen nahm er das Gespräch an.

»Guten Tag, Herr Kollege!«, meldete sich eine aufgeschlossen freundliche Stimme, die einem Kommissar Seyböck gehören sollte.

»Ein seltenes Vergnügen«, bestätigte Hayek neutral.

»Es tut mir außerordentlich leid, Sie gerade in Ihrer sicher fordernden Arbeit zu stören, aber vielleicht können wir einander behilflich sein.«

»Dann schießen Sie direkt mal drauflos, Herr Kommissar!«, wollte sich Hayek nicht lange hinhalten lassen.

»Ich habe gerade Ihre Pressemeldung reinbekommen. Ein Täter, der Morde im Zusammenhang mit den Beschäftigungen der Opfer begeht. Nun ja, ich habe hier auch einen Fall, der unter Umständen dazu passen könnte. Außerdem haben meine Ermittlungen ergeben, dass das Opfer gebürtig aus der Region Ihrer aktuellen Tatorte stammt.«

Hayek horchte auf, und seine plötzlich versteinerte Haltung machte auf Vogelspiel einen vielversprechenden Eindruck.

»Wir haben vor drei Tagen das Opfer Christian Maierleb, neununddreißig, Hundefriseur und eben österreichischer Staatsbürger, ermordet in seinem Bus beim Flughafen aufgefunden. Er hatte auf der Ladefläche des als Hundesalon ausgestatteten Fahrzeuges gelegen. Es waren ihm alle Finger und Zehen mit einer Krallenzange, die zu den Werkzeugen von Maierleb gehörte, abgetrennt worden. Tödlich war letztlich die gravierende Verätzung seiner Luft- und Speiseröhre durch die erzwungene Aspiration einer Chemikalie, die verwendet wird, um Haare beziehungsweise Fell zu färben.«

Hayek war sich anhand des Vorgehens zwar schon sicher,

aber er fragte dennoch nach: »Und lassen Sie mich raten: keinerlei Täterspuren?«

»Nein. Nichts. Der Täter brauchte nichts mitzubringen. Er wusste genau, was ihm im Bus zur Verfügung stehen würde. Er hatte sich augenscheinlich einige Zeit mit dem Opfer und dem Bus vertraut gemacht. Eine derartige Organisation habe ich noch nie gesehen.«

Es war gut zu wissen, dass auch die Kollegen keine weiteren Tatortspuren gefunden hatten. Hayek sah sich und sein Team so auf jeden Fall nicht dem Vorwurf ungenauer Arbeit ausgesetzt.

»Ich werde natürlich ohne großartige Formalien die Übermittlung aller unserer Unterlagen und Berichte veranlassen. Hier ist meines Erachtens keine falsche Scheu geboten und eine möglichst unkomplizierte Zusammenarbeit vorzuziehen. Wir wissen, dass eine weitere Person vermisst wird, und wollen zu ihrer Auffindung alles beitragen, was wir können«, fuhr der deutsche Kommissar fort, und Hayek dankte für seine immense Mithilfe und versicherte ebenfalls, von seiner Seite alle notwendigen Informationen zur Verfügung zu stellen.

»Haben Sie und Ihr Team den allerbesten Dank! Vielleicht hilft es Ihnen, wenn wir Ihnen eine kurze Beschreibung der Person des Täters geben können. Einer unserer Zeugen glaubt, einen groß gewachsenen Mann mittlerer Statur mit hellen Haaren gesehen zu haben.«

»Da muss ich Sie korrigieren. Keine hellen Haare: eine Glatze«, berichtigte ihn Seyböck.

Sich an die Wortwahl »hell« von Mario Baldwein erinnernd, könnte auch eine Glatze zutreffend sein.

»Ja, das ist möglich, woher wissen Sie das so genau?«

Und dann sagte Seyböck etwas, was Hayek einen Stein vom Herzen fallen ließ und es ihm erlaubte, für einen Moment selig durchzuatmen.

»Wir haben ein Foto des Verdächtigen. Zwar keinen Namen dazu, aber ein Foto. Mit Gesicht, Statur und allem Drum und Dran.«

60

Seyböck hatte keine leeren Versprechungen gemacht. Als Hayek mit Garer und Vogelspiel den Posten betrat, lief der Drucker auf Hochtouren. Via E-Mail waren ganze Ordner voll Dateien mit Tatortfotos und allerlei Berichten der Spurensicherung und der Gerichtsmedizin eingetroffen. Er verdonnerte Vogelspiel und Garer, sie zu sichten, und erinnerte daran, auch den Hinweisen auf Zusammenhänge mit Reitställen und Hundezwingern nachzugehen. Weitere Beamte waren angefordert worden, um sämtliche Beteiligten nach der Identität des abgelichteten Mannes zu befragen.

Das Foto des Täters stammte aus einer Dashcam, die in einem parkenden Fahrzeug angebracht gewesen war, welches freie Sicht auf den Van des Opfers gehabt hatte. Obwohl es in Deutschland zwiespältige richterliche Entscheidungen hinsichtlich datenschutzrechtlicher Belange dieser Dashcams gab, die für eine umfassende Klärung der Schuldfrage bei Verkehrsunfällen sorgen sollten, hatte der Besitzer des brandneuen BMW ohne Zögern den Beamten die Kamera ausgehändigt, als er bei späterer Durchsicht auf die Szene gestoßen war. Auf dem Band war eindeutig und in hervorragender Auflösung zu erkennen, wie ein kräftiger Mann, mit fast einem Meter neunzig, Glatze, dunklen Augen und einem ebenmäßigen, aber fleischigen Gesicht, das Opfer überwältigte, indem er es mit einiger Kraft auf die Rückfläche seines Vans trat, selbst kurz darin verschwand, die Türen zuschlug und mit dem Fahrzeug wegfuhr.

Zudem wollte Hayek über die Identität des Opfers gebrieft werden. Hartl kam mit dem Führerscheinfoto des Opfers an und druckste herum wie ein Junge auf dem Schulhof.

»Na ja, der Christian. Isch sicher schon vor zwanzig Jahren weggezogen, und seitdem hat man ihn höchstens ein- oder zweimal zu Gesicht gekriegt. Glaub nicht, dass er hier ein gutes Leben ket hätt.«

Die Situation wurde so peinlich, dass Mantl beschloss, sich einzuschalten. Hayek hatte noch keinen Blick auf das Foto geworfen und hörte zunächst nur zu.

»Um das Offensichtliche auszusprechen: Wir sind immer alle davon ausgegangen, dass der Christian schwul sei. Man hat jahrelang getuschelt, als er einmal beim Krippenspiel kein Hirte, sondern ein Engel oder sogar die Maria hat spielen wollen«, sprach sie mit Wohlwollen in ihrer Stimme, um mit dem nächsten Satz schon fast böse zu werden. »Es ist eine Schande, dass so nette Menschen immer noch gnadenlos dem bösartigen Gerede von den Leuten ausgesetzt sind. Die Mannsbilder haben ihn gemieden, wo es gegangen ist, und die Weiberleit nichts von ihm zu erwarten gehabt. Ich glaub, dass der zum letzten Mal im Ort war, als der Kraninger beerdigt worden ist. Das waren Jugendfreunde gewesen.«

»Soll das jetzt bedeuten, dass jetzt auch Homophobie als Motiv in Frage kommt?«, stierte Hartl.

»Nein«, entgegnete Hayek und betrachtete das Bild, das er Mantl aus der Hand nahm. »Das soll bedeuten, dass wir die ganze Zeit ein totes Pferd geritten haben.«

Er hatte unlängst schon einmal eine Fotografie dieses bubenhaften Gesichtes gesehen. Darauf war dieser mit drei weiteren Personen abgebildet gewesen, die gemeinsam den Sarg vom Kraninger Robert getragen hatten. Und drei davon waren jetzt tot. Vier, wenn man den im Sarg mitzählte. Hayek verlangte sofortigen Personenschutz für den Hagleitner und die Telefonnummer des zuständigen Staatsanwaltes.

Dann hatte er keine Zeit mehr zu verlieren. Er schnappte sich Mantl und ließ sich zurück in die Stadt fahren. Mit dem Video wollte er erneut Wolfs Sekretärin befragen. Mit der Fotografie hatten sie auch eine Chance, Wolf noch rechtzeitig zu finden.

Während der Fahrt bekam er den verlangten Staatsanwalt an den Hörer. Er schien ihn beim Essen gestört zu haben. Jedenfalls sprach der Staatsanwalt die Grußworte mit vollem Mund. Hayek erklärte ihm seinen Verdacht, was den Tod von

Robert Kraninger anbelangte. Für ihn lag es auf der Hand, dass es sich beim Ableben Kraningers um keinen Unfall gehandelt hatte. Hayek begründete das mit dem letzten Opfer und der Fotografie von der Kraninger-Beerdigung.

»Ja, und da können S' ja gleich den halben Friedhof ausbuddeln, wenn's darum geht, dass Sie einen Sarg auf einem verschmierten Foto sehen«, blaffte der Staatsanwalt unwillig, Hayeks Ansinnen in irgendeiner Weise nachzukommen.

Hayek war schockiert über die Sturheit des Staatsanwaltes. Eine Exhumierung von Kraninger kam also nicht in Frage. Nachdem der schmatzende Staatsanwalt Hayek bitter abgewürgt hatte, verlangte er von dem aufgescheuchten Vogelspiel, die Obduktionsunterlagen vom Kraninger beizuschaffen. Mantl fühlte mit Vogelspiel, der sich für Hayek im Moment überschlagen musste.

In Reutte fanden sie Wolfs Kanzleiräume verschlossen vor. Mantl brauchte nicht lange, um die private Wohnadresse der Sekretärin herauszufinden. Sie befand sich ganz in der Nähe. So marschierten sie zwei Straßen weiter, um einen grün angestrichenen Neubaublock mit zehn Wohneinheiten zu betreten. Im Stiegenhaus roch es intensiv nach billigem Plastik, was von dem dort abgestellten Fuhrpark von Kinderfahrzeugen rührte. An der betreffenden Tür angekommen, läutete Hayek energisch.

»Frau Ritter!«, sagte er laut. »Oberst Hayek, Polizei, ich bitte dringendst, Sie zu sprechen.«

Das Klingeln verhallte in der Wohnung ungehört. Hinter den verschlossenen Türen fand sich kein Anzeichen, dass dennoch jemand zu Hause gewesen wäre. Eine Nachbarin, ebenfalls eine junge Frau, die die Tür nur einen Spaltbreit öffnete, um eine neugierige Katze daran zu hindern, in den Gang zu entwischen, gab ihnen den Rat, es im nahen Eiscafé zu versuchen. Die Beamten bedankten sich für den Tipp, und tatsächlich trafen sie nur wenig später auf Evelyn Ritter, die in sommerlichen Shorts ihre den ungewöhnlichen Umständen zu verdankende Freizeit genoss.

Hayek bat ihre beiden Begleiter, einen Mann mit einer übergroßen Schildkappe und eine blasse Frau in etwa dem gleichen Alter wie Ritter, für einen Moment einen anderen Platz einzunehmen. Eine verwirrte Ferialkellnerin wusste nicht, ob es sich geziemte, den Polizisten Getränke anzubieten, und tat so, als wären ihr die neuen Gäste nicht aufgefallen.

»Frau Ritter, darf ich Sie bitten, sich dieses Video anzusehen? Erkennen Sie den Mann eventuell?«, fragte Hayek und spielte ihr auf dem mitgebrachten Tablet-PC lediglich eine kurze Sequenz vor, in der Gesicht und Gang gut zu erkennen waren.

Evelyn Ritter nahm die Bitte nicht auf die leichte Schulter und konzentrierte sich, musste aber letzten Endes verneinen. Es tat ihr wirklich leid. Hayek fühlte sich erneut zurückgeworfen auf null. Am liebsten wäre er auf der Stelle aufgestanden und kommentarlos davongestampft. Mantl zeigte ihr den Videoausschnitt ein letztes Mal.

»Nageln Sie mich bitte nicht drauf fest. Aber so ein Auto«, sie zeigte auf einen neuen weißen Audi im linken hinteren Eck der Aufnahme, »ist mir jetzt zwei-, wenn nicht sogar schon dreimal vor der Kanzlei aufgefallen. Ich möchte mir nämlich ein neues kaufen und achte momentan verstärkt auf welche, die mir gefallen, vor allem weiße. Außerdem hatte das auch so ein deutsches K-Kennzeichen.«

»Wann war das?«, wurde Hayek wieder begierig.

»Das kann schon Mitte der Woche gewesen sein, als ich früher gegangen bin, einen oder zwei Tage davor auch schon. Aber da bin ich mir wirklich nicht mehr sicher.«

Hayek machte keine Umschweife, er gab ein kurzes, aber ernst gemeintes »Danke« von sich und suchte schon nach der Nummer von Kriminalkommissar Seyböck in seiner Anrufliste und bat ihn, den Halter eines Fahrzeuges mit Kölner Kennzeichen zu eruieren.

61

*Wochenlang hatten sie einander nicht mehr gesehen, und sie
gierte nach der Wärme seiner Umarmung und dem Geruch
seines Halses. Sie war die halbe Nacht durchgefahren. Aus den
Lautsprechern drangen die Sommerhits der letzten Jahre, und
die Zigaretten rauchten sich mit einer ungenierten Lässigkeit
aus dem Seitenfenster. Es machte ihr großen Spaß, auf der
deutschen Autobahn den Wagen ans Limit zu bringen und den
Adrenalinpegel beim nächsten Baustellen-Achtziger wieder
herunterkommen zu lassen. Laut singend wechselte sie Fahr-
streifen, nahm ab und an einen Schluck vom Energydrink und
fürchtete keine Radarstrafe. Nur ein Mal war sie sich nicht
ganz sicher, ob sie nicht in eine Abstandskontrolle hineinge-
raten war. Aber nicht nur über die Westautobahn und das
deutsche Eck bot sich ihr freie Fahrt – das Leben schaltete auf
Grün, und ungebremst surfte sie die grüne Welle.*

*Lange Lehrjahre zeigten Früchte, und sie war am Höhe-
punkt ihrer Karriere angekommen. Noch nie hatte sie sich
so befreit gefühlt und war so sehr davon überzeugt, alles erreichen zu können. Nun verstand sie, was es bedeuten sollte,
wenn einem die Welt gehörte. Sie war in diesem Frühsommer
umgeben von dem süßschweren Duft ihres eigenen blühenden
Gemütes. Nie hatte Essen so gut geschmeckt, waren Themen
so interessant und Menschen liebenswürdiger gewesen. Alles
war um sie herum in einen magischen Schimmer getaucht, der
jeden Blick in den Spiegel zu einem Kompliment machte, jeden
neuen Tag zu einem Feuerwerk an Möglichem und einen jeden
Abend in Dankbarkeit in den Schlaf wiegte. In diesem Zustand der unantastbaren Zufriedenheit schien es keine offenen
Fragen, Mysterien oder Rätsel zu geben, nur Verbindungen,
Einklang und Harmonie. Ihre Seele war ein schaukelndes
Kind.*

Sie hatte die Rückbank voller Champagner, mit dem sie

im Haus ihrer Kindheit und mit dem Mann, den sie liebte, einen Toast auf das Leben und das Augenzwinkern ausbringen wollte, das es einem mit unbändiger Güte manchmal zuteilwerden ließ. Und doch empfand sie diese ausschweifende Glückseligkeit so manches Mal als Bürde, nämlich dann, wenn sie die Abnahme ihrer Intensität fürchtete. Sie war so glücklich, dass es ihr Angst machte. Und vielleicht war es dieser Augenblick des Misstrauens, der das Glück unentschuldbar kränkte und es bewog, ihr schlagartig die kalte Schulter zu zeigen.

Auf den letzten ihrer fünfhundert Kilometer weiten Fahrt öffnete sich plötzlich der Himmel und kühlte mit satten Regentropfen die warme Erde. Beinahe hypnotisiert von den Scheibenwischern, bemerkte sie mit nachlassendem Regen das Aufziehen von Nebel, der sich wie ein von der Trockenheit erlöstes Stöhnen über das von schillernden Tropfen bestickte Gras und den dampfenden Asphalt legte. Sie schaltete den Scheibenwischer aus und wechselte auf das Nebellicht. Ein französisches Chanson lief im Radio. Es klang genauso schwarz-weiß, wie der Nebel die Landschaft gestaltete. Jahre später sollte sie sich einmal fragen, welche Gedanken sie in diesem Augenblick hatte. Nur zu gern hätte sie gewusst, was das Letzte gewesen war, woran sie in diesen letzten Momenten der Unschuld gedacht hatte. Ein plötzlicher heftiger Schlag warf das Fahrzeug aus seiner Bahn und ließ es sich auf einigen Metern Länge einmal komplett um die eigene Achse drehen. Sämtlicher eingebauter Fahrelektronik war es zu verdanken, dass der Wagen sich auf der Fahrbahn hatte halten lassen.

Das folgende Kapitel in ihrem Leben trug fortan die Überschrift »Schuld«.

Es geschah in Bruchteilen einer Sekunde. Ihr Auge hatte kein Bild produzieren können, aber das Gehirn war eigenartigerweise unfassbar schnell, wenn es darum ging, Dinge auszuformulieren. In diesem Fall war es eine Anklageschrift.

Sie weigerte sich, ihrem Hirn zu glauben. »Das konnte nicht wahr sein. Nein, um Gottes willen, nein. Gott steh mir bei, das durfte nicht wahr sein. Oh, bitte nicht.«

*Diesmal war ihr Geist mit ihrem Gesprochenen gleich-
geschaltet. Hinter jedem einzelnen Wort stand der innige
Wunsch, seiner Bedeutung zu entsprechen, der Wunsch, dass
es nicht zutreffend war, dass sie einen Menschen überfahren
hatte.*

*Im nebelverschleierten Schein der Autolichter näherte sie
sich einer Erhebung aus dem Asphalt, die – je näher sie kam –
unweigerlich immer menschlichere Züge annahm und ihrem
Hirn gnadenlos recht gab. Wie ein Blatt Papier, das sich nach
oben aufschlug, wenn man es immer weiter gegen einen Gegen-
stand schob, faltete sich der Körper eines Menschen an der
Wildwechseltafel auf. Der Kopf schien beinahe in der Erde
zu stecken, während Rücken und Beine zwei Schenkel eines
Dreieckes bildeten, das mit der Spitze nach oben dastand, wie
ein menschlicher Körper das niemals dürfte.*

*Der Anblick dieses Körpers, dessen Geist für immer aus ihm
gewichen war, und zu einer Spitze aufgefaltet, war mehr, als sie
ertragen konnte. Sie fühlte sich auf keinem Boden mehr stehen.
Da war nichts mehr. Es war ein Zustand der vollständigen
Herausgerissenheit aus einer Umgebung, die sie zuvor noch
als fassbare Realität beschrieben hätte. Es war das abscheuliche
Gefühl am Zenit eines Alptraumes, das aber durch kein Erwa-
chen durchbrochen wurde. Die erbarmungslose Endgültigkeit
drohte sie zu zersprengen. Sie musste. Weg.*

62

Wolf kam in einem lichtlosen Raum zu sich. Sie hatte lange gebraucht, um das gefühllose Etwas in ihrem Mund als einen Knebel zu identifizieren. Dann fühlte sie auch die blutabschneidenden Fesseln um Hände und Füße und die Steife in ihrem Körper, die wohl daher kommen mochte, dass sie sich über Stunden in dieser Position – mit dem Oberkörper über ihren abgewinkelten Beinen hängend – befunden haben musste. Was war geschehen? Kaum hatte sie sich die Frage gestellt, schien sie es schon wieder vergessen zu haben, als ob sie sich selbst nur immer zehn Sekunden zurückerinnern könnte. Schließlich wurde ihr klar, dass sie dabei gewesen war, eine längst verdrängte Erinnerung an die Oberfläche zu holen, dann hatte sie aber ein dumpfer Aufprall aus ihrem Bewusstsein gerissen. Sie spürte ihren Haaransatz brennen und die Haut darunter verklebt. Außerdem konnte sie nur das linke Auge öffnen, das andere fühlte sich taub und aufgeblasen an. Es war kalt und feucht um sie herum. Es roch nach Erde und faulem Holz. Nervosität stellte sich ein, als sie feststellen musste, wie klein der Raum war, in dem sie sich befand. Sie hatte in ihrer Position gerade mal so hineingepasst und konnte sich in keine Richtung rühren. Sie wurde gefangen gehalten. Die Erkenntnis traf sie heftiger, als sie es sich hatte vorstellen können. Konnte das wirklich sein, dass Leon Weiss sie gefesselt und in dieses Loch gesteckt hatte? Wieso hätte er das tun sollen? War da noch jemand gewesen, auf dem Parkplatz? Hatte sie vielleicht mehr vergessen, sodass alles Sinn ergab, wenn es ihr nur wieder einfiele?

Ihr Scheitel stieß an einem rauen Holzbalken an. Unter ihr war der Boden hart und steinkalt. Sie befand sich unter einer Bodenluke einer Hütte. Daran hatte sie keinen Zweifel. Solche Hütten kannte sie seit frühester Kindheit. Normalerweise lagerte man Dosenbier oder andere zu kühlende Dinge darin.

Sie erinnerte sich, dass es am Steinbruch eine alte, fast verfallene Hütte gegeben hatte, in der der sogenannte »Sprengmeister« die Aufsicht über den Steinbruch hatte. Leons Vater hatte sie beide mal für ein Wochenende hierher mitgenommen. Sie hatten Karten gespielt und Schokoriegel gegessen, die Veva von ihren eigenen Eltern nie bekommen hatte. Ja, so etwas merkt sich ein Kind – wenn es halb tot in einem Erdloch sitzt, dachte sie sich. Dass sie wusste, wo sie sich befand, konnte nur unmerklich zu ihrer Beruhigung beitragen, da die Hütte weit abgelegen war von allem, was ihre Rettung hätte sein können.

Sie fragte sich, ob sie überhaupt jemandem abgehen würde. Ja, der Evelyn würde ihr Ausbleiben auffallen. Sie würde aber sicher fast einen Tag verstreichen lassen, bevor sie auch nur daran denken sollte, sich an die Polizei zu wenden. Wolf hielt ja selbst nichts davon, zu früh Alarm zu schlagen. Sie fragte sich, wie lange sie überhaupt schon hier war. War Tag oder Nacht? Kein noch so kleiner Lichtstrahl drang durch einen Spalt, der sie hätte annehmen lassen können, dass Tag war. An Aufwärtsblicken war nicht zu denken bei dieser zusammengefalteten Haltung. Sie fand sich mit dem Gedanken ab, dass es Nacht war. Um diese Uhrzeit war das für gewöhnlich nicht an der Tagesordnung, aber sie aktivierte alle Konzentration und machte sich daran, die Fesseln um ihre Extremitäten locker zu bekommen. Sie war sich sicher – solange sie nur Ruhe bewahrte, könnte sie entkommen.

63

Seyböck war nicht wenig beeindruckt, dass ihm der österreichische Kollege so schnell einen Namen verschaffte: Leon Weiss, Dipl.-Ing., geboren am 3. September 1982 in Köln. Weiss. Der Name läutete bei Hayek. Hagleitners Worte über die stillgelegte Fabrik drangen an sein geistiges Ohr. Aus Seyböcks Kurzüberprüfung hatte sich jedenfalls herausfinden lassen, dass Weiss als Kind hier im Ort gelebt hatte. Nach dem Selbstmord des Vaters, des Großindustriellen Dr. Theodor Weiss, waren seine Mutter und er allerdings zurück nach Köln gegangen. Die Mutter war seit zwei Jahren tot, ihr Sohn der Erbe des gleichnamigen Konzerns. Seyböck und Hayek war die Firma weitestgehend unbekannt. Weiss war geschieden, unbescholten, Fahrer eines weißen Audi A6 und nach Abgleich mit seinem Führerscheinfoto auch die Person, die Christian Maierleb mit voller Wucht in den Van hineingetreten hatte. Auch wenn er auf den Aufnahmen der Dashcam einen kahl rasierten Schädel hatte.

Sollte es wirklich ihr Täter sein? Hatten sie ihn tatsächlich identifiziert? Eine Dashcam und eine Sekretärin, die eine Vorliebe für weiße Autos hatte? Hayek konnte kaum fassen, wie der Zufall auf seiner unsichtbaren Klaviatur spielte. Eigentlich verfolgte er keine Täter, sondern immer nur den Zufall. Die Fahndung nach dem weißen Audi lief auf Hochtouren. Seine Gedanken überschlugen sich vor Mutmaßungen, wie dieser Leon Weiss in das Gesamtgefüge hineinpasste. Eine nicht unbeachtliche Lücke klaffte aber noch zwischen dieser Person und dem mehraktigen Drama dieser Ortschaft, die, wie Hayek von Anfang an den Eindruck gehabt hatte, ein einziger großer Tatort zu sein schien.

Hayek merkte, dass er ohne das Bindeglied in einer Endlosschleife gefangen war, die bei zwei grausamen Morden begann, die bisherigen Ermittlungsergebnisse einschloss, aber in einem letzten Schritt nicht die Brücke zu Wolfs Verschwinden und dem dringend tatverdächtigen Leon Weiss schlagen konnte. Er starrte auf den Gebirgszug unmittelbar vor seinem Fenster, der talauswärts von dichten Wäldern gesäumt war. Irgendwo da draußen steckte sie. Vielleicht sogar in seiner Sichtweite … Solche Gedanken waren schlimmer als Endlosschleifen. Ein Klopfen, es war Vogelspiel.

»Ich habe die Akte Kraninger an Beck weitergeleitet. Sie war dünn. Der Obduktionsbericht für einen Todesfall sehr kurz gehalten, wie ich finde. Das ist diese hier«, meinte Vogelspiel und legte eine schmale Ermittlungsakte auf Hayeks Tisch. Aber er hatte noch eine weitere in der Hand, welche um einiges älter war und den Geruch von Moder und vergilbten Seiten trug. »Das ist die Akte, die damals anlässlich des Selbstmordes von diesem Weiss angelegt wurde«, klärte Vogelspiel weiter auf.

Er breitete die wichtigsten Stücke aus der Weiss-Akte auf dem Tisch auf, um es für Hayek übersichtlich zu gestalten. Die Fotos über die Auffindesituation waren zwar noch in Schwarz-Weiß gehalten, vermochten aber durchaus, anschaulich darzustellen, dass von dem Körper des Selbstmörders nicht viel Form übrig geblieben war.

»An der Ortsausfahrt in nördlicher Richtung, heute ist dort eine Aussichtsplattform mit Blick über das ganze Tal – habe ich mir sagen lassen –, befindet sich ein etwa fünfzig Meter hoher steiler Abhang, um nicht zu sagen eine Felswand. Dort ist der damals zweiundvierzig Jahre alte Mann am 6. August 1991 hinuntergesprungen. Laut Aktenlage hielt man seinen Selbstmord für die Reaktion auf missglückte Geschäfte in der Gegend und Investitionsverluste im Ausland. Für Fremdverschulden fanden sich keinerlei Anhaltspunkte. Es gab zwar keinen Brief, aber die Ehefrau bezeugte die überaus schlechte psychische Verfassung ihres Mannes. Er hatte nach ihren Angaben sehr unter dem Unfrieden im Ort gelitten, an dem man ihm letztlich die Schuld zuschrieb. Ihm, dem ›Fremden‹. Man wollte ihn damals am liebsten wieder in Deutschland wissen. Aber den Gefallen hat er den Leuten hier nicht getan, so wie es aussieht. Er ist oben am Friedhof begraben. Am Selbstmörderfriedhof, besser gesagt, ein Stück abseits.«

»6. August, Vogelspiel, der Todestag vom Zeilinger. Das kann kein Zufall sein«, hob Hayek gleich hervor.

»Ja, das ist ein Jahrestag. Zeilinger und Weiler waren im gleichen Alter wie Weiss damals«, ergänzte Vogelspiel.

Hayek wurde klar, dass dies der Durchbruch war. Was immer am Tag des Selbstmordes von diesem Weiss geschehen war, hatte unmittelbar mit den Morden zu tun. Es war noch nicht alles klar, vor allem nicht, wie Wolf in das Ganze passte, aber endlich wendete sich das Blatt zugunsten der Ermittlungen.

»Von Weiss' Obduktion gibt es nur diesen äußerst dürftigen Bericht eines mittlerweile verschiedenen Gerichtsmediziners. Die Toxikologie ergab damals nichts Auffälliges. Er hatte weder Alkohol noch Antidepressiva oder andere Substanzen im Blut. Die Wucht des Aufpralls hat ihm sämtliche Knochen aus dem Leib geschmettert.«

»Ka schöne Leich«, sagte Hayek und spielte damit auf die innere Haltung der Wiener zum Tod an.

Vogelspiel pflichtete ihm bei, ehe er weiterberichtete: »Die Personensuche infolge Vermisstenmeldung durch die Ehefrau dauerte vier Tage. Auf den Fotos erkennt man auch, dass die Krähen schon dran gewesen waren. Die Identifikation erfolgte mittels Zahnarztunterlagen. Der Ehefrau konnte man den Anblick beim besten Willen nicht zumuten. Ein handschriftlicher Vermerk irgendwo am Rand besagte auch, dass der kleine Leon ›völlig verstört‹ gewesen war. Ich frage mich, warum der alte Postenkommandant das so notiert hat. Das braucht beim Tod des Vaters ja keinen zu wundern.«

»Hartl hat sich schon zurückgemeldet?«, erkundigte sich Hayek.

»Ja, aber die Durchsuchung des beinah verfallenen alten Hauses der Familie Weiss hat nichts ergeben. Da war seit Jahren niemand mehr drin gewesen, mit Ausnahme von allem möglichen Getier.« Nach einer kurzen Pause erwähnte er, dass Garer den Hund in Wolfs Haus gefunden habe. Er habe zwar mehrfach »reingemacht«, sei aber nicht sehr hungrig gewesen.

»Freiwillig ist die nicht verschwunden, Vogelspiel. Das können wir jetzt wohl mit Gewissheit sagen. Was ist mit der Autofahndung?«

»Auch da muss ich Sie enttäuschen, Herr Oberst. Da gibt es keine Fortschritte, obwohl alle Beamten im Bundesland und darüber hinaus aufgeschaltet sind. Die Grenzübergänge sind zu, aber hätte er das Land verlassen wollen, dann hätte er ausreichend Zeit gehabt.«

»Das ist alles nicht sehr viel, werter Herr Kollege«, sagte Hayek missmutig. »Wenn wir die Vermisste lebendig finden wollen, brauchen wir mehr. Und dieser Pferde- und Hunde-ansatz?«

Vogelspiel schüttelte den Kopf: »Nichts.«

»Nichts«, seufzte Hayek.

64

»Du musst wissen, meine Liebe …«, hörte sie Leon sagen, während sie versuchte, ihre verschleimten Augen vor dem hell gleißenden Tageslicht zu schützen.

Leon, wieso? Was zum Teufel ist hier los?, dachte sie, aber die Schmerzen, die ihr durch die erste Bewegung seit Stunden durch die Glieder fuhren, verschlugen ihr die Sprache.

Weiss hatte sie aus dem Erdloch herausgezogen, ihre Fesseln nachgezogen und den Knebel, von dem sie sich hatte zwischenzeitlich erfolgreich befreien können, wieder in ihrem Mund platziert.

»… dass es mir leidtut um dich. Du warst einfach schon wieder am falschen Ort zur falschen Zeit. Dafür scheinst du eine Begabung zu haben.«

Es fühlte sich an wie die Bisse Abertausender von Ameisen, sobald das Blut wieder ungehindert in ihre Glieder floss. Sie stöhnte vor Schmerz, als er sie über den splittrigen Holzboden durch den Raum zerrte und sie schließlich mit den Händen auf dem Rücken an den alten Schürofen fesselte. Er wischte sich den Ruß an der Hose ab. Das Gewitter, das nun eintraf, hatte sich schon länger angekündigt. Sie hatte das Donnergrollen in ihrem Loch spüren können.

»Keine Angst. Du hast eine Weile Zeit zum Auflockern. Bei dem Wetter will ja niemand vor die Tür.«

Vor die Tür? Hatte er nicht vor, sie hier drin zu töten? Vermutlich hätte sie ihn jetzt gefragt, wäre ihr Mund nicht voll mit einem Fetzen Stoff gewesen. Der Regen setzte wie gewöhnlich so heftig ein wie das Entleeren eines vollen Kübels. Er zierte die schmutzigen Fensterscheiben mit Tropfen gebrochenen Lichtes. Mittlerweile konnte sie es wieder ertragen. Auch wenn sie nach wie vor nur durch ein Auge sehen konnte. Die Hütte sah noch fast genauso aus, wie sie sie als Kind in Erinnerung hatte. Aber wie alles, was man zuletzt als Kind gesehen hatte, wirkte sie wesentlich kleiner und schäbiger. Und diese besonderen Schokoriegel gab es wohl auch nicht mehr.

Weiss begutachtete die Witterung und machte Wolf zum Opfer seines Spotts, indem er ständig beteuerte, wie schade es um sie gewesen sei, und sogar laut andachte, dass sie sicherlich ein schönes Paar abgegeben hätten. Immerhin habe er sich ja nicht umsonst die Mühe gemacht, sie vor ihrer Kanzlei abzupassen.

»Weißt du noch, wie wir hier als Kinder waren? Mein Vater nahm uns damals mit. Wir hielten es für abenteuerlich, in einer Hütte in den Bergen zu übernachten. Die Abgeschiedenheit und der Wind. Genauso wie unsere Lieblingsserie mit dem Bären. Ich weiß nicht, wie es dir ging, ich für meinen Teil hatte mich wochenlang darauf gefreut. Die Prügel vom Pepi und deinem *geliebten* Xandi«, dabei verdrehte er die Augen, »waren zu dieser Zeit viel leichter zu ertragen. Dann endlich war es so weit – und auf der Wanderung überraschte uns ein Wolkenbruch, ganz so wie heute, erinnerst du dich? Vati kochte uns Kakao – und als der Ofen beheizt war und es ganz warm wurde, gaben wir uns das Versprechen, hierherzuziehen und nie mehr fortzugehen, wenn wir groß sind. Du, meine Liebe, wirst es vor mir einlösen«, sagte er mit einem Anflug von Bedauern.

Wolf wehrte sich gegen den Knebel. Sie murmelte kehlige Laute und wollte ihn dazu bringen, ihr das Ding aus dem Mund zu nehmen. Zu ihrer eigenen Verwunderung machte er Anstalten, darauf einzugehen. Er kniete sich zu ihr nieder und sprach ruhig mit ihr.

»Du weißt, wo wir hier sind?«

Sie nickte.

»Alles Schreien wäre sinnlos, das weißt du, ja? Okay. Na gut.«

Er entfernte den Knebel. Beim ersten Atemzug durch den Mund begann sie, heftig zu husten.

Weiss grinste. »Ich kann dir nichts zu trinken anbieten.

Auf Damenbesuch war ich jetzt wirklich nicht eingerichtet«, lachte er.

Das Dach war undicht. Wasser drang entlang fauliger Balken in die Hütte ein.

»Was du gesagt hast …«, sie hustete und keuchte mehr, als dass sie sprach, »… von wegen ›am falschen Ort‹. *Wieder* am falschen Ort. Was meinst du damit?«

Er lachte höhnisch und laut. »Das ist eine gute Frage, und ich glaube, du hast in diesen wenigen Momenten, die sich dein Leben noch hinstreckt, alles Recht, sie beantwortet zu bekommen.«

65

»Eine einzige Schlamperei, der Bericht dieser Leichenöffnung«, fluchte Beck, und Hayek konnte durch das Telefon hören, wie Beck diese mäuseartige Bewegung mit der Nase machte, um seine Brille ohne seine Hände hochzuschieben. Solche Gesten eignete man sich wohl an, wenn man für gewöhnlich bis zu den Ellenbogen in den Gedärmen von Menschen herumwühlte, dachte Hayek.

»Da war so viel Alkohol im Blut, dass man damit einer zweiten Person eine Alkoholvergiftung hätte beibringen können«, gab er durch. »Ohne Frage, dass er den Heimweg nicht mehr geschafft hat. Wenn du mich fragst, ist es überhaupt grenzwertig bis hin zu unwahrscheinlich, dass er aus eigener Kraft überhaupt den Kilometer bis zur Unglücksstelle bewältigt hätte. Aus dem Akt geht hervor, dass die Wirtin gemeint hat, er habe ›das Übliche‹ getrunken. *Üblicherweise* kam er ja auch eigenständig nach Hause, nicht, oder? Mein lieber Hayek …«

Ich bin nicht dein lieber Hayek, du besserwisserischer Windbeutel!

»Wir sprechen hier immerhin von beinahe drei Komma fünf Promille laut Blutalkohol. Selbst wenn er darauf geeicht gewesen wäre, käme das, was die Wirtin ja im Detail an Getränkeanzahl geschildert hatte, nicht an diese dreieinhalb Promille ran. Er war sicher ordentlich bedient, aber damit hätte er sich eher noch auf den Beinen halten können.«

»Das heißt, er war zu besoffen für das, was er sich im Wirtshaus reingeschüttet hat?«, fragte Hayek plump.

»Ja«, antwortete Beck. Wieder einmal hatte er einem beschränkten Polizisten etwas vermitteln können. »Ich würde in Betracht ziehen, dass er noch irgendwo eine Flasche Klaren geleert hat.«

»Aha«, sagte Hayek trocken. »Noch etwas?«

»Was heißt hier ›noch etwas‹, das Beste kommt erst!«, kündigte Beck bestimmt an. »Wie du ja vielleicht weißt, bilden sich nach dem Eintritt des Todes diese spezifischen roten Leichenflecken, an den Stellen, wo die Leiche aufliegt. Auf den Fotos mehr schlecht als recht erkennbar, aber doch hatten sich die ersten Flecken auf der Rückseite des Opfers gebildet. Die auf der Vorderseite sind erst später entstanden.«

»Das heißt, dass die Lage des Toten noch mal verändert wurde.«

»Ganz genau.«

»Dann wurde er nicht ›überfahren‹, sondern –«

»Doch, doch. Polytrauma. Eindeutig nach so einem Unfall«, wusste Beck besser und genoss es, Hayek zappeln zu lassen, »aber ich wage zu vermuten, dass die Schäden an ein paar Gelenken vielmehr dadurch entstanden sind, dass die bereits eingesetzte Leichenstarre mit enormer Kraft gebrochen wurde und nicht durch den letalen Zusammenstoß.«

»Willst du damit sagen, dass man zwei Mal, und das mit zeitlichem Abstand, drübergefahren ist?«

»Im Grunde ja. Ja.«

»Mensch, dann sag das doch, Beck.«

»Immer mit der Ruhe, Hayek. Ich kann mir denken, unter was für einem Druck du stehst. Mir ist da aber noch etwas eingefallen. Ich ziehe ungern voreilige Schlüsse, und das ist auch nicht mein Job, aber ich frage dich: Hast du schon mal einen Fuchs oder so ein Vieh überfahren?«

Hayek bejahte im Geiste: eine Katze.

»Keine Antwort ist auch eine Antwort«, stellte Beck süffisant fest, fragte im nächsten Moment mit einer Tonlage, die zum Nachdenken anregen sollte: »Und, was hast du getan, um sicherzugehen, dass das Viech richtig tot ist?«

»In den Rückwärtsgang geschaltet.«

Es knistert in der Leitung. Beck blätterte Papier.

»Es ist nicht an mir, diese Schlüsse zu ziehen, aber jemandem war ziemlich sehr danach, dass der Kerl wirklich tot ist.«

66

Von diesem Tag an verging kein Moment, der sich nicht mehr ohne die unstemmbare Last dieser Nacht leben ließ. Alles hatte seinen Geschmack verloren. Die Liebe ihre Süße und die Tage ihre Hoffnung. Irgendwie verging Tag um Tag. Woche um Woche. Jahr um Jahr. Fortan legte sich eine metertiefe Eisschicht über ihr Gemüt und erfror jede aufkeimende Hoffnung. Sie versagte sich selbst, Freude zu empfinden. Die drückende Schuld ließ sich nur ertragen, wenn der Schmerz der Bestrafung größer war. So geißelte sie sich selbst, indem sie sich all dessen beraubte, was sie mit Heiterkeit erfüllte. Sie schnitt sich los aus der Seilschaft des Glücks und erlegte sich selbst die Pein der Einsamkeit auf.

Weiler sollte nie eine Antwort darauf bekommen, warum sie trotz Ankündigung für diese Nacht nie am Treffpunkt erschien, oder gar darauf, warum sie kein halbes Jahr später mit Sack und Pack in das Haus ihrer Kindheit zurückzog. Dass sie ihn nicht mehr lieben könne, war ihre Erklärung gewesen, die er wie ein Mann hatte hinnehmen müssen. Dabei hatte sie ihn immer unmittelbar vor sich, doch war er ebenso unerreichbar geworden wie die Vergebung, die sie sich ersehnte für das Verbrechen, das sie an Robert Kraninger begangen hatte. Wie ein griechischer Büßer sollte sie dazu verdammt sein, stets vor Augen zu haben, was ihr größtes Begehr darstellte, aber für immer außer ihrer Reichweite sein sollte. Sie wollte die Verachtung spüren, und sie erntete sie auch in den Blicken der Menschen, in ihrer Ausgrenzung und ihrem Misstrauen. Das war es, was sie sich als ihre Strafe ausersann.

Sie war einige Male auf die Aussichtsplattform der Weißen Wand hochgegangen. Jedes Mal hatte sie sich schwach und weichlich gescholten, nicht den Mut gehabt zu haben, endgültig zur Hölle zu fahren. Ihr einziger Trost darüber waren die

Worte Hermann Hesses, dass es Menschen gab, die sich selbst umbrachten, und dann welche, die zeitlebens tot waren.

Natürlich war es ihr durch den Kopf gegangen, sich zu stellen, aber sie stand häufiger an der Kante der Weißen Wand als vor dem Posten. Und nach einigen Monaten hatte sich die Seele an die gebückte Haltung gewöhnt, die sie sich vom endlosen Rollen des Felsens zugezogen hatte, und sie war entschlossen, einfach abzuwarten, bis sie von selbst zugrunde gehen sollte und somit ihr großer Frevel gesühnt war.

Sie konnte sich keine größere Strafe vorstellen, als in sich selbst das größte Übel zu sehen. Selbst der Feind zu sein, den man keinem wünscht. Eine Verbrecherin. Eine Mörderin. Verliert man erst einmal den Glauben an das Gute in sich selbst, dann verschwindet auch alle Hoffnung für die Welt. Man sieht nur noch das Schwache und das Schlechte. Was einem bleibt, ist der Neid und die Missgunst auf jene, die von dieser Verzweiflung verschont bleiben, und man versündigt sich so noch mehr.

So ging sie ihrer Tage, verbannt aus dem Paradies, mit dem Kainsmal auf der Stirn. Und es brannte unablässig. Tag um Tag. Und so sollte es. Für den Rest ihres Lebens.

67

»Ich habe dir doch erzählt, dass meine Mutter vor zwei Jahren starb«, begann er mit einer verrückt freundlichen Stimme zu sprechen, die Wolfs prekäre Situation nur noch in einem hoffnungsloseren Licht erscheinen ließ. »Also musste ich wohl oder übel beim hiesigen Notar vorstellig werden, um einige Angelegenheiten mit dem österreichischen Erbe zu klären. Ich wusste nichts mit mir anzufangen in dieser schrecklichen Einöde. Also fuhr ich mit dem Wagen herum. Ich fuhr eine ganze Weile. Und da sah ich den Kraninger, wie er grad am Weg ins Wirtshaus war. Seinen stinkenden Filzhut hatte er auf und eine dieser hässlichen groben Strickjacken. Er hat mich nicht erkannt – wie sollte er auch, der alte Blindfisch. Als er hineingegangen war, parkte ich mich bei der Burg ein. Es wurde dunkler, und man konnte den Stammtisch so scharf durch das Fenster sehen wie das heutige Fernsehprogramm. Dort saß er großmäulig wie eh und je, ließ die Reihe Striche auf dem Bierdeckel lang werden, und nach allen anderen ging auch er irgendwann. Ich saß die ganze Zeit dort in der Dunkelheit und fühlte alles hochkommen. Fast war es, als würde ich es noch einmal in Echtzeit durchleben, was diese elenden Hundesöhne damals getan hatten. Weißt du es eigentlich noch?«

Sie konnte ihn nicht ansehen und starrte auf die Maserung des rustikalen Holztisches in der Mitte des Raumes. Ihr Kopf zitterte mehr nach links und rechts, als dass man es ein Schütteln nennen konnte.

»Nicht? Dann ist das wohl eine Geschichte für einen anderen Tag«, befand er und fuhr fort, während er mit lautlosen Schritten in der kleinen Hütte auf und ab ging. »Am Ende des Abends ist der Kraninger dann freilich auch wieder herausgekommen, aus dem Goldenen Hirschen. Der war so voll und fing an, lauthals zu schimpfen, weil ihm die Rosi nichts mehr geben wollte. Rülpsend begann er, ins Dorf hinunterzuschwanken. In diesem Moment wusste ich, was ich zu tun hatte, und es sollte so leicht sein. Ich hatte sofort einen Plan. Ein Stück weit habe ich ihn vorgehen lassen, dass er aus Sichtweite des Dorfes heraus war, dann bin ich ihm nachgefahren. Da schleppte er sich brav weiter. Es sah aus, als würde er jeden einzelnen seiner Körperteile hinter sich herschleifen. Ich fuhr auf seine Höhe, ließ das Fenster herunter und bot ihm an, ihn zu fahren. Es kam mir ganz recht, dass er mich auch in diesem Moment nicht erkannte. Er bekam die Tür anfangs nicht auf, weil sein abgefüllter aufgedunsener Körper im Weg war. Ohne ein Wort des Dankes oder der Zustimmung stieg er einfach ein. Als er noch weiterschimpfte, dass er doch nicht besoffen sei, und es eine unerträgliche Unverschämtheit nannte, bot ich ihm eine ganze Flasche Schnaps an. Den hatte ich von eurem Notar. Ich weiß nicht, was es in diesem Land mit diesem grässlichen Gesöff auf sich hat. Es ist widerlich, bringt aus Menschen nur ihre hässlichsten Seiten zutage und wird bei jeder verdammten Gelegenheit verschenkt. Wie dem auch sei. Ich musste gar nichts tun, er schüttete sich das Zeug hinein und immer mehr. Bis sein Silberblick kuriert war. Nach dieser Sache mit seinem Auge habe ich ihn nie mehr nicht schielen gesehen. Vielleicht war's auch diesem Umstand zu verdanken, dass er mich dann doch plötzlich zu erkennen glaubte.

›Ja, bisch du it der klane Weiss-Fratz? Pfui Teifl‹, sagte er und riss einfach die Autotür auf. Er war nicht angeschnallt gewesen und fiel einfach hinaus. Ich hatte das irgendwie kommen gesehen und war ohnehin langsam unterwegs, sodass ich fast im selben Moment schon angehalten hatte. Er war so voll, er kam nicht mehr hoch vom Boden. Dabei wurde er ganz panisch. Wie wenn man eine Katze am Schwanz hält«, sagte er mit einem genüsslichen Lächeln. »›Was hasch jetz vor? Was hasch jetz vor, ha?‹, lallte er laut – hätte wohl Schreien sein sollen. Aber er wusste, was geschehen sollte.«

Wolf hatte so tief eingeatmet, dass ihr Brustkorb wehtat. Sie war sich nicht sicher, ob das, was sie gleich hören sollte, gut oder schlecht war. Ob ihr Leben eine Wendung nehmen würde oder es nun tatsächlich ein Ende nehmen sollte. »Du, *du* hast ihn …«

»Ja«, sagte er mit dem Singsang der Erlösung und einem Gesicht voller perverser Seelenruhe. »Dann habe ich ihn fliegen lassen.«

Der Wind rüttelte heftig an der kleinen Hütte. Das Unwetter war schlimmer geworden. Der Regen prasselte unaufhörlich nieder. Wolf fühlte sich ausgeschaltet. Systemabsturz. Äußerlich wie innerlich war keine Regung möglich. Zu einer Salzsäule erstarrt, blieb ihr nichts anderes übrig, als weiter zu vernehmen, was Weiss ihr zu sagen hatte.

»Aber, aber, Veverl! Die Geschichte ist doch noch nicht zu Ende. Es kommt ja noch *dein* Auftritt. Also pass auf. Ich brachte also mein Fahrzeug weg. Damals fuhr ich einen richtig satten X6. Auf deutsche Autos bleibt Verlass, wen interessiert da schon, was sie auspusten. Kaum eine Schramme. Verkauft hab ich ihn dann trotzdem, wie du dir vielleicht denken kannst, aber Spaß beiseite. Mein Auto war weg, und ich bin noch mal hin zu dem Haufen Ekel. Zufrieden hab ich gesehen, dass der mausetot war, das Glasauge musste er verloren haben, da war keines mehr in seinem Gesicht. Ich hätte das gern irgendwie als Andenken mitgenommen. Unbeschreiblich, wie erhebend dieses Gefühl war. Triumphal. Ja, das war es. Es sollte also der Jahrestag des Todes meines Vaters sein – auf den Tag genau der 6. August, dass ich einen seiner Mörder zur Strecke bringe.«

Sie erwachte langsam. Blinzelnd tastete sie sich zurück in die Realität. Nach zwei Jahren wurde sie erlöst aus diesem Alptraum, und mehr war es nie gewesen. Sie hatte den Kraninger nicht auf dem Gewissen.

»Ach, ja. Zum Thema. Wie du ja gerade gehört hast, war das Ganze ja nicht geplant gewesen von mir. Ich muss gestehen, dass ich bis dato auch nicht viel Erfahrung mit dem Töten von Menschen hatte. Vor allem nicht, wie man es in der Folge vertuschen könnte. Stundenlang war ich noch in der Nähe des Wildüberganges gewesen. Aber es schien wie ein Wink des Schicksals, als ich von Weitem Scheinwerferlichter kommen sah. Und jetzt aufgemerkt, meine Liebe! Ja, das warst du. Ich konnte richtig zusehen, wie ich durch dich das perfekte Verbrechen beging. Du warst mir immer eine wahrlich treue Freundin. Rumpeldipumpel! Na, erinnerst du dich?«

Sie brauchte sich nicht zu erinnern, denn sie hatte es nie vergessen. Auch wenn sich der Alptraum verflüchtigte, wurde diese grausame Erfahrung um die morbide Facette reicher, dass Leon Weiss im schrecklichsten Moment ihres Lebens ganz nah bei ihr war. So wie sie im schrecklichsten Moment von Leons Leben.

»Ich muss schon sagen, Veverl. Es hat mich schwer beeindruckt, dass du das all die Zeit für dich behalten hast. Aber wie verschwiegen du bist, hab ich ja erst wieder sehen müssen.«

68

Hayek hatte nunmehr alles so erfolgreich delegiert, dass er selbst nicht wusste, wie er sich nützlich machen sollte. Eine Dusche wäre sicher keine schlechte Idee gewesen. Er konnte sich selbst riechen. Hatte er nicht noch im Wagen zumindest ein Hemd? Er schüttelte den Kopf. Nein. Er musste fokussiert bleiben. Alles andere konnte warten. Er wollte eine Liste machen. Wenn nichts half, half eine Liste. Ausschlussprinzip. Also begann er, alle möglichen Orte aufzuschreiben, die in irgendeiner Beziehung zu den Fällen standen.

Aussichtsplattform – Weiße Wand
Haldensee
Wildübergang
Sebensee

Es hatte keinen Sinn. Wenn er es schon nicht im Kopf hatte, dann brauchte er es eben in den Beinen. Er ließ sich von Garer einen Feldstecher aushändigen und verkündete, etwas in der Gegend herumfahren zu wollen. Vielleicht verhalf es ihm zu einem Geistesblitz, diese Orte anzufahren. Den Sebensee konnte er sich allerdings sparen. Die Gondelbahn hatte ihren Betrieb eingestellt, und beim vorherrschend wechselhaften Wetter war er nicht auf eine Wanderung aus. Ehrlich gesagt wäre er das auch nicht bei strahlendem Sonnenschein gewesen. Also strich er sie von vornherein wieder von der Liste. Er war auf dem Weg zu dieser Aussichtsplattform. Das Schöne an Touristenregionen war die ausgezeichnete Beschilderung all dessen, was auch nur annähernd als touristische Attraktion gelten konnte. Ein großes Schild bot ihm eine riesige Auswahl, beim Waldseilgarten angefangen bis hin zu zahlreichen Rundwanderwegen, aber eben auch zur Aussichtsplattform Weiße Wand – »das schwindelerregende Aussichtsvergnügen«.

Die frische Luft in seinen Lungen erfüllte ihn mit neuer Zuversicht, als er aus dem Wagen stieg, mit dem er fast direkt an dem Geländer parken konnte, das den sicheren Stand vom sicheren Tod abgrenzte. Die Aussicht war in der Tat grandios. Gen Westen konnte er das scheinwerferhafte Naturschauspiel beobachten, das sich abzeichnete, wenn es die Sonne durch ein paar Löcher in den Wolken schaffte, auf die Erde zu treffen. Eine natürliche Lasershow. Umrandet vom gipfelgesäumten Panorama dieses so friedlich und unscheinbar wirkenden Fleckchens Erde.

Hier ist also der Weiss in den Tod gestürzt, dachte Hayek und fragte sich, wo genau die Stelle gewesen war. Das würde sich so leicht nicht sagen lassen, da sich durch die Plattform baulich alles verändert hatte. Selbst als er die mitgebrachte Akte zurate zog, tat er sich schwer, den genauen Punkt zu bestimmen. Der Blick über die Brüstung versetzte ihn fast in eine Art Trance, so sehr begann sich der Abgrund zu drehen. Wie ein Landvermesser rannte er mit der Akte auf und ab und versuchte, sich einzureden, dass man freiwillig aus dem Leben schied. Für ihn erschien dies immer schon paradox. Selbst wenn man nichts mehr hatte, hatte man doch immer noch sein Leben. War das nichts? Er hatte keine Meinung zu Suiziden. Er akzeptierte diese im Allgemeinen so, wie er auch akzeptierte, dass er mit jeder Zigarette ein bisschen mehr vom Krebsrisiko naschte.

Er ging zum Auto, um sich eine Zigarette zu holen. Die Akte hatte er wieder hineingelegt. Sie hatte sich als nutzlos erwiesen. Genauso wie der Besuch dieser Plattform, wenn er es auch genoss, in Ruhe seine Zigarette rauchen zu können. Er warf noch einen intensiven Blick in die Landschaft. Streifte entlang der Baumwipfel über die strömungsgleich rund geformten Wälder und folgte schroffen Felswänden zu den Gipfeln. An der einen oder anderen Stelle eröffnete sich ein Tal, und bei genauerem Betrachten ließ sich ein See ausmachen, der sich in einem nur unwesentlich mit den Bäumen kontrastierenden Blaugrün abhob. Dann landete er mit seinem Blick auf einem gut erkennbaren Feldweg, der die Aussichtsplattform mit einer ungewöhnlich hellen Felswand verband.

Die Farbe verblüffte ihn, passte sie doch so gar nicht zum vorherrschenden Kalkgrau des übrigen zerklüfteten Gesteins. Die Zigarette zwischen die Mundwinkel geklemmt, stierte er durch den Feldstecher. Als hätte er dafür bezahlt, bekam er auch noch eine Show zu sehen, die nur wenige besser beobachten konnten.

Für die älteren Einwohner des Dorfes war es, als wäre es nichts Besonderes, dass es eine Explosion im Steinbruch gab. Die Jüngeren fragten sich, an welches Fest sie nicht gedacht hätten. Hatte jemand seinen Fünfziger? Oberst Hayek hingegen war im wahrsten Sinne des Wortes erschüttert. Gerade hatte er die Schärfe des Fernglases nachgestellt, um sicher zu sein, dass er tatsächlich eine Wolke am Steinbruch zerstäuben gesehen hatte, da bebte die Erde unter dem wuchtigen Knall einer Sprengung. Noch Sekunden hallte das zerschmetternde Geräusch in Bewegung gesetzter Felsen nach, und die Luft war über die vielen hundert Meter erfüllt mit feinem weißen Staub, der sich wie ein verfrühter Schneefall auf das Grün niederlegte. Er wischte sich das Gröbste aus den Augen und forderte via Handy Verstärkung an. Hayek sprang in seinen Wagen und hielt auf den Steinbruch zu. Er verständigte die Kollegen am Posten, die sich schon gefragt hatten, woher der Knall gekommen war.

69

Wolf war nicht begeistert, als der Regen aufhörte. Wohingegen Weiss ganz verzückt zu sein schien.

»Weißt du, Veverl, dafür, dass ich mir ja für dich nicht allzu viel ausdenken konnte, bin ich doch ganz zufrieden. Dein Vorhang wird auch unter Getöse fallen. Das Wortspiel wirst du später noch besser verstehen.«

Er löste ihr zumindest die Fußfesseln. Um die Schultern trug er einen Rucksack, dessen Inhalt sich Wolf noch nicht erschloss. Ihr schwante jedoch nichts Gutes. Wie er sie vor sich aus der Hütte führte, war ihr für einen Moment so, als ob sie nicht allein wären. Es war ihr, als hätte sie einen Schatten durchs Gebüsch huschen sehen. Sie tat es allerdings als Wunschdenken ab. Für einen Augenblick war sie nahe daran, zu verzagen. Ihre Knie waren weich, ihr war schwindlig, und Leons Griff zeigte sich unerbittlich. Ihre Chancen auf eine erfolgreiche Flucht schwanden.

»Ist es weit?«, fragte sie und hoffte, dass er nicht verneinen würde und dies ihre letzten Worte gewesen wären.

»Ein Stück ist es schon«, meinte er.

»Dann erzähl mir, wie es mit dem Pepi war«, verlangte sie.

Als hätte er nur darauf gewartet, wurde Leon ganz begierig darauf, es ihr zu berichten.

»Ach, der Pepi. Es klingt so abgedroschen, aber nach dem Triumph über den Kraninger bin ich irgendwie auf den Geschmack gekommen. Ich fühlte, dass ich es meinem alten Herrn irgendwie schuldig war. Das war eigentlich auch ganz leicht. Man weiß ja, dass er regelmäßig auf die Alm gefahren ist, um zu kontrollieren, dass ihm nicht noch mehr Kälber ersaufen. Da bin ich ihm halt unbemerkt hinterher. Der Mantschlechner war zu diesem Zeitpunkt ganz gemütlich auf der unteren Alm. Du weißt ja, ganz helle war der Tschellinger ja nicht. Der hat nichts geahnt, als ich auf ihn zugegangen bin.

Ich glaube, deswegen hatte ich auch ein bisschen Erbarmen für ihn übrig. Das habe ich schnell gehen lassen. Trotzdem hab ich dafür gesorgt, dass er mich sieht, und dann – so ein Bolzenschussgerät ist unglaublich effizient für so einen weichen Schädel. Das Beste aber war: Ich hab mir ja auch ein bisschen einen Spaß erlaubt. Kannst du dich noch erinnern, als wir als Kinder immer die Geschichte erzählt haben, warum Kühe nicht schwimmen können? Haha. Nun, ich hab mit einem Stück Schlauch dafür gesorgt, dass der genauso absäuft wie so eine Kuh.«

Wolf schluckte. Sie war geliefert. Weiss war mächtig stolz auf seine Taten. Er erzählte ihr alles, um damit zu prahlen. Ihr war klar, dass ihr Schicksal dadurch besiegelt war. Nichts würde ihn dazu bewegen können, sie noch zu verschonen. Er hatte bereits bewiesen, keine Fehler zu machen. Aber so leicht starb man doch nicht? Oder?

»Ja, und ich glaube, den Teil mit der Tränke kennst du ja dann auch schon. Der Pepi war jetzt keine große Sache. Auch der Maierleb nicht.«

»Der Maierleb? Auch?«, fragte sie entsetzt.

»Herrjemine, das weißt du ja noch gar nicht. Dem hab ich die Krallen gestutzt und sein dreckiges Schandmaul ausgewaschen. ›Im Kopf vom Weiss ist nur Scheiß‹, weißt du noch? Aber ich weiß, was dich sicher viel mehr interessiert.«

Er stieß sie auf dem Pfad immer näher zur Abbruchkante des Steinbruches, wo der Weg sich auf dem blanken Fels verlief. Sie erkannte aber den frisch in den Fels getriebenen großen Haken.

»Der Xandi. Das hab ich ordentlich durchgeplant. Es lief perfekt ab. Ich war die ganze Zeit bei ihm. Bin neben seinem Boot hergetaucht und hab darauf gewartet, dass er die Angel auswirft. Als er sich aus dem Boot gelehnt hat, habe ich ihn mir gegriffen und hab ihn rausgezogen. Man muss ihm lassen, er war toll in Form. Er hat sich bis zuletzt gewehrt. Mit einem wassergefüllten Kanister hab ich ihn so beschwert, dass es ihn immer tiefer runtergezogen hat, und dann hab ich ihn selbst geangelt, indem ich ihm einen richtig großen, scharf geschliffenen Haken zugeworfen hab. Wie nach Drehbuch hat er wirklich zugebissen. Und dann hab ich ihn ausgenommen. Weißt eh, von vorn nach hinten.« Das spickte er mit einer Geste von der Kehle bis zum Nabel.

Etwas in Wolf zerbrach. Die Beine sackten ihr weg. Sie schluchzte und schrie Leon an. »Bring's endlich hinter dich, du verdammter Psycho. ›Im Kopf vom Weiss ist nur Scheiß!‹« Sie spuckte in seine Richtung und trat wild um sich. Aber das alles ließ ihn unbeeindruckt. Es schien Leon vielmehr zu bestärken.

»Im Kopf vom Weiss ist nur Scheiß, elender Dreckspsycho«, tobte sie, während er sie über die Platte schleifte und ihre Fesseln an dem Haken einhängte.

»Na, na, für solche Töne gibt's einen Knebel«, sagte er und hinderte sie mit demselben Stück Stoff wie zuvor am Reden.

Aber sie war nicht zum Schweigen zu bringen. Sie schrie und krächzte dann halt eben gedämpft.

»Hör auf damit. Genieß doch die traumhafte Aussicht«, riet er ihr vielmehr. »Schau, dort unten die Burg. Hier, das alles hätte eure Goldgrube werden können. Jetzt wird es halt dein Grab. Mein Vater war ein Visionär. Er hatte Ideen und setzte sie um. Ihr alle seid nur ein borniert er Haufen Kleingeistiger. Hier lauert die Bösartigkeit an jeder Ecke, der Neid und die Missgunst. In diesem Ort ist der Rückschritt zu Hause. Das ist der Ort, an dem sogar Kinder zu Mördern werden, und dann wird es anderen als das Paradies verkauft. Nichts anderes wollte er, als hier ein Zuhause für seine Familie zu finden, mein verschiedener Vater. Anfangs nahm man sein Geld gern, ließ ihn überall beisteuern. Diese verdammte Burg mitten im Ort wäre dem vollständigen Verfall preisgegeben gewesen, wenn mein Vater nicht für die Renovierung gesorgt hätte. Skirennen, das Dorffest – überall ließ man ihn sponsern, aber am Stammtisch blieb er nur ›der Deitsche, der Fremde‹. Nicht mal die Glocken haben für ihn geläutet wie für einen Einheimischen, als er gestorben ist. Er war ja keiner von euch – und ich auch nicht. Und als dann Sodom und Gomorrha war, weil sich die Bauern untereinander so zerstritten, wegen ihrer Umwidmungen, und der Kraninger, der Idiot, sich selbst ein Auge ausschoss, da suchte man einen Sündenbock. Der Kraninger, Zeilinger, Weiler und der Maierleb machten mir das Leben zur Hölle. Nach der Schule lauerten sie mir auf, und am liebsten ließen sie mich ›fliegen‹, weißt du noch? Du warst auch manchmal dabei. Noch heute bin ich zutiefst gerührt, wenn ich dran denke, wie du geheult hast meinetwegen. Wie gesagt, mit dir – ich wollte nie, dass es so weit kommt.«

Die Sonne ging unter, und durch die aufgelockerte Wolkendecke fiel das rötliche Licht auf Weiss, der den Rucksack abnahm, um sich einige Meter über ihr an einem Felsspalt zu schaffen zu machen. Dann ging er zum nächsten. Er öffnete seinen Rucksack und steckte eine Stange nach der anderen in die Spalten. Wolf war beim Anblick von Weiss' Hantieren mit den Dynamitstangen ganz ruhig geworden. Sie kannte sich zwar nicht mit Sprengstoff aus, aber sie war sich sicher, dass die Menge ausreichen würde, um sie unter Tonnen von Gestein zu begraben, wenn sie nicht ohnehin schon die Druckwelle zerfetzen würde. Weiss war zwischendurch aus ihrem Sichtfeld verschwunden. Sie versuchte, ihm hinterherzusehen, aber er verschwand hinter felsigen Erhebungen. Kurze Zeit später kam er aber mit ein paar Schnüren zurück, die er hinter sich herzog wie ein Kinderspielzeug. Er knotete sie alle mit geschickten Fingern zu einem großen Strang zusammen.

»Na, was sagst du? Ist es dir kein würdiger Abgang? Du verstehst dich doch auf Verschüttetensuche. Lieber hätte ich dich unter einer Lawine gewusst, aber es tut mir leid, mit der Jahreszeit kann ich gerade nicht dienen. Doch der Steinbruch ist geschichtsträchtig genug. Da werden sich diese Ermittler den Kopf über die Symbolik zerbrechen dürfen. Und sie werden nichts verstehen. Da hast du doch auch einen besonderen Fan, oder nicht? Dieser Hayek. Hab ihn im Fernsehen gesehen.« Er sprach so ruhig und arbeitete so anspannungslos konzentriert, als würde er eine Sprinkleranlage in seinem Vorgarten zusammenstoppeln und keine Lunte auslegen.

»Mein Vater durfte nicht würdig gehen. *Gesprungen* sei er. Was für ein Schwachsinn. Er wollte nichts anderes als sein Kind retten. Vati war auf dem Weg in den Steinbruch gewesen, als er mitansehen musste, wie diese Scheißkerle mich mit einem Seilzug über den Ast der alten Eiche gehängt hatten und mich in die Schwerelosigkeit stießen. Ich hatte in meinem Leben nie mehr so große Angst, wie als sich unter mir dieses bodenlose Nichts auftat. Er stürzte sich auf den Kraninger, der mich am Seil vor- und zurückschwingen ließ, und wollte ihm wohl die Ohrfeige verpassen, die er schon längst verdient hatte. Der Kraninger wehrte sich, der Zeilinger mischte sich ein, und dann sah ich ihn nur noch fallen. Und fallen. Es war so, als ob alle Geräusche der Welt für diesen Moment verstummt wären.« Wie um dies zu untermauern, hielt er selbst einen Augenblick inne, um dann inbrünstig voller Hass fortzufahren: »Alle vier waren sie verantwortlich dafür, und dann wagten die Leute, sein Andenken mit der Unterstellung zu besudeln, mein Vater habe sich feige umgebracht. Dafür mussten sie zahlen. Und das haben sie. Sie alle vier.«

Er war dabei, die Lunte bedächtig durch seine offenen Hände gleiten zu lassen. Langsam entfernte er sich damit mehr und mehr.

»Jetzt ist es wohl Zeit für den Abschied, meine Liebe!«, rief er ihr zu. »Ich halte es nicht so mit langen Verabschiedungen!«

Er winkte ihr unschuldig zu. Sie sah ihn forteilen.

Wolf begann, an dem Haken zu zerren und zu reißen, versuchte mit den Zähnen, die Fesseln aufzubekommen. Vergebens. Die Haken saßen fest, die Knoten gordisch.

»Guten Flug!«, hörte sie Weiss noch von Weitem rufen.

70

Wolf konzentrierte sich ganz auf den Drang, wegzukommen. Sie wusste, es war ihr nicht möglich. Sie saß fest an dieser Wand. Umgeben von Dynamit, verbunden mit einer brennenden Lunte. Sie konnte es riechen. Sie konzentrierte sich so sehr auf diesen Instinkt, dass sie hoffte, sein Pochen in den Griff zu bekommen. Sie wollte besonnen aus dem Leben scheiden mit guten Gedanken und nicht in eine Hysterie verfallen. Sie wollte etwas Schönes betrachten, bevor es das für immer gewesen sein sollte. Während also ihr offenes Auge durch die Landschaft schweifte und sie in den waldigen Hügeln ein letztes Mal die Kahlschläge, die für sie als Kind noch Formen von Hunden und Hasen gehabt hatten, ausgiebig betrachtete, zog das Schlurfen von Schuhen auf kiesigem Untergrund ihre Aufmerksamkeit auf sich. Es kam aus derselben Richtung, in der Weiss vorhin noch die Stangen versenkt hatte. Sie blickte nach oben und traute ihren Augen nicht. Es war nicht Leon. Es war überhaupt niemand, mit dem sie hier gerechnet hätte. Aber immerhin war es jemand. Und dieser Jemand war zu ihrer unbeschreiblichen Erleichterung damit zugange, Lunten wie Unkraut aus Felsspalten zu rupfen. Sie hatte doch gewusst, dass sie bei der Hütte nicht allein gewesen waren. Jemand hatte sie schon eine Weile beobachtet.

»Marco?«, rief sie. »Marco?« Sie spürte ihren Lebensmut und ihre Kraft zurückkommen.

»Ja, ja!«, antwortete der Bursch getrieben.

»Marco!«, rief sie überglücklich.

»Soll i jetzt ›Polo‹ schreien?«, war die patzige Antwort des sich mühenden jungen Mannes. Aber Marco Krammer erkannte, dass er nicht schnell genug gewesen war. Die Lunte zu den entferntesten Stangen brannte bereits. Er würde sie nicht mehr erreichen. »In Deckung!«, schrie er aus Leibeskräften und sprang, so weit er konnte, aus der Wand.

Ein akustisch scharfer Blitz ging über in ein mächtiges Grollen und Donnern, mit dem mannshohe Gesteinsbrocken aus der Senkrechten herausbrachen und über Wolf herunterstürzten. Sie hielt sich fest an ihrem Haken und drückte sich, so flach sie konnte, an die Wand, in der Hoffnung, die Felsen würden über sie hinwegsprengen und sie nicht bemerken. Es war, als bräche die Welt über ihr zusammen und der Himmel fiele ihr auf den Kopf und was eben noch durch derartige Metaphern ausgedrückt werden sollte. Ein gigantisches Stück Berg war unmittelbar vor ihr auf der Trasse, auf der sie stand, aufgeschlagen. Die Erschütterung, der Staub oder das Getöse – jedes war gewaltig genug und hätte für sich gereicht, um sie ohnmächtig werden zu lassen. Das Beben dauerte lange und ebbte mit dem Klirren flacher Steinsplitter ab. Wie die schwächsten Mitglieder einer Herde Tiere versuchten sie, mit den anderen Schritt zu halten, und jagten hinterher.

Marco Krammer rollte sich aus dem Sprung in die Luft ab. Wie ein elektrischer Bulle schüttelte ihn der bebende Berg ab und ließ ihn erst von den ersten Baumstämmen auffangen. Er musste mitansehen, wie meterhohe Bäume unter dem kanonenartigen Beschuss von Steinen umknickten und in alle Richtungen zersplitterten. Wie bei einer Jahrmarktbude Gebilde aus Pappbecher mit Bällen zum Einsturz gebracht wurden, fielen die mächtigen Brocken offenbar ungebremst hindurch und hinterließen eine kahl geschlagene Trümmerlandschaft, wo zuvor noch hohe Fichten gestanden hatten. In der verwüsteten Landschaft lagen Teile, die nicht mehr eindeutig ihrer ursprünglichen Form zuordenbar waren, ähnlich wie Teile im Schutt eines abgerissenen Hauses. Man erkannte zwar noch die eine oder andere Farbe, und vielleicht war es doch eine Steckdose oder Dämmmaterial, aber bei dem ungetümartig aufgeworfenen Wurzelwerk war er sich nicht mal sicher, ob die Sprengung nicht möglicherweise doch urzeitliche Kraken zurück ans Tageslicht befördert hatte, die sich nun mit ihren Tentakeln über den Schutt schleppten. Die Explosion war heftig gewesen, dabei hatte er sicher drei Ladungen unschädlich gemacht. Aber wer wusste schon, wie viele der verrückte Typ ausgelegt hatte. Die Veva konnte das nicht überlebt haben. Als sich der Staub legte und wieder etwas von der Sicht freigab, war die Felslandschaft völlig verändert. Er hätte nicht einmal mehr sagen können, wo sie sich befunden hatte. Wo zuvor noch Trassen verliefen und einst Maschinerie gefahren war, breitete sich ein einziges Geröllfeld mit gartenhaushohen Felsen aus.

Seit dem Feuer in der Wohnung von Philipp Stumper hatte er sich in der Sprengmeisterhütte versteckt gehalten. Bis er tags zuvor von dem Kerl mit einer gefesselten Wolf über der Schulter beinah entdeckt worden war. Er hatte sich gerade noch rechtzeitig in den Wald zurückziehen können. Der Mann war ihm unbekannt gewesen, aber die Veva hatte er gleich an dem Kostüm und den Anzugschuhen ausmachen können. Es musste wohl eine ganze Stunde vergangen sein, ehe er eine Entscheidung getroffen hatte, was er nun tun sollte. Auch wenn er polizeilich gesucht wurde, konnte er sie ja nicht einfach so zurücklassen. Er war sehr ärgerlich darüber geworden, dass er sein Handy weggeworfen hatte, da er nicht geortet werden wollte. Immer wieder hatte er versucht, einen Blick in die Hütte zu erhaschen, viel zu sehen bekam er nicht. Zumindest hatten ihn regelmäßige Unterhaltungen immer wieder davon überzeugen können, dass Wolf noch am Leben war.

Jetzt saß er gelehnt an einen Baum, mit vom weißen Staub verklumpten Augen und trockener Kehle, und brachte in all der Zerstörung kein gescheites Schluchzen heraus.

71

Hayek folgte dem Wirtschaftsweg immer weiter den Hang hinauf. An vielen Stellen war er heillos ausgewaschen, und tiefe Löcher verbargen sich unter dem trügerisch dreckigen Regenwasser der letzten Stunden. Es hatte langsam wieder angefangen zu regnen. Wie üblich hatte er die falschen Schuhe an. Die Regentropfen wurden trüb, als sie durch die immer noch staubige Luft fielen. Inzwischen hatte er seine Dienstwaffe griffbereit in den Händen. Immer wieder wischte er mechanisch über die schwarze Glock, als würden die milchigen Tropfen ihre Funktionalität beeinträchtigen. Es hatte den Anschein, als ob der Weg seit Jahren von niemandem mehr befahren worden wäre, aber ein frischer Reifenabdruck ließ anderes vermuten. Zweifellos war vor nicht allzu langer Zeit ein Fahrzeug hier vorbeigekommen. Um die genaue Zeitspanne abzuschätzen, fehlte Hayek die nötige Spurenkunde. Er nieste zweimal heftig. Seine Nase wehrte sich gegen den Beschlag durch den gipsartigen Staub, aber er hastete unbeirrt weiter. Völlig unvermutet stand er nach einer Wegbiegung plötzlich vor dem zur Fahndung ausgeschriebenen weißen Audi. Er näherte sich vorsichtig an, die Waffe im Anschlag, und beobachtete die Umgebung genau. Der Regen klebte ihm einzelne Strähnen seiner viel zu lang gewordenen Haare über die Lider.

Der Wagen war unverschlossen. Kein Schlüssel. Blut auf der Beifahrerseite. Er öffnete die Fahrertür und griff weit unter das Lenkrad, wo er versuchte, alle Kabel herauszureißen, die er erwischen konnte. Sollte Weiss zurückkommen, würde er hoffentlich den Wagen nicht sofort zum Laufen bringen können. Auf die Reifen zu schießen erschien ihm zu drastisch. Außerdem hätte es zu viel Lärm verursacht. Mehrere faulige Bäume lagen vor dem Auto quer über dem Weg. Von hier aus hatte Weiss also zu Fuß weitergemusst, war

Hayek sich sicher und wühlte sich durch Äste über die Stämme hindurch. Es kratzte und stach, und wieder war eine Hose hin. Nach dem Hindernis hielt er Ausschau nach Spuren. In dem sandigen Untergrund konnte er nichts erkennen. Er musste einen anderen Weg genommen haben. Ein paar freigelegte und beschädigte Wurzeln ließen ihn darauf schließen, dass hier ein Pfad in einem Neunzig-Grad-Winkel von dem Wirtschaftsweg steil hinaufführte. Fußspuren in der Erde bestätigten seine Vermutung, und vorsichtig, um nicht auszurutschen, setzte er einen Fuß nach dem anderen mit Bedacht auf den aufgeweichten erdigen Boden. Moos schälte sich unter seinen Schritten ab und rollte abwärts, bis es durch andere Vegetation aufgefangen wurde. Immer wieder hielt er an und achtete auf Geräusche. Er glaubte, das eine oder andere Mal noch einen Stein rollen zu hören, und war bereit, zur Seite zu springen.

Seine Aufmerksamkeit zeigte Berechtigung, wenn sie auch einen Moment versagt hatte. Sein Ankommen war dem flüchtenden Weiss nicht unbemerkt geblieben. Weiss sah sich aber im Vorteil. Hayek schien allein zu sein, und dem Kampf mit einer Person sah er sich jederzeit gewachsen. Weiss beschloss, sich ein Überraschungsmoment zunutze zu machen. Er hatte sich die längste Zeit hinter einem moosbewachsenen Findling versteckt gehalten und den Oberst sich annähern lassen. Nun sprang er ihn von der Seite an und stieß ihn zu Boden.

Die Waffe fiel Hayek aus der Hand und verschwand im Dickicht der Farne. Freilich war der Oberst perplex über den unerwarteten Angriff, aber an der Identität des Mannes hegte er keinen Zweifel. Es war eindeutig der gesuchte Leon Weiss. Nur, dass er auf den Bildern der Dashcam Glatze hatte und jetzt eine Perücke zu tragen schien. Weiss klebte beinahe auf dem Oberst und wollte ihn nicht aus seinem Griff gelangen lassen. Hayek versuchte, Weiss abzuschütteln, der ihm an körperlichen Kräften in nichts nachstand und danach trachtete, an seine Kehle zu gelangen. Hayek jedoch hatte nicht vor, das zuzulassen, und wand sich unter seinem Kontrahenten hervor, um ihn mit einem festen Ellbogenstoß zwischen die Schulterblätter auf dem Boden zu halten. Leon Weiss aber schien keinen Schmerz zu spüren. Hayek sollte seiner nicht so schnell Herr werden. Weiss wollte Hayek nun mit angelnden Armbewegungen erwischen, um ihn unter sich zu fixieren. Geschickt wich der Oberst jedes Mal aus. Fichtennadeln und Tannensamen klebten ihm im Gesicht, und er hatte den Mund voller Erde. Das Terrain war steil, er durfte nicht riskieren zu stürzen, ansonsten würde er mindestens bis auf den Wirtschaftsweg hinabrollen. Mittlerweile beide auf den Beinen, umkreisten sie sich lauernd, ließen einander nicht aus den Augen, um auf jeden nur angedeuteten Angriff des anderen zu reagieren. Hayek fragte sich, wo seine Waffe hingeraten war.

»Geben Sie auf, Weiss! Es ist vorbei. Unten wartet das halbe LKA bereits auf Sie!«

»Dass ich nicht lache. Die paar Hanswürste? Glauben Sie nicht, dass ich den Hartl kenne und seinen Adjutanten Garer?«, verhöhnte er ihn.

»Das ganze Land sucht nach Ihnen. Es gibt einen Europäischen Haftbefehl gegen Sie wegen Mordes.«

»Nichts haben Sie!«, rief er und lachte. »Kein Motiv, keine Spur! Nichts. Selbst wenn Sie mich jetzt verhaften.«

Keiner gab in seiner eingenommenen Drohhaltung nach. Ohne seinen Blick von Weiss abzuwenden, tastete Hayek mit dem Fuß nach der Glock. Aber überall nur weicher Moosboden.

»Wir haben Sie auf Band. Wie Sie den Maierleb entführen. Der österreichischen Justiz reicht das für einen Schuldspruch.«

»Was, ohne Motiv? Warum, glauben Sie denn, hätte ich Sie alle umbringen sollen? Niemand ist mehr übrig, der davon berichten könnte.«

Mehr übrig. Hayek schauderte. »Wo ist sie? Wo ist Veva Wolf?«

»Ich glaube, sie wollte sich das Feuerwerk aus nächster

Nähe ansehen«, grinste Weiss mit einer hässlich zufriedenen Fratze.

Hayek verlor die Geduld. Er stürzte sich erneut auf Weiss. Beide kamen zum Sturz. Sie rollten beide ungebremst hinunter, wo sie hart auf dem Wirtschaftsweg aufschlugen. Hayek fühlte ein Stechen in seinem Brustkorb, das ihm alle Luft raubte und jeden weiteren Atemzug blockierte. Er musste hilflos nach Luft ringend aus den Augenwinkeln beobachten, wie sich Weiss beinahe unbeschadet durch den Sturz vom Boden erhob und mit diesen riesigen Händen auf ihn zukam. Nun konnte Hayek nicht mehr verhindern, dass sich Weiss auf ihn setzte und seine Hände sich um seinen Hals legten, um sich wie eine Zange unbarmherzig immer weiter zu schließen. Sein massiger Körper beschwerte Hayeks schmerzenden Brustkorb bis zur Unerträglichkeit. Ironisch für Hayek, er bekam ja ohnehin keine Luft. Er merkte, dass er wegdämmerte. Alle Geräusche schienen nur mehr aus einiger Distanz an sein Ohr zu dringen. Das Letzte, was er also sehen sollte, war dieses fleischige Gesicht mit dem besessen erregten Blick. Er schloss die Augen für einen Moment. Und als er sie wieder öffnete, erblickte er ein anderes Gesicht. Wieder schloss er die Augen. Der Griff wurde kraftlos. Weiss sackte über ihm weg. Hinter ihm stand Marco Krammer, einen frisch aus einem Felsen herausgebrochenen Stein in Händen.

»Sie sind doch der Wiener Cop, nicht?«

»Und du siehst netter aus als auf deinem Fahndungsfoto«, keuchte Hayek, als er wieder genug Luft dafür bekam, und ließ sich von dem Burschen hochhelfen.

Weiss war vor ihnen zusammengebrochen. Blut suppte langsam aus der Wunde an seinem Hinterkopf.

»Also, das war doch Notwehr, oder? Wenn der jetzt hinüber isch?«, wollte er besorgt wissen.

Hayek atmete tief aus und ein. Er hatte das Gefühl, als müsste er sich beide Lungenflügel wieder wie einen Luftballon aufpusten. Der Staub reizte seine Augen und Gaumen.

»Der isch nicht tot.« Er wusste nicht, ob er das »sch« aus

Dank, Spott oder weil er sich auf die Zunge gebissen hatte, anstelle eines klaren »s« aussprach.

Er spuckte Blut, griff benommen nach dem Etui an seiner Gürtelschnalle und fischte die Handschellen heraus, um Weiss an den Felgen des weißen Audi zu fixieren.

So weit wieder hergestellt, sah er Marco Krammer an.

»Die Frau?«, fragte Hayek und wischte sich mit der Hand über das ganze erdige Gesicht.

Marco Krammer erwiderte seinen Blick. Er wusste jedoch nicht, was er sagen sollte. Er schüttelte den Kopf und nickte gleichzeitig. Wie konnte er das nur beschreiben?

»Alles in Ordnung«, antwortete er. »Es geht ihr gut.«

72

Es ging ihr gar nicht gut, fand Veva Wolf. Sie stand in einem
Spalt zwischen einem Felsbrocken und der Wand, an die sie
gefesselt war. Sie war müde. Ihr Kopf tat weh, und sie war nass.
Außerdem juckte der Staub in ihrer Nase. Immerhin konnte
sie diese gegen einen Felsen reiben, um sich Erleichterung zu
verschaffen. Während sie so über ihre Situation nachdachte,
eingeengt von Fels, Dreck und Regen, machte sie zum ersten
Mal seit ewiger Zeit wieder Pläne. Ihr Schock war tröstlich.
Er ließ sie an harmlose Dinge denken und gestand ihr etwas
Schonfrist zu, bis sie beginnen musste zu verarbeiten, was in
dieser Woche geschehen war. Sie würde definitiv wegziehen.
Es regnete hier einfach zu viel. Die neue Wohnung sollte kein
weiches Parkett haben. Dunkle Böden hatte man jetzt, hatte
Leon gemeint. Kirsche würde ihr gefallen – oder doch eher
Schieferoptik? Die Wände cremefarben. Aber keine Vorhänge.
Warme hölzerne Rollos gefielen ihr. Eine Bordüre? Man konnte
da viel selbst machen mit den richtigen Utensilien. Was hatte
es eigentlich mit diesen Boxspringbetten auf sich, die gerade in
aller Munde waren? Kam man da mit dem Staubsauger drunter?

War nicht vorhin der Krammer Marco noch da gewesen?
Wo war der jetzt nur hin? Sicher zum Fußballtraining. Das
nächste Spiel der Kampfmannschaft durfte man nicht verpassen. Es würde den Aufstieg bedeuten. Man würde gemütlich in
der Nachmittagssonne auf der hölzernen Tribüne sitzen. Und
mit »Ohs« und »Uhs« und vor allem »Ahs« für die Geräusch-
kulisse neben dem befriedigenden Ploppen des fest getroffenen
Balles sorgen. Der Geruch von Currywurst würde durch die
Reihen gehen. Auf keinen Fall durfte sie das Aufstiegsspiel
verpassen.

Auf einmal war der Marco auch wieder da. Als Kopf tauchte
er über ihr auf und sah auf sie herunter, und er war nicht allein.
Dieser Polizist war bei ihm.

»Marco, wann ist das Aufstiegsspiel?«, fragte sie. »Des isch doch wohl a Heimspiel?«

Krammer warf Hayek einen Blick zu, der nichts anderes bedeuten sollte als: »Das hab ich gemeint.«

»Veva, du weisch doch, dass i gesperrt bin?«, antwortete Krammer und verschaffte sich mit Hayek einen Überblick, wie man sie aus der Spalte herausbekommen könnte.

Als Wolf aber Hayek sah, wie dieser von dem kalkigen Staub auch nicht verschont geblieben war, verbesserte sich ihr mentaler Zustand. Langsam kehrte ihre Fähigkeit zurück, die Lage zu reflektieren.

»Bitte holt mich hier raus«, bat sie, »jetzt gleich.«

Krammer und Hayek hatten sich bergretterisch unkonventionell dazu entschlossen, den Oberst, mit Hilfe eines Seils an den Füßen gesichert, kopfüber hinunterzulassen. Für einen sicheren Abstieg fehlte der Platz. Wolf hing mehr in ihren Fesseln, als dass sie sich selbst noch auf den Beinen halten konnte. Unter anderen Umständen hätte es wohl recht humoristisch gewirkt, wie der völlig Verkalkte – der Staub und der Regen hatten zementartig Hayeks nachdenkliche Gesichtszüge einbetoniert – sich kopfüber in das Loch vortastete und so plötzlich neben Wolf auftauchte.

»Alles in Ordnung? Sind Sie verletzt?«, erkundigte er sich, als er bereits knapp über ihr war, aber sie antwortete nicht.

Sie sah ihn nur wortlos an. Wie ein Fisch machte er den Mund auf und zu, ohne dabei einen Laut von sich zu geben. Es dauerte noch eine Weile, bis sie dahinterkam, dass sie seit der Explosion überhaupt nichts anderes als ein sonores Rauschen gehört hatte.

73

Mit einem Hubschrauber der Bergrettung wurde Wolf schließlich geborgen und in das nächste Spital verfrachtet. Sie selbst
hatte ihn nicht kommen hören, nachdem Krammer und Hayek
sie letztlich zwischen den Felsen herausgezogen hatten. Nach
Hayeks Verständnis hatte sie die Tortur überraschenderweise
ganz gut überstanden. Abgesehen natürlich von der Sache mit
ihrem Gehör. Die Erschütterung beim Landen des Helikop-
ters, den sie erst in just diesem Moment bemerkt hatte, hatte
sie sich fest an Hayeks ruiniertes Sakko klammern lassen. Im
Tausch gegen das eine oder andere Beruhigungsmittel aus der
Nadel des Notarztes hatte sie die Umklammerung aber auch
schon wieder gelöst.

Marco Krammer wurde ohne Gegenwehr von den später
hinzugekommenen Beamten abgeführt. Er hatte Wolf und
Hayek wohl das Leben gerettet. Jetzt sah er einem Prozess
wegen versuchten Mordes und Brandstiftung entgegen. Hayek
hatte ihm vor allen Anwesenden demonstrativ die Hand gereicht und ihm auf die Schulter geklopft. Damit wollte Hayek
sicherstellen, dass der Abgeführte mit Respekt behandelt
wurde. Krammer hatte den Kopf gesenkt, durfte aber zuversichtlich sein, ein faires Verfahren zu erwarten. Während
also Marco Krammer ehrfürchtig nachgesehen wurde, als er
mit den Beamten ging, wurde Leon Weiss wie ein tollwütiger
streunender Hund auf die vergitterte Rückbank eines Ein-
satzwagens gesperrt. Er war fast bis zum Eintreffen der von
Hayek noch angeforderten Verstärkung an die Felge seines
Audis gekettet gewesen. Mit unheimlicher Gefasstheit hatte
er sich festnehmen lassen. Er schwieg eisern. Das Amüsement
war aus seinem Gesicht gewichen, und sein Gesicht verharrte
in einer Bewegungslosigkeit, hinter deren Abgründe man nicht
blicken wollte.

Seitdem Wolf aus dem Loch heraus war, schien alles wie

durch eine Art Schnelldurchlauf vonstattenzugehen, durch den sich Hayek in Zeitlupe bewegte. Es war, als breitete sich sein aufgestautes Ruhebedürfnis auf Zeit und Raum aus. Das brachte die Gewissheit, etwas Großes hinter sich gebracht zu haben, gewöhnlich mit sich.

Hayeks Handy schrillte ununterbrochen. Man beglückwünschte ihn von Vorgesetztenseite, und auch Seyböck ließ ihn von seiner Dankbarkeit wissen.

Das einzige Gespräch, das länger dauern sollte als die pauschale Antwort, »dass man nun endlich aufatmen könne, der Täter gefasst und die Geisel befreit sei« und es natürlich eine »Teamleistung« gewesen sei, führte er mit Stefan Stinner, der als Medienprofi zunächst lobte, wie gut Hayek gelernt hatte, sich auszudrücken.

»Eine ›Teamleistung‹, Richard, du wirst mir jetzt ja ein wirklicher Teamplayer«, lachte er, wohl wissend, dass Richard unter Team ausschließlich das Sammelsurium seiner Begehrlichkeiten verstand.

»Ich mache meinen Job, Stinner. Mach du deinen«, erwiderte er mürrisch.

»Was hast du eigentlich an diesem Steinbruch gesucht?«, wollte Stinner wissen. »Ich muss das irgendwie vermarkten.«

»Da gibt's nichts zu vermarkten. Ich bin ein paar Orte abgefahren, und bei einem flog mir die Intuition um die Ohren.«

»Wenn der Oberst nicht zum Berg kommt, dann kommt der Berg eben zum Oberst?«, lachte er.

Hayek kam nicht umhin, sich ein Schmunzeln abzuringen. »Stefan, ich fühle mich, als hätte man mir eine betoniert. Lass mich wieder Mensch werden, dann geb ich dir ein Exklusivinterview.«

Sie legten auf. Vogelspiel hatte sich schon an Hayeks verkrusteten Anblick gewöhnt. Mittlerweile besaß er allen Ernstes sogar Plastikschonüberzüge für das Dienstfahrzeug. Er fuhr Hayek in den Gasthof. Sie schwiegen die ganze Fahrt lang.

74

In den Tagen und Wochen nach der aufsehenerregenden Verhaftung des »Alpenschlächters«, wie eine deutsche Tageszeitung getitelt hatte, kehrte nach einem letzten Höhepunkt des öffentlichen Interesses des abgelegenen Bergdorfes wieder Ruhe ein, und im nächsten Jahr würde der Name des sechshundert Einwohner zählenden Ortes erneut in der Unbekanntheit verschwinden. Die knapp siebentausend Gästebetten wurden neu aufgebettet, und die Gäste reisten – ei, ei, warum vorbei – durch die verstopfte B 179-Fernpassbundesstraße und die A 7 ab.

Oberst Richard Hayek hatte schließlich die Exhumierung des vor nun zwei Jahren verstorbenen Robert Kraninger genehmigt bekommen, und eine neuerliche Untersuchung sollte der Vermutung von Gerichtsmediziner Beck recht geben, dass der Körper des Verstorbenen nach Eintritt des Todes abermals überrollt worden war. Durch den stark fortgeschrittenen Zerfall des Körpers fanden sich jedoch keinerlei Hinweise mehr auf das zweite Fahrzeug. Man würde wohl nie erfahren, wer das nachkommende Fahrzeug gelenkt hatte.

Leon Weiss hatte schlussendlich doch nach einem Anwalt verlangt und hielt sein Schweigen nach wie vor aufrecht. In der Untersuchungshaft sollte sich auch sein Äußeres ändern, als ihm bereits gleich nach der Festnahme die dunkle Perücke abgenommen wurde. Es stellte sich heraus, dass sein ganzer Körper sorgfältig rasiert war. Er hätte abgesehen von seinen Wimpern und Augenbrauen nicht ein echtes Haar an den Tatorten verlieren können. Man hatte außerdem bei verschiedenen Durchsuchungen seines Wagens und seines Hotelzimmers auch die Taucherausrüstung, Weilers Fischermesser und vor allem auch das für den Mord an Josef Zeilinger verwendete Bolzenschussgerät sichergestellt. Weiss musste beim Zeilingerhof eingebrochen sein und den Apparat entwendet

haben. Es stand aufgrund des Modells und des Alters eindeutig fest, dass das Gerät Josef Zeilinger senior gehört hatte.
Auch wenn sich Weiss mit der morbiden Symbolik noch so
bemüht hatte. Der Pepi Tschellinger hatte nicht eine Kuh
damit getötet.

Die Beamten des Postens kamen endlich wieder dazu, Ge-
schwindigkeits- und Geräuschpegelmessungen bei den Motor-
radfahrern an der Passstraße vorzunehmen. Auch der eine oder
andere Führerschein wurde dieser Tage von den Beamten ein-
behalten, und das, noch bevor das Dorffest stattfinden sollte.
Rundherum fand man die Rückkehr zur Normalität mehr
als nur beruhigend. Im kommenden Herbst sollten diesmal
sogar zwei Rehe nach dem Almabtrieb an der Wildwechseltafel
überfahren werden. Finden würde man aber nur eines, und
bei der Hirschenwirtin sollten die »Wildwochen« in diesem
Jahr besonders früh beginnen.

Hartl konnte es kaum erwarten, dass der Wiener Schnösel
ein für alle Mal aus seinem Vernehmungszimmer verschwand
und er unter Umständen doch noch an den Gardasee kommen
würde. Vielleicht war es die alte Schleicher, der etwas schwer
ums Herz wurde, als sich ihr Haus wieder leeren sollte.

Hayek schien es, als würden ihn die Leute auf der Straße
nun weniger aus Pflicht und mehr aus Respekt grüßen. Skeptisch grüßte er stets zurück. Er erhielt auch seine Pistole wieder, Fritsch händigte sie ihm persönlich aus. Der Rand der
eingetrockneten Zementtropfen sollte sich nicht mehr ent-
fernen lassen.

Die Leichen der beiden Männer wurden schließlich nach
Abschluss sämtlicher gerichtsmedizinischen Gutachten zur
Beerdigung freigegeben. Weiler wurde verbrannt. Seine Toten-
messe wurde von einem Pater aus dem nahen Kloster gelesen.
Annelies Weiler sah wie immer wie aus dem schwarzen Ei
gepellt aus, als sie bei der Urnenbeisetzung Lilien in Händen
hielt und ihre Unterlippe beben ließ. Julia Weiler war nahe
neben ihr gestanden und hatte ihr den rechten Arm um die
Schulter gelegt.

Es war also die Zeit der Dorf- und Stadtfeste, in der der Hirsch seine Pforten für zwei Wochen schloss, in denen es die Hirschenwirtin auch schaffte, ihren Mann ein paar Tage an die Ostsee zu bewegen. So kam es auch, dass sich zu späterer Stunde an einem dieser Feste, als sich die meisten Besucher nach Ende der Livemusik schon auf den Heimweg gemacht hatten, kein Geringerer als der Herr Pfarrer zu Hayek an den wackligen Biertisch setzte. Auf Hayeks direkte Frage, was er über die Sache mit dem Weiss und seinigen Peinigern gewusst hatte, erzählte ihm der Geistliche sogar, dass er von dem Unfall an der Weißen Wand gewusst habe. Dem Maierleb habe er jahrelang die Beichte abgenommen. Das sei ein gläubiger Mensch gewesen. Dann holte der alte Mann eine Runde Bier, und sie tranken es schweigend. Jeder mit der eigenen Verachtung für sein Gegenüber.

75

Wolf war mit voll wiederhergestelltem Gehör einige Tage später aus dem Krankenhaus entlassen worden. Darüber hinaus hatte sie einen Bruch des Jochbeins und eine kosmetisch nicht leicht rekonstruierbare Platzwunde knapp unter dem Haaransatz auf der Stirn davongetragen. Darauf angesprochen, meinte sie lediglich, dass sie immer schon einen Pony tragen wollte.

Seyböck war hierzu extra aus München angereist. Hayek verstand sich hervorragend mit dem höflichen Mann. Seyböck war kleiner, obwohl er keine fünfzig war, schon durchgängig ergraut und wirkte sportlich. Er hatte in seinem ganzen Gehabe noble Züge an sich und erwies sich als intelligenter Beamter, von dem sich Hayek vorstellen konnte, sich eine Scheibe abzuschneiden. Auf die Frage, ob er leicht in die Gegend gefunden habe, konnte er nur bekräftigend nicken. Er komme immerhin jedes Jahr für seinen Skiurlaub hierher.

Direkt nach ihrer Entlassung aus dem Spital war Wolf auf den Posten gefahren, den sie selbstsicher betrat, als wäre sie schon öfter dort gewesen. Sie wurde Seyböck vorgestellt, und Vogelspiel geleitete sie nach höflichen Erkundigungen um ihr Befinden in das Vernehmungszimmer, um die letzte Aussage für den Abschlussbericht aufzunehmen. Garer führte das Protokoll:

»Der Kraninger Robert, Weiler Alexander, Zeilinger Josef und der Maierleb Christian haben zu Schulzeiten so eine Art Clique gebildet. Sie waren ständig zusammen unterwegs. Ich selbst war ein paar Jahre jünger und war – das kann man so sagen – immer ein bisschen eingeschüchtert. Einmal habe ich sogar gesehen, wie der Kraninger einen Kaugummi im Geschäft einfach eingesteckt hatte, ohne zu bezahlen. Er hat mich schrecklich angefahren, damit ich nichts sage, und das habe ich nicht. Ich habe auch nichts gesagt, als sie es auf den kleinen Leon abgesehen hatten. Der Robert hatte damals frisch den Verband über dem kaputten Auge, und wenn man ihn zu lange angesehen hat, hat er einen regelrecht bedroht, wenn er gefragt hat, was man so blöd schaut.

Eines Tages hat ihn halt der Leon zu lange angeschaut mit seinem Augenverband. Damit war es dann auch schon um ihn geschehen, und der Kraninger hat wohl ein für alle Mal beschlossen, dem Leon die Schuld daran zu geben, weil ja dessen Vater anscheinend der Rädelsführer im Streit um die alte Fabrik am Steinbruch war. Dieser Disput war angeblich sogar der Grund, warum dem Kraninger bei den Schützen das Auge ausgeschossen wurde. Auch ein sehr mysteriöser Vorfall, bei dem nie klar war, wer diese Verunstaltung nun wirklich zu verantworten hatte. Von da an hatten sie den Leon auf dem Kieker. Man hat ja gewusst, dass der Dr. Weiss ein Segelflugzeug hatte, mit dem er regelmäßig über den Ort geflogen ist und auch der Leon manchmal mitfliegen durfte, also haben sie sich diese Barbarei mit dem ›Fliegenlassen‹ ausgedacht. Sie haben ihn also an ein Seil gebunden und ihn meterhoch den Schulturm hinaufgezogen. Dabei haben sie ihm die ganze Zeit angedroht, ihn fallen zu lassen, bis er sich anuriniert hat. Einmal haben sie ihn sogar auf den Kirchturm geschleppt, zu dem der Maierleb als Oberministrant ja den Schlüssel gehabt hat, und haben ihn an nichts anderem als seinem Hosenbund über – ich weiß jetzt nicht, wie das heißt – das zig Meter tiefe Loch unter der Glocke gehalten.

An diesem einen Tag im August 1991 war ich also mit unserem damaligen Hund unter der Weißen Wand spazieren. Aus einiger Entfernung hab ich den Leon dann schon schreien hören und sofort gewusst, dass sie ihn wieder haben fliegen lassen. Sie müssen ihn an der alten Seilwinde, die es da für Holzarbeiten gab, über die Weiße Wand hochgezogen haben.

›Hasch auch a guate Aussicht? Siehsch eh weit, schau halt!‹, rief der Kraninger immer. ›Weisch, i siehg ja nimma so weit.‹

Der Leon hat gebrüllt wie am Spieß. Der hatte Todesangst. Dann ist es offenbar zu einer Art Tumult gekommen. Alle haben durcheinandergeschrien. Und ich dachte mir: Jetzt ist was passiert! Aber der Leon hat da noch immer geschrien. Ich bin immer näher zur Wand gegangen, und ein paar Meter davor hab ich dann den Toten gefunden. Man hat ihn nicht erkennen können, dafür war er zu entstellt. Erst im Nachhinein habe ich erfahren, dass es der Vater vom Leon war. Wen ich aber erkannt hab, waren die vier Burschen und der Leon, der an einem Ast über dem Abhang an einem Seil gebaumelt ist. Offensichtlich hatten sie ihn wieder am Hosenbund hinaufgezogen. Der Leon war aber plötzlich still geworden und ganz reglos. Die vier Burschen haben dann über die Kante runtergeschaut, und der Kraninger hat mir gedroht, er würde mir die Augen ausstechen, wenn ich irgendwem etwas erzählen würde. Also erzählte ich wie immer niemandem davon.

Es war auch erst, als ich den Leon Weiss wiedertraf, dass mir all das wieder eingefallen ist. Es hat mir alles sehr leidgetan, und ich hab das dringende Bedürfnis gehabt, mich zu entschuldigen. Vor allem weil der Leon ja noch ewig da oben gehangen ist. Er ist dann wohl von selbst irgendwann runtergekommen, aber erst jetzt als Erwachsene ist mir klar geworden, wie schrecklich das für den Buben hat sein müssen, wie der Vater da runtergestürzt ist, wie er versucht hat, den Leon zu befreien. Wie gesagt, ich wollte mich entschuldigen, dass ich jahrelang den Mund nicht aufgemacht habe.«

76

Am selben Tag, wie der Abschlussbericht rausging, verließen auch Stinner und Vogelspiel die kleine Ortschaft und maßen sich gegenseitig darin, wer sich mehr auf das Stadtleben freute. Beide sehnten sich nach ihren eigenen Betten. Und ihren Ehefrauen. Stinner war verblüfft, dass Vogelspiel verheiratet war.

»Weiß der Richard das überhaupt?«, fragte Stinner ihn.

»Ich glaube nicht. Er hat nie gefragt«, antwortete Vogelspiel.

»Sie sind ja fast schon so geheimnisvoll wie Ihr Chef«, stellte Stinner lachend fest. »Der Richard ist auch immer für eine Überraschung gut.«

Stinner war wohl der Einzige, der den Oberst beim Vornamen nannte. Fritsch hatte es nach Ende der Ermittlungen noch ein- oder zweimal probiert. Daraufhin war ihm Hayek ganz ordentlich übers Maul gefahren. Vogelspiel deutete die Befürchtung an, dass es mit Hayek und Fritsch jetzt so weitergehen könnte wie mit Hayek und Beck.

Stinner musste wirklich lachen. »Das ist ja ganz was anderes, Herr Kollege«, korrigierte er ihn.

Vogelspiel brannte darauf, zu erfahren, was Stinner wusste. Dieser ließ sich jedoch bitten und genoss das sichtlich, bevor er sich dazu bereit zeigte. Allein der Gedanke daran schien Stinner nicht wenig zu erheitern.

»Sie werden das nicht wissen, aber der Beck und der Hayek kennen sich schon seit der Oberstufe. Man könnte fast sagen, sie seien befreundet gewesen«, fing Stinner an und konnte nicht sprechen, ohne dass man das Schmunzeln in jedem Wort widerhallen hörte.

Die beiden, befreundet? Vogelspiel vermochte kaum zu glauben, was er hörte. Beide siezten sich dermaßen kühl, dass man nicht einmal darauf schließen wollte, dass sie im selben Bundesland aufgewachsen wären.

»Es kam also zur Reifeprüfung, und als Maturastreich war

ausersehen, peinliche Fotos der Lehrer vergrößern zu lassen und gut sichtbar in der Schule aufzuhängen. Bei den meisten Lehrern konnten Familienangehörige überzeugt werden, Fotos mit beispielsweise hässlichen Ballkleidern oder großen Zahnspangen herauszurücken. Nur bei ihrem Religionslehrer gelang das nicht. Und gerade den wollte man nicht davonkommen lassen. Nun, manch einer hat den Religionsunterricht in der Schule vielleicht genossen. Bildchen von Heiligen aufgeklebt, Kirchenfenster ausgemalt. So was. Nicht aber der Religionslehrer von Beck und Hayek. Er bestand darauf, dass die Klasse mindestens zweimal im Jahr beichten ging und die halbe Bibel auf Latein auswendig konnte. Und wenn ihm die Heranwachsenden zu frech antworteten, konnte er schon mal rabiat werden. Kann man sich heute kaum vorstellen. Aber so jemanden wirst du ja nicht los, wenn du einmal bei ihm gebeichtet hast. Der Typ drohte ihnen tatsächlich, das Gebeichtete gegen sie zu verwenden. Für den Richard war es dann natürlich Ehrensache, dass der sein Fett abbekam, und gemeinsam mit Beck wollte er auch dafür sorgen, weswegen sie gemeinsam einen Plan aussannen, wie sie in seiner Abwesenheit in seine Wohnung gelangen konnten. Die beiden dachten sich daher, dass es wohl am besten wäre, während einer Schulstunde zu den Lehrerwohnungen zu schleichen, über den Balkon einzusteigen und das gekippte Fenster mit einem Draht zu öffnen.«

Als er so zuhörte, wurde Vogelspiel ganz anders. Der junge Hayek hatte durchaus eine kriminelle Ader gehabt. Ob er heute noch Fenster mit Drähten öffnen konnte?

»Der gute Richard hatte immer schon ein Gespür für falsches Timing. Jedenfalls ist er halt immer dort, wo es zur Sache geht. Der Beck hätte also Schmiere stehen sollen. Na, und was, glauben Sie, ist passiert? Klar. Der Lehrer hat irgendwas vergessen oder Durchfall bekommen oder was auch immer einem den Einbruch versauen kann – und der Richard ist grad drauf und dran, die Wohnung zu durchsuchen, und inmitten der Unordnung einer zerwühlten Wohnung steht plötzlich der

Lehrer vor ihm. Ich kann nur vermuten, was in dieser Wohnung passiert ist, aber ich denke, der Hayek hat eine ordentliche Portion Prügel ausgefasst. Und der Beck? Ja, der Beck war einfach abgehauen und hat den Richard seinem Schicksal überlassen. Wollte sich seinen Vorzug und seine eigene Haut retten.«

Vogelspiel wurde nun plötzlich einiges klar. Eigentlich hatte er sich immer gedacht, es hätte alles mit einer Frau oder einem angefahrenen Wagen zu tun gehabt, aber diese Geschichte verlieh der angespannten Beziehung Becks und Hayeks eine geradezu komödiantische Komponente.

»Der Herr Oberst«, lachte Stinner, »hat sich damals in ziemlichem Erklärungsnotstand befunden. Hat wohl nicht gut ausgesehen für den Mann, dem es nie die Sprache verschlägt. Jedenfalls in diesem Semester war es nichts mit erreichter Reife. Was den Beck anbelangt, der Richard ist ja ein *Sir*, ein Ehrenmann. Der hat den Beck nie verraten. Aber er wird es ihm auch nie verzeihen.«

77

Als Hayek am nächsten Tag seine Sachen in den Dienstwagen einlud, das Zimmer im Gasthof und der Vernehmungsraum des Postens waren geräumt, stand Wolf mit einem großen Koffer vor ihm.

»Können Sie mich mitnehmen?«, fragte sie, den Koffer in der einen, die schwarze Jacke über der anderen Hand.

Hayek war verdutzt, schlug es aber nicht ab.

»Urlaub?«, erkundigte sich Hayek.

»Abreise«, antwortete sie.

So fuhren die beiden los und ließen diesen Tatort hinter sich. Das Verkehrsradio brachte gleich zwei unabhängige Staumeldungen für die B 179 – Fernpassbundesstraße.